小学館文庫

# 彼女が最後に見たものは

まさきとしか



小学館

彼女の遺体が発見されたのはクリスマスイブの夜だった。

コンクリートの床に仰向《あおむ》けになった彼女は、真冬にもかかわらずブラウスとスラックスという姿だった。ブラウスの前ははだけ、ベージュのブラジャーが露《あら》わになり、スラックスのボタンは取れていた。

着衣の乱れに反して、四肢はゆったりと伸ばされ、まるで寝心地のいいベッドに横たわるようだった。

彼女の目は薄く開いていた。すでに光を失った目は、まぶたを閉じる途中で動きを止めたようでもあったし、なにかを感じて見ひらこうとするようでもあった。

# 1

雲がかかった夜空に地上の灯《あか》りが反射している。

吐く息は白いが、雪の降る気配はなく、ホワイトクリスマスにはなりそうもない。きらびやかなイルミネーションが東京のまちを彩る十二月二十四日の夜。

空きビルの一階で女性が死んでいるという一一〇番通報が入ったのは、午後九時五分だった。場所は東京都新宿区高田馬場二丁目。このビルを管理する不動産管理会社の社員からの通報だった。

高田馬場二丁目という住所に、警視庁戸塚警察署の職員たちは騒然となった。高田馬場二丁目と戸塚警察署は、道路を一本隔てているだけだ。戸塚警察署が明治通り沿いにあるのに対し、遺体発見現場の空きビルは早稲田通り沿いにあったが、それでも徒歩五、六分の距離しかない。目と鼻の先で発見された遺体に事件性がなければいいという捜査員たちの願いはすぐに断ち切られた。

着衣には脱がされかけたと思われる乱れがあり、頭部に打撲痕があった。

遺体は身元がわかるものを所持しておらず、傍らには彼女のものと見られるショッピングカートと毛布があったことから、家出人もしくはホームレスの可能性が視野に入れられた。

戸塚警察署の田所岳斗《たどころがくと》は、鑑識員の邪魔にならないように離れた場所から遺体を見つめた。すでに合掌は済ませていた。

遺体は、冷たくて硬いコンクリートの上に姿勢よく仰向けになっている。モスグリーンのブラウスの前ははだけ、その横にスラックスのものと思われるボタンがひとつ落ちている。強い光に当てられた胸もとと腹は白くて薄っぺらで、ベージュのブラジャーだけが律儀に胸を覆っていた。

うっすらと開いた目、黒いまつげ、薄くて短い眉。くちびるは小さく驚いたときのように少しだけ開き、下の歯と口中の暗がりを見せている。

乱暴目的で襲われ、命を落としたのか。それとも死んだあとに乱暴されそうになったのか。

五十歳から六十歳、岳斗の母親と同年代に見えた。

歳《とし》のわりにきれいな顔立ちだもんな。ふとそんな考えが浮かんでしまい、岳斗は自分を強烈に恥じた。

人の気配に振り向くと、本部の捜査一課の刑事が臨場したところだった。そのなかに背が高くひょろりと痩せた男を見つけ、岳斗ははっとした。一瞬浮かんだ自分の下劣な考えが残留思念のようにこの場に漂い、その悪臭を彼に嗅がれるのではないかと緊張した。

遺体発見現場には不似合いな飄々《ひょうひょう》としたたたずまい。彼のまわりだけ空気が淡く感じられ、まるで重力をかわしているかのように地面から二、三センチ浮き上がって見える。くせのある前髪、切れ長の目は鋭いが、口角が上がっているせいか全体の表情で捉えると微笑と悲嘆のあいだを揺れ動いているように見える。

彼はほかの刑事たちとともに岳斗の横を通りすぎると、遺体の一メートルほど手前で立ち止まり、両手を合わせて頭《こうべ》を垂れた。殺伐とした空気のなか、彼だけが別の世界にいるような寡黙で静謐《せいひつ》な後ろ姿だ。ゆうに一分を過ぎてから彼は手を離した。

足跡採取をしているベテラン鑑識員が、合掌を終えた彼になにか話しかけた。さっき岳斗には「邪魔なんだよ！　いいって言うまで下がってろ！」と怒鳴ったくせに、彼にはとっておきの秘密を打ち明けるような態度だ。

しかし、腹は立たない。彼は警視庁捜査一課殺人犯捜査第5係の三ツ矢秀平《みつやしゅうへい》だからだ。つかみどころのなさと浮世離れした雰囲気から変わり者として知られる彼だが、一目置かれた存在であることはまちがいない。

三ツ矢がゆっくりと周囲を見まわす。岳斗は彼が自分に気づくのを期待した。一瞬、目が合ったように感じたが、三ツ矢の視線は岳斗の表面をあっけなく流れていった。

＊

　岳斗は信号が青に変わるのを待ちながら、助手席の三ツ矢をそっとうかがった。車に乗ってからずっと三ツ矢は腕を組んで視線を前方に向けたままだ。その切れ長の目が見つめているのはフロントガラス越しの風景ではなく、彼自身の頭のなかのように感じられた。

　三ツ矢が自分から話すタイプではないことも、感情や思考を表現しないことも知っている。しかし、まともな会話もないまますでに一時間近くたち、車内には沈黙が降り積もっている。

　この重苦しい空気が気にならないのだろうか。そう考えた岳斗だったが、身じろぎしない三ツ矢を横目で見て、この人が空気なんか気にするわけないよな、とあきらめとともに答えを出した。

　通行人が途切れた横断歩道を干からびた枯れ葉が転がっていく。暮れかけた空の端から夜の気配が染み出している。

　信号が青に変わり、岳斗はアクセルを踏み込んだ。あと数分で目的の場所に着く。

遺体発見から二日がたった。

戸塚警察署に捜査本部が設置されたが、司法解剖の結果が出ていないため殺人事件ではなく死体遺棄事件の扱いだ。遺体の身元は行方不明者リストと照合しているが、いまだ一致する人物は見つかっていない。にもかかわらず捜査本部が色めき立ったのは、遺体の指紋がデータベースに登録されていたからだ。

目的の東山里沙《ひがしやまりさ》の家は千葉市の郊外にあった。北欧風のこぢんまりとした一軒家だ。クリーム色の壁とナチュラルウッドのドア、ドアの周囲にはレンガタイルがほどこしてあり、ゆるやかな三角屋根も同じ色に統一されている。

三ッ矢がドアフォンを鳴らすと、まもなくドアが開いた。訪問することはあらかじめ伝えてあった。

東山里沙は硬い表情で三ッ矢と岳斗をリビングに案内した。

壁に取りつけられた大型テレビ、アイボリーのカウチソファと無垢《むく》材のセンターテーブル、葉をモチーフにした明るいグリーンのカーテン。出窓にはいくつかのフラワーアレンジメントとポインセチアの鉢植えが並んでいる。おしゃれで温かみのあるリビングは、若い夫婦をターゲットにしたモデルルームのような雰囲気だ。

チェストの上のフォトフレームのなかで、夫婦と中学生くらいの娘の家族三人があざやかな花畑を背景に笑顔を見せている。

なにも知らない人が見れば、この家には幸せな家族が暮らしていると思うはずだ。昨年の夏、この家の住人が殺されたことなど想像できないだろう。

東山里沙はお茶を淹《い》れようとしたが、三ツ矢が断った。三ツ矢と岳斗はソファの横に立ったまま、彼女が座るのを待った。

「ご主人の命を奪った犯人をまだ逮捕できずに申し訳ありません」

そう言って、三ツ矢は頭を深く下げた。岳斗も慌てて彼にならう。

「あ、いえ」と、東山里沙はふいを突かれたような声を出し、「どうぞ座ってください」と言った。

「東山さんに見ていただきたい写真があっておうかがいしました」

ソファに座った三ツ矢が一枚の写真を差し出した。

「この方をご存じですか？」

東山里沙はためらいながらも写真を手にした。彼女は華奢《きゃしゃ》で色が白く、目も鼻も口もなにもかもが小ぶりだ。垂れぎみの目は泣き笑いの表情を醸し出し、四十一歳という年齢のわりに頼りない印象がする。

写真を持つ彼女の小さな目に緊張と不安が表出している。

「……いえ」

彼女は声を絞り出すと、三ツ矢のほうへと写真を滑らせた。

「知らない方ですか？」

「はい。知りません」

「まちがいありませんか？」

「ええ」

そう答えると、彼女は「あの」と思い切ったように目を上げた。

「この写真の女の人って、亡くなってますよね。主人とこの人、なにか関係があるんですか？」

「それを調べています」

「この人誰ですか？ 主人を殺した人が、この人のことも殺したんですか？」

「この方が誰なのかはわかっていません。そして、ご主人の命を奪った犯人がこの方の命を奪ったのかもわかっていません。そもそも、この方の死因が事故か他殺かもまだわかっていません。そのすべてを我々は明らかにしなければならないと思っています。もちろん、ご主人の命を奪った犯人のこともです」

東山里沙は、三ツ矢の説明に理解が追いつかないような顔をしている。

三ツ矢は数秒の沈黙を挟み、再び口を開いた。

「現時点で明らかになっているのは、ご主人の殺害現場で採取した指紋のひとつが、この方の指紋と一致したということです」

その意味がすぐに伝わらなかったらしく、彼女は困惑した表情だ。

「えっ、じゃあ」

やがて、彼女ははっとして目を見ひらいた。

「この人が、主人を殺したってことですか？」

「そうは言っていません」三ッ矢は淡々と告げる。「この方の指紋が、ご主人の殺害現場で採取された指紋のひとつと一致した。そう言いました。いまのところ明らかになっているのはそれだけです」

「でも」と言った彼女だが、あとに続く言葉はなく、そのまま押し黙った。薄いくちびるをきゅっと結んでから、「もう一度、写真を見てもいいですか？」とテーブルの上の写真を手に取った。数秒のあいだ見つめていたが、やはり心当たりはないようだった。

東山里沙の夫である義春《よしはる》は昨年の八月二十日の朝、自宅から五百メートルほどの場所にある公園内で遺体となって発見された。

小高い丘に広がる公園は、遊歩道と東屋《あずまや》やベンチがあるだけの自然林といった雰囲気だったが、地域住民からの要望でプールと遊具を備えたこども園を建設するため造成中だった。東山義春の遺体を見つけたのはお盆休み明けに出勤した作業員だ。土砂を掘削《くっさく》した部分に落ちていたため発見まで時間がかかったらしく、遺体は腐敗がはじまり、カラスに食べられた痕跡もあった。司法解剖の結果、死亡推定時刻は二日前の八月十八日の午後六時から十二時のあいだと判明した。遺体のそばに本人のビジネスバッグが落ちており、財布が抜き取られていたことから金目当ての可能性が高いと見られた。東山義春は刃物で胸を刺されたあと、穴に投げ込まれたかなにかの弾みで落ちたと推察されたが、凶器は見つからなかった。

事件から一年四ヵ月たったいまも犯人逮捕には至っていない。

二日前、クリスマスイブの夜に遺体で発見された女性の指紋は、東山義春のバッグから採取された指紋と一致したのだった。

「なんだか変な感じですね」

写真に目を落としたまま東山里沙がつぶやいた。

「こうやってじっと見ていると、どこかで見たような気がしてくるものですね」

そう言って、そっと息を吐き出した。

「見たような気がするのですか？」

三ツ矢の問いに、彼女は「え？」と目を上げた。

「写真の方を見たような気がするのですか？」

三ツ矢は真顔で繰り返した。

「あ、いえ、そうじゃなくて……そういう意味じゃなくて……」

「では、どういう意味ですか？」

戸惑う東山里沙に、わかる、と岳斗は共感し、彼女に代わって説明したい気持ちになった。あなたに関係のある人間だと言われたら、どこかで見たことがある感覚になることは珍しくない。自分の記憶を疑いたくなることもあるだろう。

しかし、三ツ矢がそんな説明を受け入れるとは考えられない。岳斗は黙ったまま、ふたりのやりとりを見守った。

「知らない人です」

断言しないと伝わらないと思ったのか、東山里沙はきっぱりと告げて写真をテーブルに戻した。

「お子さんはどちらですか？」

三ツ矢が聞いた。

東山里沙には高校一年生の娘がいる。

「あの子は東京の両親の家で暮らしています。東京の高校に進学したので、ここから通うのは大変なので……」

一度、言葉を切ってから、「いえ、そんなことよりも」となにかを吹っ切るように言葉をつないだ。

「この家に娘を置いておくのが怖いんです。すぐ近くで主人が殺されて、しかも犯人はまだ捕まってないじゃないですか。次は娘が襲われるかもしれないってどうしても考えてしまうんです。二十四時間娘についていることもできないし、それなら両親のところで暮らしてもらったほうが安全ですから。私だって怖いんです。家を売ることも考えました。ほんとうは売ったほうがいいってわかってます。でも、この家には家族の、主人の思い出が詰まっているんです。壁紙もフローリングもドアも、主人がこだわって選んだものなんです。ですから、どうしても手放す覚悟がつかなくて……」

彼女の言葉は、いまだ犯人逮捕に至らない警察を責めるように聞こえた。

「申し訳ありません」と三ッ矢が再び頭を下げ、岳斗もならった。

誠実な態度を取ったにもかかわらず、顔を戻すなり三ッ矢は話を変えた。

「ところで、二十四日の午後八時から九時のあいだ東山さんはどちらにいましたか？」

え？　と東山里沙は戸惑いながら、あの、それって、と口ごもった。

「女の人が殺されたときのことですか？」

「皆さんにしている形式的な質問です」

「あの、アルバイトをしてました。ベーカリーカフェの」

三ッ矢は店の名前を聞くと、「ご主人の事件は引き続き全力で捜査に当たります」と唐突に話を戻してから辞去した。

一年四ヵ月前の殺人事件は千葉で起きたため管轄外だが、被害者遺族にとっては関係のないことだ。岳斗は捜査資料を読んだだけだが、時間がたつほど犯人が遠ざかっていく印象を受けた。捜査員の数もかなり減っているはずだ。

玄関を出た岳斗のまぶたの裏に、出窓にあったポインセチアの赤がちらついた。彼女は幸せの象徴のようなこの家でひとりでクリスマスを過ごしたのだろうか、と考えた。家を振り返ると、出窓にはカーテンが引かれ、カーテンレールの下のわずかなすきまからリビングの灯りが小さく漏れていた。

「不思議だと思いませんでしたか？」

助手席に乗り込んだ三ツ矢が口を開いた。彼から話しかけられたのは今日はじめてのことだった。

しかし、答えが思いつかない。三ツ矢はなにをさして「不思議」と言っているのだろう。東山義春のバッグについていた指紋のことだろうか、東山里沙の言動だろうか、それとも一年四ヵ月前の事件に矛盾でもあるのだろうか。焦る。早く答えないとバカだと思われる。しかし、頭をフル回転させても浮かんでくるものはない。

結局、「ええと、なにがでしょうか？」と正直に聞き返した。

「フラワーアレンジメントです」

三ツ矢は前を向いたまま、ひとりごとの口調だった。

「フラワーアレンジメント？」

もう一度出窓を見たが、カーテンが邪魔をしている。岳斗は室内で見た出窓の光景を思い出した。ポインセチアの鉢植えとともにいくつかのフラワーアレンジメントが並んでいた。たしか三つ、いや、四つだったか。赤と緑をメインにしたクリスマスらしいものもあったし、ピンクや黄色、オレンジといった色合いのものもあった。

きっと三ツ矢なら正確に記憶しているのだろう。くそっ、と思う。三ツ矢にではなく、不甲斐《ふがい》ない自分自身に対してだ。

「出窓にフラワーアレンジメントが三つ並んでいましたよね」

「はい。並んでました。出窓に三つ」

そうか、三つだったか、と思いながら、「ポインセチアの鉢植えと一緒に」と挽《ばん》回《かい》するつもりでつけ加えたが、あっさり流された。

「ずっとあの場所に置いてあるのでしょうか」

疑問形ではあるが、岳斗の答えを求めているようには聞こえない。だから、口を挟まなかった。案の定、三ツ矢は出窓に目を向けてから続けた。

「今日は晴れていました。フラワーアレンジメントを直射日光が当たる出窓に置いておくとはあまり考えられないのですが。それとも、陽《ひ》が沈んでから出窓に移動したのでしょうか」

まるで、卵が先か鶏が先かと思案しているようだ。

「あの、それがどうしたんですか？」

「どうした？」三ッ矢は不思議そうに岳斗を見た。「知りたくありませんか？」

いえ、別に……。岳斗は胸の内で返した。

それよりももっと不思議で、もっと知りたいことがある。確かめるのが怖くて言い出せなかったが、もう我慢の限界だ。

「三ッ矢さん、俺のこと覚えてます？」

責める口調になったのを自覚した。

三ッ矢はぽかんとした顔で岳斗を見つめ直した。

まさかほんとうに覚えていないとか？

岳斗の顔からさあっと血の気が引く。いや、驚異の記憶力を持つ三ッ矢のことだ、岳斗覚えていないなんてあり得ない。しかしその一方、浮世離れした彼のことだ、岳斗などに興味はなく、不要な記憶としてあえて削除した可能性もあるのではないか。

三ヵ月前、新宿区中井《なかい》で起きた殺人事件で、岳斗ははじめて三ッ矢とペアを組んだ。昔から「変わり者」と呼ばれる人間が苦手な岳斗だが、三ッ矢はこれまで会った変わり者のなかでも群を抜いてつかみどころがなかった。三ッ矢といると自分の凡庸さと鈍感さを突きつけられた。同じ風景を見ても瞳にはちがうものが映っている気がしたし、思考回路の本数と精密さがまったくちがうと思い知らされた。空気を読まずに真実に向かって飄々と進んでいく彼がうらやましかった。だから、腹も立ったし、呆《あき》れもした。しかし、時間がたつにつれて、警戒心と自己嫌悪のせいで心を閉ざしていたのは自分のほうなのだと認められるようになり、事件が解決したときにはお互いの距離が近くなった気がした。

それなのに——。昨日の捜査会議で、三ッ矢とペアを組むと言い渡されたときのことだ。岳斗は「戸塚警察署の田所岳斗、先週二十九歳になりました。よろしくお願いいたします」と仰々しく頭を下げてみせた。ふざけたつもりだった。しかし、三ッ矢は「警視庁捜査一課の三ッ矢秀平です。三十九歳です。こちらこそよろしくお願いします」と、岳斗を真似《まね》てわざわざ年齢まで告げ、真顔で頭を下げ返したのだった。啞然《あぜん》とする岳斗を気にとめることなく、三ッ矢は捜査の確認事項を淡々と告げた。

丸一日たったいまも、そのよそよそしい関係性は変わらない。

岳斗は、三ッ矢の返答を息を止めて待った。

「僕は覚えていますよ」

三ツ矢はさらりと答えた。

心底から安堵《あんど》すると同時に文句が飛び出した。

「じゃあ、なんで昨日からそんな他人行儀な感じなんすか？　普通、ひさしぶりですねとか元気でしたかとか言うんじゃないすか？　まるで初対面みたいな感じで、なんか冷たいっていうか……」

そこまで言って、はっとした。顔がかっと熱くなる。なぜ三ツ矢に文句を言うと、恋人に甘える女子のようになってしまうのだろう。そもそも、ふたりとも車に乗っているのにいつまでも発進しないこのシチュエーションが駄々をこねているみたいではないか。

恥ずかしくて三ツ矢の顔を見ることができず、岳斗は無言でエンジンをかけた。こんな気持ちにさせる三ツ矢に腹が立ったし、じれったい気持ちにもなった。

「僕は、田所さんが僕のことを覚えていないと思っていました」

三ツ矢の低い掠《かす》れぎみの声はいつもよりやわらかく聞こえた。

「え？」

岳斗はアクセルを踏みかけた足を止め、三ツ矢を見た。

「昨日、田所さんは初対面のように挨拶をしたので、僕のことを覚えていないのかもしれないと思いました。ですから、気をつかわせては悪いので、僕もはじめてぺアを組むようにふるまっていました」

「んなわけないじゃないですかー！」

岳斗はのけぞった。

「では、どうしてあのような挨拶をしたのですか？」

ふざけただけですよ、と言っても三ツ矢には通じないだろう。

「いえ、いいんです。いいんですよ、俺が悪いんです。俺のせいですから」

ぶつぶつ言いながらもくちびるの端がにやついた。

翌日、司法解剖の結果が出た。死因は頭部を鈍器で殴られたことによる脳内出血。死亡推定時刻は検視官の当初の見立てどおり、遺体が発見される一時間前以内であることが判明した。

また、事件当時のことも明らかになった。

女性は遺体発見現場となった四階建てビルの屋上から落下。女性が落ちたのはビルの裏手にある、路地に面した二メートル四方の花壇だが、花が植えられていたのは一、二年ほど前までで、最近ではゴミが不法投棄されていたらしい。ゴミがクッションの役割を果たし、女性は骨盤骨折、肋骨《ろっこつ》骨折、脳挫傷《のうざしょう》、腎臓損傷などを負ったが、致命傷にはならなかった。しかし、その後、頭部を鈍器で殴られて殺され、ビルの一階へ運び込まれたと見られている。

なお、女性が屋上から落ちたのが、事故なのか自ら飛び下りたのか、または何者かに突き落とされたのかはわかっていない。また、凶器となった鈍器はまだ特定されておらず、発見にも至っていない。

唯一、捜査員をほっとさせたのが、着衣に乱れがあったものの性的暴行の形跡がなかったことだ。そのため、身の危険を感じた女性が屋上へと必死に逃げたのではないかと見られている。女性の年齢は初見の印象どおり五十歳から六十歳とのことだった。

このときから死体遺棄ではなく、〈高田馬場二丁目女性殺人事件〉という戒名の殺人事件となった。

朝の捜査会議が終わると、三ツ矢は今日も東山里沙の家に行くと言った。

「あの、でも、向こうの了解を得なくていいんですか？」

岳斗は慌てて声をかけた。「向こう」というのは東山里沙ではなく、千葉県警のことだ。

昨日の夜、断りもなく東山里沙に会ったことで千葉県警からクレームが入ったのだ。岳斗たちが辞去した数十分後、東山義春殺害事件の担当捜査員が彼女の家を訪ねたらしい。

管理官は千葉県警に配慮するよう三ツ矢と岳斗に命じたが、その口調は「一応言っておく」という証拠づくりのように聞こえた。その後、戸塚警察署の刑事課長は部下である岳斗だけを呼び、「向こうとの調整はおまえがしろよ。パスカルに配慮なんかできるわけないだろう」と告げた。「パスカル」というのは三ツ矢の陰のニックネームで、考える葦《あし》から来ているらしい。たしかに三ツ矢の体型は、ひょろりと細長く頼りなげな葦を彷彿《ほうふつ》させる。もうひとつ、「ミッチー」というニックネームもあるが、どちらも三ツ矢に面と向かってそう呼ぶ者はいなかった。

「向こう？」

三ツ矢が聞き返した。

「ですから、東山義春の事件の捜査員です。一応断ったほうがよくありませんか？」

「さん」

「はい？」

「東山義春さんは被害者です。さんをつけてください」

「あっはい。すみません」

「知りたくありませんか？」

「え？」

「フラワーアレンジメントです」

「はあ？」

「天気予報によると、千葉は今日の午前中は晴れのようです。フラワーアレンジメントが出窓に置いてあるかどうか見に行きましょう」

岳斗には、三ツ矢の思考回路がまったく理解できなかった。フラワーアレンジメントが出窓にあったからといって、それが遺体の身元特定や彼女を殺害した犯人にどうつながるというのだろう。いくら考えても、つながらないという答えしか出なかった。

〈高田馬場二丁目女性殺人事件〉は現在、防犯カメラの解析や聞き込みを中心に地取り捜査が行われている。被害者の身元が不明なため関係者を洗う敷鑑捜査は行えず、唯一、被害者と指紋でつながっているのが一年四ヵ月前に殺された東山義春だ。

三ツ矢の言葉どおり、東京から千葉に入っても空に太陽があった。冬なのに照りつける陽射しで暑いほどだ。

東山の家の前に車を停《と》めた。

三つのフラワーアレンジメントは今日もポインセチアの鉢植えとともに出窓に置かれている。背後にはレースのカーテンが引かれ、なかの様子はうかがえない。

三ツ矢が車を降り、岳斗もあとに続いた。

東山里沙はベーカリーカフェでアルバイトをしている。昨日は休みだったが、今日は出勤しているはずだ。

三ツ矢は出窓の真正面に立ち、腕を組んでフラワーアレンジメントをじっと見つめている。知らない人が見ればあやしいふたり組に映るかもしれない。

三軒隣の庭先からこちらを見つめる女がいた。六十代だろう、見ていることを隠そうともしないあからさまな視線だ。

「こんにちは」

三ツ矢が声をかけると、女は気づかれるのを待っていたかのように「警察の人？」と聞いてきた。

「どうして警察だと思われたのですか？」

「だって、昨日も来たじゃない。おたくらとはちがう人たちだったけど、死んだ女の人の写真見せられたわよ。こんな時間にこんなところに来るなんて警察以外考えられないじゃない」

「なるほど」

「昨日の警察の人は詳しく教えてくれなかったけど、写真の人って何日か前に殺されたホームレスの女なんでしょう？」

目に好奇心を宿し、女は前のめりで聞いてきた。洗濯物を干していた途中らしく、物干し竿《ざお》の半分ほどにタオルと衣類がかけられ、その下には洗濯カゴが置いてある。

「ホームレス？　警察がそう言ったのですか？」

「警察の人ははっきり言わなかったけど、テレビでやってたわよ。しかも、私とそう変わらない歳なのに乱暴目的で殺されたかもしれないって。気の毒よねえ。なんで女なのにそんな歳でホームレスになって、しかもそんなひどい殺され方しなきゃならないのよ。警察署の目と鼻の先で殺されたっていうじゃない」

「そうではありませんよ」

三ツ矢が言った。いつもどおり静かな声だったが、揺らがない意志のようなものが感じられた。

「あら。警察署の近くじゃなかったの？」

「女性でも男性でも、何歳でも、ホームレスでもそうではなくても、殺されていい人はいませんよ」

女はぐっと喉を詰まらせ、「あ、まあ、そりゃそうだけど、そうじゃなくて、私が言いたいのはほんとうに気の毒だってこと。早く身元がわかって家族のもとに帰れればいいね、って。警察にはすぐに犯人を捕まえてもらわないと」と言葉をつないだ。

「はい。全力を尽くします」

三ツ矢が律儀に答えると、女は満足そうな表情になり、「殺されたホームレスの女の人って、東山さんの知り合いかもしれないんでしょう？」と踏み込んだ質問をした。

「それをいま調べています」

「東山さんを殺した犯人も捕まらないしねえ」

女は頰に片手を当ててため息混じりに言った。

「申し訳ありません」と、三ツ矢が頭を下げる。

「もう一年四ヵ月もたつでしょう。いまさら犯人が見つかるのかしら。あれ以来、外に出るのが怖くてね、特に遅い時間は出歩かないようにしてるわ。私だけじゃなくて、このへんのみんながそうよ。東山さん、お金目当てで殺されたんでしょう。だったら、誰が狙われるかわからないってことよね。こんなこと言っちゃ悪いけど、せめて東山さんを恨んでいる人が犯人だったらまだましだったのに。なーんて、また怒られちゃうわね。でも、早く犯人を捕まえてもらわないと安心して暮らせないのよ」

安心して暮らせない、のところで女の表情は険しくなった。もっともだ、と岳斗は思った。自宅から五百メートルほどの場所で殺人事件が起こり、しかも殺されたのは三軒隣の住人なのだ。犯人が捕まっていないのだから安心して暮らせるはずがない。普段は忘れがちだが、人が殺されるということは加害者や被害者だけでなく、接点がないように見える人々の人生や生活にも暗い影を落とす。

「まさか、殺されたホームレスの女の人が東山さんを殺した犯人、なんてことはないわよね？」

三ッ矢は女の探るような視線を切るように東山の家のほうへ目を向けた。「花が飾ってあるのはご存じですか？」と女に目を戻す。

「え？」

「東山さんの家の出窓にフラワーアレンジメントが置かれているのですが」

女は合点がいったように、「ああ、東山さんのところはねえ」と声の勢いを強くした。

「ご主人があんなことになるまでは幸せそうな家族だったのよ。絵に描いたようなってよく言うけど、ほんとうにそんな感じ。庭でバーベキューをしたり、家族でキャンプに行ったり、出窓はいつもかわいい置物で飾られていて、それが季節によって変わるものだから、ショーウインドウみたいで通るたびに楽しませてもらったわ。そうそう、十二月になるとイルミネーションを飾りつけるのよ。すっごくきれいだったんだから。さすがにご主人があんなことになってから、クリスマスのイルミネーションはなくなったわね。そりゃそうよね、飾る気になんかなれないわよね」

「フラワーアレンジメントはどうですか？　以前から出窓に置かれていましたか？」

「あれはね、お友達が贈ってくれたんですって。このあいだゴミ出しで会ったときに、奥さんそう言ってたわ。主人を亡くして気落ちしているからまわりのお友達が気づかってくれたみたい、って。お友達に恵まれてありがたい、気持ちが嬉《うれ》しい、って」

「では、以前はフラワーアレンジメントが出窓に置かれることはなかったのですね？」

「さあ。そこまではっきり覚えてないけど……」女は眉を寄せて思い出す表情になった。「でも、出窓にお花が飾られるようになったのはご主人が亡くなって少ししてからだと思うわ。事件のあとは出窓から置物がなくなっちゃって殺風景だったのよ。でも、置物の代わりにきれいな花が飾られたことがあって、ご主人へのお供え？　って聞いたら、そうだって言ってたわ。さびしいから、ってね。あそこの夫婦、とても仲がよかったんだから」

三ッ矢が出窓を気にする理由が岳斗にはいまだにわからなかった。聞いてもどうせ昨日と同じように、知りたくありませんか？　と言われるだけだろう。実際、そうなのだ。三ッ矢は不思議に感じたことを知りたいというシンプルな理由で動いている。ただ、三ッ矢が不思議に感じることをほかの人は不思議に感じず、三ッ矢が知りたいと思うことをほかの人は知りたいと思わないだけだ。

東山義春が殺害されたのは自宅から約五百メートル、徒歩六、七分の場所だ。

三ツ矢が事件現場に行くと言ったとき、千葉県警の捜査員がいたらどうしようと心配した岳斗だが、葉を落とした木々が茂る公園は〈つどいの丘公園〉という名は不釣り合いに閑散としていた。公園は丘陵地に広がり、遊歩道が駅側の平地と住宅地のある高台をつなげている。そのため、駅と家の近道として通る人もいるらしい。

こども園の建設予定地は遊歩道から離れた場所だった。伐採と造成がされてはいたが、それ以外は手つかずの状態で、立ち入り禁止のフェンスで囲われていた。東山義春の遺体が発見された穴は埋められており、正確な位置は目視ではわからない。

三ツ矢はフェンスの前に立ち、目を閉じて両手を合わせた。岳斗もならう。一分がたったと思われる頃、そっと目を開けたが、三ツ矢はまだ合掌したままで、岳斗は慌てて目を閉じた。

捜査資料によると、東山義春にトラブルはなかった。近所でも職場でも真面目で穏やかな人という評判だった。夫婦仲がよいことで知られ、歓送迎会などを除いては飲みに行くこともほとんどなかった。「恐妻家」とからかう同僚もいたが、本人は否定することなく、むしろ「趣味は家族」と静かに笑っていたそうだ。

岳斗は、チェストの上にあった写真を思い浮かべた。

銀縁の眼鏡の奥の目はやさしげに細められ、控えめであるが満ちたりた笑みを浮かべていた。東山義春は妻の里沙より十歳年上で、事件当時は五十歳だったが、写真のふたりは実際よりさらに歳が離れて見えた。義春が実年齢より五、六歳上に見え、逆に里沙が五、六歳下に見えるせいだった。

東山義春のバッグに身元不明の女性の指紋が付着していた。それだけでは、彼女が東山義春を殺したとは断定できない。そもそも、指紋がいつどこで付着したかわからないのだ。知り合いだった可能性もあるし、逆に電車内などでたまたまふれた可能性もある。

「柳田《やなぎだ》さんの話を聞いてますます不思議になりました」

三ッ矢が唐突に口を開いた。

「柳田さん？　あ、さっき話を聞いた人ですね」

「柳田さんは、出窓の花は義春さんへのお供えだと言っていました。妻の里沙さん自身がそう言っていた、と」

三ッ矢は、覚えていますか？　というように岳斗を見た。

「はい」

岳斗の背筋が自然に伸びた。

「柳田さんによると、フラワーアレンジメントは友人が贈ってくれたものだと里沙さんは言っていたそうですね。それを出窓に飾ったということは、義春さんへの哀悼の表現と考えていいでしょうか」

「そうだと思いますけど」

「だとしたら、なぜ出窓に義春さんの写真がなかったのでしょうか」

「はい？」

「出窓の花が義春さんへのお供えだとしたら、そこには写真があって然《しか》るべきだと思うのですが」

でも、チェストの上にありましたよね、と言おうとしたが、三ッ矢のほうが早かった。

「家族の写真はチェストの上に置かれていました。しかし、義春さんだけ写っている写真はありませんでした。出窓の花がお供えだとしたら、そこに義春さんの写真がないことが腑《ふ》に落ちないのですよ」

そうだろうか。そうかもしれない。三ッ矢に繰り返し言われると、いつのまにかそのとおりだと思えてくる。

「それに、あのチェストの上の写真は少し不自然に感じました」

三ッ矢の言葉に、岳斗は改めて写真を思い浮かべた。広大な青空と花畑を背景に、娘を真ん中にして家族三人が笑っていた。いい表現をすれば幸せそうな、悪い表現をすればありふれた、そんな家族の写真に見えたが、どこか不自然なところはあっただろうか。

三ッ矢はフェンスの向こう側に目を向けている。この場所で命を落とした東山義春に語りかけているようにも、彼の声を聞こうとしているようにも見えた。

「写真の後ろに、ウサギのオブジェがふたつありましたよね」

岳斗の記憶にウサギのオブジェはなかった。家族写真が入ったフォトフレームが金色で、右上がハートの形になっていたことは覚えているのに。

「一匹はシルクハットをかぶってウッドベースを弾いているもの。もう一匹は耳にリボンをつけてクラリネットを吹いているものです。写真はその前に置いてありました」

「ええっと……」

それがなんだというのだろう。

三ッ矢は、不思議ですよね、と同意を求めるようなまなざしを向けたが、岳斗には三ッ矢の言わんとしていることが理解できない。ああ、そうだった、と思い出す。三ッ矢といると自分の凡庸さと無能さを思い知らされ、自己嫌悪が三ッ矢への反発に変容するのだった。

「ああ、もう、まどろっこしい言い方はやめてはっきり言ってくださいよ。三ッ矢さんはなにが言いたいんすか？」

苛立《いらだ》った口調になったが、三ッ矢は気にするふうもなく、「なにかを言いたいのではなく、腑に落ちないことを言葉にしているのです」といつものように淡々と答えた。

「ウサギのオブジェは、写真で隠れるようになっていました。一般的にそのような置き方はしないと思うのです。普段、写真は飾っていないのかもしれません。警察が来るから、あの場所に置いたのではないでしょうか。だとしたら、それはどういうことなのでしょう」

「どういうことなんですか？」

岳斗は勢い込んで聞いた。

「わかりません」三ッ矢はあっさり答える。「だから、知りたいのですよ」

## 2

最寄駅で電車を降りた東山里沙はうつむき加減で家へと歩いた。足取りは重たく歩幅は狭く、そのため「とぼとぼ」という擬態語がぴったりなことを自覚していた。

家まで十七、八分。公園を通れば五分ほど短縮できるが、夫の義春が死んだ場所を歩く気にはならない。

駅から離れるにつれて、仕事帰りの人たちがひとりふたりと減っていく。夜の気配が深まり、静けさが迫ってくる。鼻の奥をつんと刺激する冬の空気のなかに、玉ねぎを炒《いた》めるにおいや魚を焼くにおいが混じっている。みんな家族がいるのだな、と里沙は静かに思った。

「ちょっと奥さん。東山さん」

背後からの声に振り返ると、三軒隣に住む柳田だった。

「ああ、よかった。娘の家に行ったらすっかり遅くなっちゃって。旦那はゴルフ旅行だし、ひとりで帰るのが怖かったのよ。いつもは遅くならないように気をつけてるんだけど、やっぱり孫の顔を見たらだめね、かわいくてついつい長居しちゃう。物騒だから一緒に帰りましょうよ」

「お孫さん、女の子でしたよね」

里沙はほほえみをつくって話しかけた。

「そう、女の子。三歳なんだけど、いまの子ってませてるわよね。今日なんか髪の毛を青くしたいって言い出したのよ。大人の女と話してる気になっちゃうわ」

柳田は嬉しそうにまくしたて、あははは、と笑い声をあげたところではっとして

「ごめんなさいね」ときまり悪そうに言った。

「いいえ、全然。お孫さん、かわいいですね」

　里沙はほほえみを大きくした。

「ずいぶん買い物してきたのね。お夕飯？」

　柳田は話題を変え、里沙の手にあるレジ袋に目をやった。

「はい。デパ地下に寄ったら、主人が好きだったサーモンのカルパッチョがあったので。ほかにも、主人が好きだったものをいろいろ買いすぎちゃいました。スパークリングワインまで買ったから重くって」

　そう言っていたずらっぽい笑みを意識したが、逆に痛々しい表情になったのが感じられた。案の定、柳田は困った顔をして目をそらした。

「ほんとうは自分でつくればいいんですけど、なかなか気力が湧いてこなくて。一年四ヵ月もたつのにだめですね」

　声の水分がしだいに多くなっていく。

「無理しなくていいんだって。はっきり言っちゃうけど、奥さんの後ろ姿しょんぼりしてたから、大丈夫かなって心配になったわよ」

　でもほら、と柳田は声のトーンを高くした。

「事件に進展があったみたいじゃない。奥さんとこにも警察が行ったでしょ？」

柳田はこのことが聞きたくて声をかけてきたのだと思い至った。きっと警察は近所の人にも話を聞いたのだろう。

「このあいだホームレスの女の人が殺されましたよね。主人のバッグにその人の指紋がついていたそうです」

「えっ、そうなの？」

柳田はそこまで知らされていなかったらしい。言ってはいけなかったのかと思ったが、警察から口止めされてはいなかった。

「ええ、そうみたいです。だからといって、その人が夫を殺した犯人かどうかはわからないみたいですけど……。柳田さんは警察からなんて聞かされたんですか？」

「ホームレスの女の写真を見せられて、この人を知らないか？　って。もちろん知らないからそう答えたわよ。大山《おおやま》さんも町田《まちだ》さんも清瀬《きよせ》さんもみんな見たことないって言ってたわ」

柳田は近所の人たちの名前をあげてから、「奥さんにも見覚えがなかったの？」と聞いてきた。

「ええ。たぶん」

「たぶん？」

「何度も写真を見せられてほんとうに知らないのかってしつこく聞かれると、だんだんどこかで見たような気になってきちゃって……」

「あー、そういうことあるわよね。なんとなくわかるわあ。ねえ、今日も変な刑事が来てたけど、奥さんのところにも行った？」

「変な刑事？」

里沙の頭に浮かんだのは、くせのある前髪と切れ長の目を持つ三ツ矢という刑事だった。背は高いがか弱そうで、刑事というより売れないミュージシャンといった風貌だった。

「ひょろっとして頼りなくて、刑事っぽくないっていうか……。連れの若いほうは、そういえばひとこともしゃべらなかったわね。顔も覚えてないわ」

「そのふたりなら昨日来た刑事さんだと思います」

「変な刑事は変なことが気になるのかしらね。奥さんのうちの出窓のことを聞かれたわ」

「出窓？」

思いがけない展開だった。リビングの出窓にはポインセチアの鉢植えとフラワーアレンジメントが三つ置いてあるだけで、疑われるようなものはないはずだ。それともなにか不自然なものを置いていただろうか。

「そう。前から出窓には花が飾ってあったのか、って」

「花、ですか？」

どうしてそんなことが気になるのかまったく理解できず、そのことが里沙の胸に警戒心を呼び起こした。

「だから私、ご主人にお供えしてるのよ、仲がよかったから、なんて答えちゃったんだけど、余計なこと言っちゃったかしら」

「余計なことなんて、そんな。ほんとのことですから」

「でも、まさかホームレスの女が犯人ってことないわよね」

柳田がさりげなさを装いながらも探るような目を里沙に向けた。

「どうなんでしょう」

「もし、そうだとしても、死んじゃったわけだからこのままうやむやになるのかしら」

「さあ」

「なにかわかったらすぐに教えてね」

「はい」

家の前の通りに入ると、カレーのにおいが鼻腔《びこう》に流れ込んできた。

この通りに建つのは一軒家だけで、住宅のあいだに売り出し中の看板が立てられた空き地がぽつぽつと挟まっている。東山家がこの地区に越してきたのは娘の瑠美《るみ》奈《な》が小学校に上がる前の年だ。それまでは千葉駅まで電車で十分ほどの場所にある賃貸マンションで暮らしていたのだが、娘のために環境のいい場所に家を建てようと夫が言い出したのだ。予算に合う土地は里沙が想像していたよりも郊外にしかなく、見知らぬ場所に流されていくように感じられた。それでもあの頃はこのあたりが住宅地として開発されたばかりで、ニュータウンとしての幾分の華やかさがあったが、あれから十年たったいまでは、さびしいベッドタウンになってしまった印象だ。

ほとんどの家は窓に灯りがついているが、里沙の家は夜のなかに沈んでいる。

「早く元気になってね」

柳田が言った。さっきは無理をしなくていいと言ったのに忘れてしまったのだろうか。

「ありがとうございます」

里沙は頭を下げてから家に入った。

両手にさげたレジ袋を玄関にどさっと置くと、胸の深いところからため息が出た。

「早く元気になってね？」

玄関の灯りもつけずに柳田の言葉を復唱した。

「元気になれるわけないじゃない」

口をついた小さなつぶやきが舌打ちの響きになった。

リビングに入ると真っ先に出窓に目が行った。フラワーアレンジメントとポインセチアの鉢植えは、街路灯の淡い光を背後から受けて影になっている。

食卓に荷物を置き、灯りをつけてから再び出窓に目をやったが、不審な点があるようには見えない。

ふいに疲労感に襲われ、なにもかもがどうでもよくなった。

柳田は早く元気になってねと簡単に言ったが、元気になれば夫を殺されたのに平然としている女だと思われるだろう。それとも、一年四ヵ月もたったのだから普通に過ごしても大丈夫なのだろうか。

夫を殺された女がどうふるまうべきなのかわからない。誰も教えてくれないし、マニュアルもない。だから、いつまでも悲しみに浸るふりをするしかない。

いったいいつになれば私は自由になれるのだろう。自分が食べたいからデパ地下で惣菜《そうざい》を買ったと、自分が飲みたいからスパークリングワインを買ったと、堂々と言えるようになり、誰からも責められなくなるのだろう。

里沙の胸に焦燥感がこみ上げた。

買ってきた惣菜を皿に盛りつけて食卓に並べた。スパークリングワインとグラスも置く。カメラ機能を立ち上げてスマートフォンを食卓に向けると、なにか物足りない気がして、出窓からフラワーアレンジメントをひとつ持ってきた。

うん、と小さくうなずいてからシャッターを押し、写真を確認する。サーモンのカルパッチョ、かぼちゃと豆のサラダ、イタリア風もつ煮込み、トマトとモッツァレラチーズが彩りよく並び、フラワーアレンジメントのピンクとグリーンが効果的に映り込んでいる。しかし、まだなにかが足りなかった。里沙はグラスをもうひとつ出して、両方にスパークリングワインを注《つ》いだ。泡が消えないうちに立て続けにシャッターを押す。

スマートフォンのディスプレイには夫婦か恋人のおしゃれなテーブルが映っていた。

〈今宵はデパ地下のお惣菜と辛口のスパークリングワイン♡　たまには手抜きもいいですよね♪〉

ハッシュタグをたくさんつけてインスタグラムに投稿した。

知り合いにはこのアカウントを教えていないから、コメントやいいねをくれるのは顔も名前も知らない人たちだ。

ふと思いついて別のアカウントに切り替え、一年四ヵ月前までさかのぼった。

パスタの写真が載っている。

〈パパ様が夏バテ気味の私のために、トマトとバジルの冷たいパスタを作ってくれました♡　さっぱりしてとーってもおいしかったです。パパ様のやさしさと一緒にいただきましたよ♡　パパっ子の娘もおいしいおいしいと大絶賛！　ママのパスタよりおいしいね！　なんて失礼ね（笑）でも、たしかに……（笑）今日も幸せな一日でした。パパ様、いつもありがとう♡〉

同じ日の夫の投稿を見ると、アングルがちがう同じパスタの写真が載っている。これが彼の最後の投稿になった。

〈夏バテ気味のママ様のために、今日はトマトとバジルの冷たいパスタを作ったよ！　ママ様の食欲がないと心配ですよね‼　がんばったかいがあって、ママ様にも娘ちゃんにもお褒めの言葉をいただきましたよ！　娘ちゃんからは明日もパパが作って！　なんてリクエストを。やったー‼〉

この夜のことはぼんやりとしか覚えていない。写真とコメントがなければ忘れていただろう。

3

被害者の身元が判明したのは、事件から五日目のことだった。

警察発表にホームレスの文字はなかったものの、ワイドショーやネットニュースはクリスマスイブの夜に起きた悲劇を〈女性ホームレス殺人事件〉と名づけ、大々的に取り上げていた。クリスマスイブ、ホームレス、女性という要素に加え、着衣の乱れから暴行目的の殺人事件と見られることが人々の憐れみと憤り、そして関心をかき立てた。

被害者に心当たりがあると連絡をしてきたのは宮田睦美《みやたむつみ》という女性だった。警察は被害者の着衣と現場に残されていた持ち物を公開し、身元特定につながる情報提供を呼びかけていた。宮田はショッピングカートと、そのなかに入っていたハンカチに見覚えがあると言った。

殺された女性は松波郁子《まつなみいくこ》ではないか。彼女はそう訴えた。年齢は宮田より二つ下の五十六歳だという。

「ショッピングカートもハンカチも、私があげたものだと思うんです」

宮田は東京都八王子市に住んでいるが、二年ほど前までは千葉市にいたという。夫の定年退職にともない、夫婦共通の趣味である山登りを楽しむために高尾山に近いマンションに移り住んだと説明した。

宮田の家のリビングは大きな窓から冬の陽射しが入り込み、キャットタワーのてっぺんで白い猫が行儀よく座って外を眺めていた。壁には山の写真がいくつも飾られているが、岳斗にわかるのは富士山だけだった。

宮田夫妻はどちらも沈痛な表情でソファに座っている。ショッピングカートとハンカチの写真を改めて見てもらうと、やはりどちらも自分があげたものだと妻は言った。

三ツ矢が被害者の写真を差し出すと、妻は息をのんで口を押さえた。夫が落ち着かせようとするように妻の太ももに手を置いた。

「……どうしてっ」と、ため息と悲鳴が混じった声が妻から漏れた。

「松波郁子さんという方にまちがいありませんか？」

三ツ矢が確認する。

妻は何度か小さくうなずいた。「……どうして、こんな……どうして……かわいそうに」とつぶやくと声をあげて泣きだした。夫が無言で妻の背中を撫《な》でている。

妻が泣きやむまで三ツ矢は言葉を発しなかった。

キャットタワーの上で猫がみゃーんと小さく鳴き、それが合図になったように妻は、すみません、とティッシュを顔に当てたまま席を立った。すみません、と夫も頭を下げた。数分後に戻ってきた妻は目と鼻が赤くはあったが、涙は乾いていた。

「松波さんは千葉に住んでいたときのご近所さんでした」と妻が話しはじめた。

松波夫妻は四、五年前、宮田夫妻の家の斜め向かいに越してきた。最初は顔を合わせたときに挨拶する程度の関係だったが、病院の待合室で一緒になることがあり、しだいに言葉を交わすようになった。

「病院」と三ツ矢が口を挟んだ。「松波郁子さんはどこが悪かったのですか？」

「更年期障害が重かったみたいです。特に疲労感とめまいがひどいと言ってました。歩いていてもその場にへたりこんでしまうこともよくあったみたいです。家事もまともにできないの、なんて言ってましたね。松波さんには子供がいなかったから心細かったかもしれません。娘でもいればちがったんでしょうけど……。そうね、ほんとうにつらそうでしたね。いきなり顔が真っ赤になったり、はあはあと息が荒くなったりしてましたから。ああ、そうだ。それで仕事も続けられなくなったって言ってました。私と松波さんが通っていた病院は内科・婦人科で、女の先生が漢方薬も出してくれるから近所では評判がよかったんです。私は一時、不眠になって、それで睡眠導入剤を出してもらったりしてたんです。いまはもうよくなったんですけど」

妻は言葉を切り、「すみません。話が脱線してしまいましたね」と言った。

「いいえ。大丈夫ですよ。思い出せることはすべて話してください」

「ええっと、そうですね。といっても、それほど親しいわけじゃなかったからプライベートなことまではわからないんですけど。お茶やランチに誘ったこともありましたけど、いつもやんわり断られて。でも、控えめで感じがいい人でしたよ。殺されるような人じゃありません」

「では、殺されるような人とはどのような人のことだと思うのですか？」

三ツ矢が聞いた。あてつけではなく、わからないことをそのまま言葉にしたといった声音だった。

「だから、それは」妻は口ごもり、「松波さんは誰かに恨まれたりするような人じゃなかったってことです」と続けた。

「なるほど。松波さんには対人関係のトラブルはなかったという意味ですね」

「ええ。トラブルなんて聞いたことがありません。それが、まさかこんなことになるなんて……」

妻の目の縁に新しい涙が盛り上がった。

「松波さんに最後に会ったのはいつですか？」

「二年ほど前です。ショッピングカートとハンカチをあげた日が最後になりました。そのあと、私たちすぐここに引っ越したものですから」

「ショッピングカートとハンカチはプレゼントしたのですか？」

三ツ矢の問いに、妻は首を横に振った。

「あの人、魂が抜けたみたいに突っ立っていたんです」

二年前の秋のことだった。宮田睦美は買い物に行くために家を出た。その日、ショッピングカートを引いていったのは特売の野菜ジュースをまとめ買いするためだった。角を曲がったとき、松波郁子の姿が目に飛び込んできた。彼女は歩道に立ち尽くしていた。足もとにはスーパーで買ったと思われる玉子や牛乳や玉ねぎが落ち、彼女の手には紺色のエコバッグがぶら下がっていた。エコバッグが破れたのだとすぐにわかった。彼女は微動だにせず、足もとの食材を呆然《ぼうぜん》と見つめていた。そのただならない様子に宮田睦美は立ち止まり、彼女の様子をうかがった。彼女は自分がなにをしているのかも、どこにいるのかも、それどころか自分が存在していることさえも理解していないように見えた。その虚無を感じさせるたたずまいに不吉な予感を覚えたという。

「ああ、そうだわ。思い出した。私、あのとき、松波さん、後追いするかもしれない、って思ったんだったわ」

妻はひとりごとのように言った。

「後追いとはどういうことですか？」

「その一年くらい前だったかしら、松波さんのご主人、交通事故で亡くなったんですよ。松波さんのところは夫婦ふたりでつつましく暮らしていたから、奥さんひとり遺《のこ》されちゃって大丈夫かしらって心配してたんですけど……。それであの日、私、ショッピングカートを貸してあげたんです。声をかけてもなにも聞こえてないみたいだったから、落ちたものをショッピングカートに入れてあげて、顔を見たら血の気がないのに汗をびっしょりかいてたからハンカチを渡して。それで、家まで送ってあげたんです。ショッピングカートもハンカチも返さなくていいから、って言って。でも、私があげたショッピングカートとハンカチを最後まで持っていてくれたなんて松波さんらしいわ」

妻は滲《にじ》んだ涙を指でぬぐった。

車内には低いエンジン音が響いている。右側には茶色の葉をつけた木々が連なり、左側はコンクリート塀が風景を隠している。松波郁子が以前暮らしていた家に行くため、岳斗が運転する車は中央自動車道を千葉方面へと向かっている。

助手席の三ツ矢はいつもどおり腕を組み、どこに焦点が合っているのかわからない目を前に向けている。三ツ矢がつくりだす沈黙には慣れたつもりでいたが、しだいに腹がそわそわと、尻はもぞもぞとし、静けさを吹き飛ばしたい衝動がこみ上げた。

左側のコンクリート塀がガードレールに代わり、多摩川の水のきらめきと枯れ葉色に染まった川べりが岳斗の視界に映った。

「あの、でも、身元がわかってよかったですよね」

岳斗は喉を開くようにして声を出した。

「そうですね」

三ツ矢の返答は短いものだったが、突き放す響きではなかった。

岳斗は宮田睦美の泣き顔と夫の沈痛な表情を思い出し、松波郁子の身元が不明なままだったら彼女の死を悼む人はいなかったのだと考えた。

「泣いてくれる人がいてよかったですよね」

心の声がそのまま口をついた。

そうですね、と返ってくるのを意識するともなく予想していたが、返答はなかった。

低いエンジン音と沈黙が再び車内に充満しかけた頃、「そうでしょうか」と三ツ矢が言った。なんのことかわからず、「え？」と聞き返した。

「僕なら誰にも泣かないでもらいたいです」

泣いてくれる人がいてよかった、というさっきの言葉への返答なのだと気づいた。

「え、そうですか？」

「ええ。そうです」

そうだろうか、と岳斗は自分に置き換えて考えてみた。いや、やはり泣いてくれる人がいないのはさびしい。誰からも愛されず、誰ともつながっていない人間なのだと感じられてしまう。死を受け止めてもらえないということは、存在そのものを無視されたことになるのではないだろうか。

「でも、泣いてくれる人がいないとさびしくないですか？　誰にも相手にされない人みたいで」

岳斗は考えたとおりを言葉にした。

「僕は笑ってほしいです」

「え？　死んだら笑ってほしいんですか？」

落語家や漫才師が言うならまだ理解できるが、三ッ矢は落語家や漫才師とはもっとも遠いタイプだろう。

「すみません。言葉足らずでした」

三ッ矢の声には淡い笑みが混じっていた。ちらっと横目でうかがうと、くせのある前髪が目もとに薄い影を落とし、陽射しを受けた鼻先がほの白い光を帯びていた。口角の上がった薄いくちびるが緩んでいる。

「死んだときは泣いてもらっても笑ってもらってもどちらでもいいです。お任せします」

　そう言った三ツ矢に、岳斗は「はあ」と返した。

「ただ、もう少し時間がたって、もし僕のことを思い出す人がいたとしたら、そのときは笑ってほしいと思います」

　三ツ矢の言うことはなんとなく理解できた。たしかに泣かれないのはさびしいが、かといっていつまでも泣かれたくはない。そう考えたとき、仙台にいる両親の顔が脳裏に浮かんだ。続いて、いまも実家で暮らしている妹と兄が浮かぶ。

「ネイティブアメリカンの教えに、あなたが生まれたときはまわりの人は笑って、あなたは泣いていたでしょう。だから、あなたが死ぬときはあなたが笑って、まわりの人が泣くような人生を送りなさい。という言葉があるのを知っていますか？」

「いえ。はじめて聞きました」

「もしそういう人生を送れたのだとしたら、まわりの人たちもいつか笑えると思うのですよ。しかし、そういう人生を送りたかったのに送れなかった人もいます。つまり、笑って死ねなかった人たちです」

三ッ矢は、松波郁子や、彼女の指紋がバッグに付着していた東山義春をはじめ、暴力的に命を奪われた人たちのことを言っているのだと察した。そして、三ッ矢が意識しているかどうかはわからないが、おそらく彼自身の母親のことも。

三ッ矢は中学二年生のときに母親を殺された——。岳斗にそう教えてくれたのは、警察学校時代に世話になり、いまは同じ戸塚警察署の地域課にいる大先輩の加賀山《かがやま》だ。加賀山によると、犯人は母親の交際相手で三ッ矢とも親しくしていた男だと見られたが、犯行後に自殺したため真相は不明のままらしい。

三ッ矢は幼いときに父親を亡くして以来、母親とふたり暮らしだった。中学二年生の子供をひとり残して死ななければならない母親の気持ちを、しかもその別れがまったくの予想外でけっして受け入れられない理不尽なものだったときの母親の気持ちを、想像しようとしても思考も感情もすぐに行き止まってしまう。自分には及びもつかないものなのだろう、と岳斗は受け止めていた。

「僕は思うのですが」と、三ッ矢が再び口を開いた。

「亡くなった人を思っていつまでも泣いているというのは、その人の生ではなく死を見ていることになると思うのです。僕が死んだとしたら、死んだことよりも生きていたことを見てほしいのです。しかし、そうできない場合もある。どうしても死んでしまったことに目が行ってしまう場合がある。その人がどうして死ななければならなかったのか。それがわからなければ、遺された人たちは死から目をそらすことはできないのではないでしょうか」

淡々とした三ツ矢の口調は、まるで彼自身に語りかけているように聞こえた。彼は母親の死を見つめ続けているはずだ。

「どう思いますか？」

ふいの問いかけに、頭のなかを見透かされた気がして「えっ」と狼狽《ろうばい》した声が出た。どう思いますかなんて聞かれても困る。「ええっ、と」とつぶやくことで時間を稼いでみるがやはり思いつかない。

素直に、いま心を占めていることを言葉にすることにした。

「僕はわかったつもりにならないようにしてます」

三ツ矢は相づちを打たなかったが、続きを促す気配が流れてきた。

「僕らって子供のときから、相手の立場になって考えるようにってあたりまえのように言われてきましたよね。警察官になってからは被害者と被疑者の両方の気持ちを考えるように、それが市民と自分自身を守ることにつながる、と教わって……。でも、できているかと聞かれると、正直できていないと思うんです。仕事や時間に追われてっていうのもあるんですけど、それだけじゃなくて被害者や被疑者の気持ちを自分のものとして理解することはとうていできないんじゃないかな、って。いくら想像しても辿《たど》りつけないっていうか。だから、せめて相手の気持ちをわかったつもりにならないようにしています」

途中からなにを言っているのか自分でもわからなくなったが、こぼれ出ようとする言葉に任せて最後までしゃべった。しゃべり終わったところで、あれ？　と冷静になった。三ツ矢の質問とはまったく関係のないことをぺらぺらとしゃべったのではないか？　しかも、言い訳めいていなかったか？

「大切なことだと思います」

やがて、三ツ矢が言った。

予想外の肯定の言葉に逆にうろたえた。

「わからないと自覚することは意外とむずかしいものです。人は油断すると自分の経験を基準にして、相手の心を理解したつもりになりがちですから」

もしかして褒められたのだろうか。そう思ったら、いきなり耳が熱くなり、その熱が顔に伝わった。まさか照れているのか？　うろたえながら自問する。

三ツ矢がふっとやわらかな息を吐いた。

「それでも、僕は知りたいのです。自分が納得する形で知りたいのですよ」

低く掠れぎみの声が岳斗の耳を通り、胸の奥へとゆっくり染み入ってくるのを感じた。

三ッ矢のスマートフォンが鳴ったのは江戸川を渡ったときだった。

「……はい……はい……そうですか……了解しました」

相変わらず最低限の返答だけで、なんの話をしているのか予想できない。通話を終えた三ッ矢が岳斗に顔を向けた。

「松波郁子さんはやはりホームレスだったようです。住民票に記載されている住所にいまは誰も住んでいないそうです」

高田馬場駅周辺の防犯カメラには、ショッピングカートを引く松波郁子の姿が捉えられていた。また、多くはないが目撃情報もいくつかあった。

当初、防犯カメラの解析が進めば犯人を特定できるという楽観的な声もあった。しかし、捜査は難航している。

ただ、有力な手がかりとして足跡があった。遺体が発見されたビルからは複数の足跡が採取されたが、松波郁子が落下した場所から遺体発見現場へと続く足跡が犯人のものだと考えられている。靴のサイズは二十七センチで、大量生産されているメーカーのものだ。

「それから、夫の博史《ひろし》さんが亡くなったのは、宮田さんが言ったとおり三年前です。九月二十二日の出勤途中だそうです。ただ、宮田さんは交通事故と言いましたが、直接の死因はくも膜下出血とのことです」

破れたエコバッグを手に、地面に落ちた食材を呆然と見下ろす松波郁子が頭に浮かんだ。防犯カメラの映像でしか生きている彼女を目にしていなかったが、なぜかあざやかに思い描くことができた。

夫を亡くしたことで生活に困窮し家を失ったのだろうか、と岳斗は考えた。自分がどんな形で命を終えるのか、そのとき彼女は想像したのだろうか。

松波郁子がかつて住んでいたのは、駅から徒歩十五分ほどの場所に建つ小さな一軒家だった。

築三、四十年はたっているだろう、黒ずんだクリーム色の壁とこげ茶色のトタン屋根、二階の窓の黒い柵は取れかかって斜めになっている。ドアポストにはテープが張られ、ドアの上には表札を剝がした跡があった。窓には内側から入居者募集のポスターが貼ってある。

「どちら様?」

しゃがれた声がかかった。声の主は、隣の家の窓から顔をのぞかせている七十歳くらいの女だった。

「サンコウさんの人?」

女は細い目で三ツ矢と岳斗を眺めまわし、「……じゃないか」とひとりで結論を出した。

「サンコウさんとはなんですか?」

「あんたらこそ誰さ。警察呼ぶよ」

そう言い捨てて窓を閉めようとした女に、「警察です」と三ッ矢は警察手帳を見せた。女は細い目を見ひらいた。が、すぐに「偽物じゃないの?」と疑念を露わにした。

「本物です」

三ッ矢が真顔で答え、「以前、この家に住んでいた松波郁子さんのことを聞かせてください」と続けると、女はやっと本物の警察だと認めたようで、好奇心を宿した顔で家にあがるように言った。

隣家は、松波郁子が住んでいた家と同じ造りだった。いずれも三、四十年前に新築の建売住宅として販売されたのだろう。表札には〈須藤〉とある。

外観から想像したとおり室内は狭かった。台所とひとつなぎになった十畳ほどの居間に食卓とソファと座卓が置かれ、壁に沿って大きさも色もちがう棚がいくつも並んでいる。

須藤《すどう》は大音量を流していたテレビを消すと、「手狭で悪いね。ここ座って」と食卓の上の新聞やチラシ、ボールペンなどを脇によけた。

「サンコウさんとはなんですか？」

三ッ矢がさっきの質問を繰り返した。

「ああ、不動産屋さんだと思ったのよ」

「サンコウさんとはなんなのかを聞いています」

「だから不動産屋さんだってば。サンコウ不動産。隣の家をお願いしてるところ」

須藤は、松波郁子が住んでいた家はもともと自分の妹夫婦の家だと言った。五年ほど前、妹夫婦は仕事の関係で台湾に行った。当初は一年で帰国するはずだったが、台湾の空気が肌に合ったらしく戻る気配がないどころか移住も視野に入れているらしい。

「妹の旦那は十三も年下なのよ。だから、まだ五十五、六。若いよねえ。私の旦那は六十五のときに死んじゃったんだよ」

はははっ、と笑う須藤に同調することなく三ッ矢は淡々と話を進める。

「松波さんは隣の家を借りていたということですね？」

「そう。最初は一年だけっていう期間限定の契約だったから、一ヵ月分の敷金だけもらって礼金はなし。しかもお家賃は五万五千円っていう破格の条件で貸したの」

「それが五年前ですね」

「そう。七月七日。七夕だったからよく覚えてるよ。松波さんの奥さんには感謝されたよー。初期費用がかからなくて助かった、って。ここだけの話、生活が大変だったと思うよ。奥さん、体調が悪そうだったのにスーパーでパートしてたんだから。バックヤードっていうの？　白い制服着てお惣菜にラップかけたり品出ししたりしてるところ何度か見かけたもの。でも、辞めちゃったんだよね。ほら、更年期障害ってあるじゃない？」

なぜか須藤は声をひそめ、口もとに手をやった。「ひどかったみたいだね。男の人にはわかんないかもしれないけど、けっこう厄介なもんでさ。それで私、評判のいい病院教えてあげたの」

三ツ矢が病院名を確認すると、案の定、宮田睦美が言っていた病院だった。

「あっ、思い出した。そういえば、隣に越してきたとき、ご主人、無職だったんだよ。勤めてた会社が潰れちゃったんだって。でも、新しい勤め先が決まってたからOKしたのよ。それも感謝されたね」

須藤は賃貸契約書のコピーを見せてくれた。原本は不動産会社にあるという。

松波博史は郁子より三つ上だから生きていれば五十九歳だ。勤務先はオフィス機器メーカーの倉庫で、会社名の後ろにかっこ書きで〈7月14日より勤務〉と丁寧な手書きの文字が添えられていた。

「先ほど、松波さんの生活が大変そうだったと言いましたね」

「うん。言ったよ」

「なぜそう思ったのですか？」

「だから、さっき言ったでしょ。それにそんなの見てればわかるよ」

「僕は見ていないのでわからないのですよ」

須藤は口を半びらきにして三ッ矢を見つめ、ため息ひとつ分の沈黙を挟んでから
「……あんた、めんどくさいね」とつぶやいた。

ですよね、と岳斗は胸の内で同意した。

「いいかい？　まずさ、お金がないから初期費用がかからなくて家賃の安い家に引っ越してきたんじゃないの？　だいたいお金がある人がこんな狭くて古い家に住むわけないでしょ。しかも、奥さん自身が助かったって言ってたんだから。ご主人は転職が決まったばかりだったし、奥さんだって体調が悪いのにパートしなきゃなんなかったわけだしさ。着るものも質素っていうか、いつも同じような服だったし、ご主人が乗ってた自転車も古そうだったし。だいたい生活に余裕がない人って雰囲気でわかるもんでしょ。ねえ」

須藤に同意を求められ、岳斗はどうとでも取れるように曖昧《あいまい》に首をかしげた。

「家賃の滞納はありましたか？」

「それは一度もなかったね」

須藤は即答し、思い出すような表情になった。「そうだね。ご主人が亡くなってからも一度も遅れたことはなかったね」と細い目をしばたたいた。

ということは、松波郁子は夫を亡くして生活が困窮したためホームレスになったのではないのだろうか。

「松波博史さんが亡くなったのは三年前ですよね」

「ああ、もうそんなになるの。あのときはほんとうにかわいそうだったよ」

そこで須藤ははっとしたように目を上げた。食卓の縁《へり》を両手でつかんで前のめりになる。

「ちょっと！　大事なこと聞いてなかったよ。あんたらなんで松波さんのことそんなに聞くのさ」

三ツ矢はスーツの内ポケットから松波郁子の写真を出し、須藤の前に置いた。あっ、と須藤が喉を鳴らした。

「松波郁子さんですよね？」

須藤は反射的に写真を手に取った。

「あんた、なにやってんのさ！」

写真に向かって叫んだ。

三ツ矢は被害者の写真をプラスティックケースに入れて持ち歩いている。端末にも入っているが、関係者に見せるときは必ずプリントアウトしたほうを選んだ。

その理由がいまわかった気がした。三ツ矢は被害者の写真を手に取ってもらいたいのではないか。被害者を知っている人にふれてほしいのではないか。

「松波さん、亡くなったってことだよね？」

須藤は震えた声を絞り出し、「もしかして、あれ？　クリスマスイブの夜にホームレスの女の人が殺された事件？　殺されたのって松波さんなの？」

三ツ矢は無言でうなずいた。

「まさか……。嘘《うそ》でしょ。松波さん、ホームレスになったの？　なんで？　まさか妹の家を出てからじゃないよね？」

「松波さんの住民票の住所は隣の家に住んでいたときのままになっています。ですから、隣の家を退去してから住むところを失ったと考えられます」

須藤は目を閉じて顔を歪《ゆが》めてから、「そんなに大変だったら言ってくれればよかったのに。お家賃、待ってあげたのに」と苦しげに言った。

「松波さんは家賃を一度も滞納しなかったと言いましたよね」

「そうよ。だから、そんなに困ってるなんて気づかなかった。だって松波さんも働きはじめたみたいだったし」

「松波さんは博史さんが亡くなってから働きはじめたのですね？」

「たぶん」

「たぶん、とは？」

「毎日出かけるようになったからそう思ったの。朝と夜、働いてたんじゃないかな。夜は遅い時間じゃないと電気がつかないこともあったね。留守が多いから空き巣に入られなきゃいいなって思ったのよ。このあたりも一時物騒でね。ほら、この家、いまどき勝手口があるのよ。うちはふさいだんだけど、妹のところはそのままにしてるから」

「松波さんがどこで働いていたかは知りませんか？」

「それとなく聞いてみたけど答えてくれなかったよ」

「松波さんは体調が悪かったのですよね」

「でも、働かないと食べていけないでしょ」

三ツ矢は「なるほど」とつぶやいたが、納得している顔ではなかった。

夫の死後、松波郁子は朝と夜働いていた。それでも家賃が払えなくなったということだろうか。

「隣の家を退去するとき、松波さんはなんと言ったのですか？」

「それがちょっと変だったんだよね」

須藤は目を伏せて思い出すような表情になり、「急だったんだよ」と目を上げた。

「親戚の家に世話になることになった、って。事情があってすぐに行かなきゃならない、って。いろいろ聞いたんだけど、詳しいことは話してくれなくてさ。急な解約だと一ヵ月分の家賃をもらわなきゃならないって言ったんだけど、それでもいいって。家具とか家電はリサイクルショップにまとめて引き取ってもらって、なんだか逃げるみたいだったたんだよね」

松波郁子は翌日に退去したという。

「松波さんになにかトラブルはありませんでしたか?」

「ううん。そんなふうには見えなかったけど」

「松波さんが退去したのはいつですか?」

「去年の夏。お盆のすぐあと」

須藤は解約届を持ってきて、「ほら、八月十九日が申し出た日で、二十日が退去の日」と日付を指さした。

一年前の八月十九日——。

岳斗は思わず三ツ矢を見た。が、三ツ矢は表情を変えなかった。

「この方を見たことがありますか?」

三ツ矢が食卓に置いたのは東山義春の写真だった。

「ううん。見たことないけど。この人誰? まさかこの男が松波さんを殺したの?」

逆だ、と岳斗は思った。

松波郁子が東山義春を殺したのだ。

東山義春が殺されたのは一年前の八月十八日の夜。松波郁子が家の退去を申し出たのは、その翌日の八月十九日で、実際に退去したのは二十日だ。

東山義春のバッグに付着していた彼女の指紋。急な退去を申し出た日付。そのふたつの事実から、松波郁子が東山義春を殺し、姿を消そうとしたと考えられる。しかし、岳斗の頭になにか引っかかるものがあった。

松波郁子が住んでいた家を見せてもらった。

「はい、鍵。好きに見てちょうだい」

須藤は三ツ矢に鍵を渡した。シルバーのリングに、玄関と勝手口のふたつの鍵がついている。

松波郁子の退去後、自宅をリフォームする家族が半年間だけその家を借りていたという。しかし、家のなかから人の気配は完全に消えていた。

「松波さんはきれいに掃除してくれたけど、その家族は汚しっぱなしにして出てったよ」と須藤が文句を言ったとき、三ツ矢のくちびるが動いた。「二年……」とつぶやいたように聞こえた。

三ッ矢さん。松波郁子が退去を決めた日って……。

何度もそう言いそうになったが、岳斗はそのたび喉を閉じて言葉を押しとどめた。松波郁子が住んでいた家を見てからずっと、三ッ矢は頭のなかでなにかを慎重に積み上げるような表情をしていた。岳斗が声をかけることで、せっかく積み上げたものがバラバラに崩れ落ちてしまう気がした。

松波郁子が働いていたスーパーでは、店長とパートスタッフから話を聞くことができた。彼女がパートをはじめたのは引っ越してからすぐのことで、約二年後、体調不良により退職した。パートスタッフによると、退職する数ヵ月前からふらついたりしゃがみ込んだりすることが多くなったという。宮田と須藤が言っていたとおり、更年期障害による症状だったらしく、パートスタッフが病院に行くことをすすめると、すでに通っていると答えたとのことだった。

松波郁子が通っていたのは〈みその内科婦人科クリニック〉という女性専用外来を標榜《ひょうぼう》する医院だった。院長の馬場《ばば》美園《みその》に会えたときには夜の七時をまわっていた。

銀髪を潔くショートカットにした六十歳前後の院長は、松波郁子が殺害されたことよりホームレスになっていたことのほうに驚いたらしく、「松波さんがホームレスだなんてまったく想像できないわ」と呆然とつぶやいた。

「先ほどご近所の方から、松波さんは更年期障害の症状が重くてパートを辞めたと聞きました。特に疲労感とめまいがひどくて、ふらついたりしゃがみ込んだりすることもあったそうですね」

「そこまで知っているのならお話しできる範囲でお答えしますね。事情も事情ですし」

詳しい通院歴やカルテの提出が必要なら捜査照会という形を取るように、と前置きしてから院長は話しはじめた。

「おおむね刑事さんの言ったとおりです。松波さんは更年期障害の症状が強くて、疲労感とめまい以外にも、ホットフラッシュやのぼせ、頭痛、動悸《どうき》、関節痛などに悩まされていて、そのほかにも不眠や気分の落ち込みといった精神症状もありました。精神症状のほうは薬でかなり改善したんですけれど、身体症状のほうがなかなか厄介で……。それでも、もう少し通ってくれたら楽にしてあげられたと思うんですけどね。残念です」

「松波さんがこちらに通っていたのはどのくらいの期間ですか？」

院長はカルテをめくりながら、「えーと、半年くらいかな」と言った。松波郁子が最後に受診したのは、パートを辞める直前だったらしい。

三ツ矢が東山義春の写真を見せると、院長は心当たりがないと答えた。今日話を聞いた人全員に彼の写真を見せたが、知っていると答えた人はいなかった。

クリニックを辞去し、車に乗り込んだのはちょうど八時だった。

三ツ矢は相変わらず自分の世界に没頭している。まるでこの車には彼しか乗っておらず、運転するのはAIかなにかだと思っているかのように。

三ツ矢は風変わりな切れ者として知られているが、ほとんどの人は彼に積極的に近づこうとはせず、遠目に見ている印象だ。おそらく三ツ矢の近くにいると、自分の凡庸さを突きつけられるのだろう。岳斗は自分自身を役立たずの新人刑事と認めているものの、それでもわずかなプライドを容赦なく叩《たた》き潰されたように感じることがあった。

帰りの車中もエンジン音が響くだけで、疲労が混じった沈黙が重かった。しかし、重力をかわすように生きている三ツ矢はなにも感じないのだろう。

「あの、三ツ矢さん。松波郁子が退去を決めた日って……」

ずっと抑え込んでいた言葉を岳斗はついに口にした。

「そうですね」三ツ矢は前を向いたまま静かに答え、「さん」と続けた。

「え？」

「松波郁子さん。容疑者でも犯人でもないのですから呼び捨てはやめましょう」

「でもっ」と岳斗は勢い込んだ。「東山殺しの……いえ、東山さん殺しの犯人の可能性がありますよね」

「しかし、まだ容疑者でも犯人でもありませんよ」

はい、と小さく答えたら街路灯の光が流れていく暗い車内をまた沈黙が支配した。

「彼女はなぜホームレスにならなければいけなかったのでしょう」

やがて三ツ矢がつぶやき、「どう思いますか?」と岳斗を見た。

視界の端にかろうじて映り込む三ツ矢の目には夜の灯りが輝き、実際の距離よりも近くから見つめられている感覚がした。

岳斗は急になげやりな気持ちになった。凡庸だと思われてもいいから、自分の持ち物をすべてぶちまけて三ツ矢に見てもらいたくなった。

「あの、俺、普通のことしか言えないっすよ」

言葉づかいまで変わった。

「はい。どうぞ」

「じゃあ言いますけど、松波郁子さんは東山さんを殺して、逃げるために家を出てホームレスになったというのがいちばんシンプルな筋だと思います」

「殺害の動機は?」

「わかりませんけど、金目当て……とは考えにくいような気がします」

宮田や須藤をはじめ松波郁子を知る人たちの話からは、金目当てに人を殺すような人間とは考えられなかった。

「彼女はそこまでして逃げたかったのでしょうか」

「え？」

「警察に捕まることよりホームレスになることを選んだのはなぜでしょう」

「警察が怖いとか自由を奪われたくないとかやりたいことがある、とか？」

思いつくまま言ってみると、頭のすみに引っかかっていた違和感の正体が見えた。

須藤の話を聞いているときにも感じたことだった。殺人を犯して逃亡しようとする人が、わざわざ大家に退去を申し入れ、家をきれいにしてから姿を消すだろうか。

「彼女はどんな二年間を過ごしたのでしょう」

三ツ矢の話は飛び石のように進むため、頭がついていかなくなる。「二年間？」と声にしたところで、松波郁子が住んでいた家を見たとき、三ツ矢が「二年」とつぶやいたことを思い出した。

「夫の博史さんを亡くしてから家を退去するまで約二年。正確には一年十一ヵ月です。そのあいだ松波郁子さんになにがあったのでしょう」

「また働きはじめたって言ってましたよね。少し前向きになれたってことでしょうかね」

「体調不良で仕事を辞めたのに、また働きはじめたのでしょうか」

「治ったんじゃないっすか」

「なるほど」

三ッ矢は驚いた声を出した。

「その可能性もありますね。思いつきませんでした」

嫌味ではなく、本心からそう思っている声音だった。

夜の十時からはじまった捜査会議で松波郁子の経歴が明らかになった。

松波郁子と夫の博史には、子供も近しい親族もいなかった。当然、「親戚の世話になる」という退去理由は嘘であり、解約届に書かれた引越先の住所もでたらめだった。

捜査会議は唾をのみ込むことさえ憚《はばか》られる緊張感と、その底にかろうじて抑え込まれているどこかそわそわとした空気が混在していた。

実質的に捜査には加わらない本部長とふたりの副本部長が前のテーブルにそろって座っているため、松波郁子の経歴が判明したことよりも、重大な報告があるはずだと誰もが察知していた。

岳斗は背筋を伸ばして姿勢のよさを意識したが、隣の三ッ矢は長い脚を組み、いつもどおり人の話を聞いているのかいないのかわからない雰囲気だ。

「最後に重要な報告がある」と管理官が声を張り上げ、本部長に顔を向けた。

「先ほど千葉県警から報告が入った。本件の被害者である松波郁子と、昨年千葉市で発生した殺人事件の被害者である東山義春の接点が見つかった」

本部長の言葉に、地鳴りのようなざわめきが起きた。

「……さん」

隣の三ツ矢がぼそっとつぶやくのが聞こえた。

東山義春は保健福祉センターに勤務する公務員だった。事件当時は生活保護の相談窓口である社会援護課にいた。松波郁子が生活保護の申請相談に訪れ、東山義春が担当した記録があったという。

「現段階では、合同捜査本部を設置する予定はない。そのため、松波郁子と東山義春の関係については千葉県警の担当になる。我々は我々の仕事をする。つまり、松波郁子を殺害した犯人を一日も早く逮捕することだ」

「はいっ」と野太い声があがったが、三ツ矢は返事をしなかった。

4

手のひらに載せられた釣り銭のなかに五百円玉があるのを認めると、松波郁子の心は躍った。

ほんとうは会計前にお釣りがいくらなのか計算しているし、できるだけ五百円玉をもらえるように支払っているのだが、それでも実際に手のひらの五百円玉を見ると胸に温かいものが広がり、くちびるの端がふっと上がった。

「元気でね。体、大事にしてね」

レジの河辺《かわべ》が言った。

「ありがとう。河辺さんも元気でね」

釣り銭とレシートを財布にしまいながら郁子は返した。五百円玉が小銭入れに納まるのをきちんと見届ける。

今日が〈寿《ことぶき》スーパー〉での最後のパートの日だった。着替えと挨拶を済ませてから、客として買い物をしたところだ。買い物カゴには特売のキャベツと玉子と納豆が入っている。申し訳ないが、豚バラ肉とソーセージは別のスーパーで買うつもりだ。

「今度はお客さんとして来てね」

「ええ。そうする」と答えたが、数ヵ月前に自宅の反対側に激安スーパーができたため、よほどのことがない限りここで買い物することはないだろう。

郁子は軽く頭を下げ、二年近く働いたスーパーをあとにした。

今日は恐ろしいほど体調がいい。朝から一度もめまいがなく、ホットフラッシュもやりすごせる程度のものだった。そのことが郁子に焦りを感じさせた。

早まったのではないか？　辞める必要はなかったのではないか？今日を機に更年期障害は治まるのではないか？

更年期障害の症状がひどくなったのは、ここ半年のことだ。当初は、体調のあまりの異変にこれはただ事ではないと内科を受診したが、病気は見つからず、婦人科にかかるようにすすめられた。女性専門外来を受診し、問診と血液検査の結果から更年期障害と診断された。不眠と気分の落ち込みは抗不安薬と抗うつ剤でかなり改善したが、ホルモン補充療法で副作用が出るなど身体症状に合う薬がなかなか見つからなかった。漢方薬に切り替えることになり、医師からは即効性は期待しないように言われたが、効いているのかいないのかわからないことに納得がいかなかった。

パートを辞めたのは、これ以上職場に迷惑をかけられないと考えてのことだったが、その前に店長からそれとなく退職を促されてはいたのだった。刺身用の魚を切ろうとして落としてしまったり、ラップカッターで指を切って商品に血をつけてしまったり、品出しのときにふらついて客にぶつかったり、この半年のあいだで数え切れないほどの失敗をした。しゃがみ込んだまま立ち上がれなくなり、あやうく救急車を呼ばれそうになったこともある。

鼻先にぽつっと水滴が当たった気がした。

墨汁を垂らしたような濃灰色の雲が空を覆っている。湿気を含んだ空気がねっとりとまとわりついて呼吸がしにくい。こめかみを汗がつたった。息苦しい、と思った途端、顔がかっと熱くなった。次の瞬間、心臓が駆け足をはじめる。

郁子は自分の体に裏切られたように感じた。

結局、豚バラ肉とソーセージを買わずに家に帰った。

エコバッグを食卓に置いて窓を開けると、「ちょっとだけ」とつぶやいてソファに横になった。どくどくどくと先走る鼓動が鼓膜を叩く。目をつぶるとめまいに襲われ、慌てて目を開けたが消えてはくれなかった。汗がどっと噴き出し、ひたいやこめかみ、耳の後ろを流れていく。熱いのに、体の芯が冷えている。

今晩の献立は回鍋肉《ホイコーロー》の予定だった。夫の博史の好物だ。

三つ上の夫は五十六歳だが、食欲は変わらず旺盛だ。煙草《たばこ》は吸わず、酒はたまにしか飲まないが、脂っこいものと甘いものを好むのが心配だった。

回鍋肉、冷奴《ひややっこ》、きゅうりの酢の物、と献立を決める。みそ汁の具はなめこにしよう。

開いた窓から隣家の須藤の声が入り込んでくる。近所の人と立ち話をしているようだが、彼女の声しか聞こえてこない。激安スーパーのタイムセールで牛乳が百二十円だったと言っている。

ああ、そうだ、回鍋肉をつくるのだから豚バラ肉を買ってこなくちゃ。明日のお弁当用にソーセージも必要だ。その前にお米を研がなくちゃ。

そう思うのに、空気に体を押さえつけられて身動きできなかった。

音が鳴っている。郁子の意識は暗闇のなかで音の正体を探った。

電話だ、と気づいた瞬間、いま何時？　とはっとする。目を開けると薄闇のなかにいた。

万が一のことを考え、携帯電話はいつも手の届くところに置いている。体を起こすよりも先に床に手を伸ばすとストラップに指先がふれた。

夫からの着信だ。七時二十三分という時刻を見て、またやってしまった、と泣きだしたい気持ちになった。

郁子が声を出す前に、「郁子さん、大丈夫？」と夫が聞いてきた。郁子が体調を崩してから、夫は「もしもし」の代わりにそう聞くようになった。

「大丈夫」と答え、つい、ごめんなさい、と続けそうになったところをぐっと堪《こら》える。自分でも気づかないうちに、ごめんなさいが口癖になった郁子に、「体調が悪いのはあやまることじゃないだろう。もし俺が病気になったとしたら、いつもあやまってなきゃいけないってこと？」と、珍しく厳しい口調で夫が言ったのだ。

「これから帰るけど、なにか買っていくものはある？」

豚バラ肉とソーセージ、と反射的に答えそうになったが、朝早くから働いている夫にスーパーに立ち寄らせるのは申し訳なかった。

「なにもないから気をつけて帰ってきて」

「了解。急いで帰るよ」

「急がなくてもいいの。気をつけてほしいの」

夫と話すうちに郁子は自然に笑うことができた。

「わかったよ」と夫も笑った。

睡眠を取ったおかげか体調は回復していた。冷蔵庫のなかをチェックしながら献立を考え直し、冷奴ときゅうりの酢の物はそのままで、回鍋肉の代わりに親子丼にしようと決めた。三駅離れた勤務先まで自転車で通勤している夫はいつも三十分ほどで帰ってくる。急いで米を研ぎ、ぬるま湯を入れて炊飯器の早炊きスイッチを押した。

夫は、郁子の予想より十分ほど遅れて帰宅した。髪とポロシャツが濡《ぬ》れ、湿った埃《ほこり》のにおいが立った。

「雨降ってたの？」

そういえば、さっき雨粒が鼻に当たった気がしたではなかったか。なぜ夫が電話をくれたとき雨のことを気づかえなかったのだろう。

「家に着く間際にちらっとね。だから問題なかったよ」

なんの役にも立たない、誰の力にもなれない——。

そんな考えが降りかけたとき、夫が「はい。お疲れ様でした」と背中にまわしていた手を郁子の前に差し出した。その手には一輪の真っ赤な薔薇《ばら》があった。かわいらしくラッピングされ、金色のリボンまでついている。

「え？　どうしたの？」

「どうしたの、って今日はパート最後の日だっただろ。だから、いままでお疲れ様、の気持ちだよ。一本だけで悪いけど」

夫は照れたように笑って郁子の手に薔薇を押しつけた。

「ありがとう」

郁子の心をやわらかなブラシがなぞり、自己嫌悪や不安の色を幸福感に塗り替えていく。薔薇に鼻先をつけて甘くみずみずしい香りを胸いっぱいに吸い込んだら、瞳が熱くうるんだ。

日常的に花を飾る習慣はなかったが、郁子は赤い薔薇の花言葉を知っている。一輪という数に込められた意味も知っている。夫が郁子に花をくれるときは必ず赤い薔薇を一輪だけだったから、気になって調べたことがあるのだ。

「あ、そうだ」と、夫が嬉しそうな声を出した。

財布から五百円玉をひとつ取り出し、食卓の上の小さな缶に入れた。飴《あめ》が入っていた銀色の缶で、蓋にはてんとう虫のイラストがある。

「薔薇を買ったお釣り」

夫は郁子に笑いかけた。

「あ、私も」

郁子も釣り銭で渡された五百円玉を缶に入れた。

郁子と博史が五百円玉貯金をはじめたのは十年前だ。その年、子供を授かることをあきらめたのだった。不妊治療はしなかった。もしどちらかに原因があることが明らかになれば、それがどちらだとしても、一生消えない自責の念に苛《さいな》まれると思った。

結婚したのは、郁子が三十七歳、博史が四十歳のときだ。どちらも初婚だった。知り合ったのは郁子の派遣先だった設計会社で、博史は下請会社の社員としてよく打ち合わせに来ていた。四角い人、というのが第一印象だった。顔はごつい四角、胴体はふくよかな四角、黒く太い髪を短く刈った頭も四角、大きな手のひらも四角っぽかった。こんなに頑丈そうな人がソフトウェアの開発をしているというギャップがおもしろかった。

結婚してまもなく中古マンションを買った。郁子は結婚後も派遣で働いていたが、ゆとりのある生活を送れば子供を授かるのではないかと考えて仕事を辞めた。しかし、望みどおりにはいかなかった。

子供はあきらめよう。そう口にしたわけでも、そう決めたわけでもなかった。きっかけは、たまたま手にしたパンフレットだった。

休日に夫と出かけたとき、高校生にパンフレットを渡された。彼が募金活動をしていると言わなければ気づかなかっただろう。駅の入口横に並んだ高校生たちが、「募金をお願いしまーす!」と声を張り上げていたが、その声も姿もざわめきと雑踏に紛れていた。夫がパンフレットを一瞥《いちべつ》し、募金箱に小銭を入れると、「ありがとうございます!」といくつもの弾んだ声が返ってきた。郁子は目の前に並んだ高校生をまじまじと見つめた。純粋に輝く瞳、きめ細かな肌、つやのある黒髪。彼らはただそこに立ち、声を発するだけで、鮮烈で美しく、躍動的なエネルギーを放っていた。そして、そのことを誰ひとり自覚していなかった。

手渡されたパンフレットを読んだのは家に帰ってからだった。それは郁子も知っている国際協力NGOのものだった。パンフレットには世界中の子供たちを飢えや貧困、生命の危機から守り、保健や衛生、教育を支援するための活動内容が書かれていた。

そこには、子供の笑顔があった。泣き顔があった。寝顔があった。あばら骨が浮き出た子供。ミルクで顔を汚した子供。母親に抱かれた子供。裸足《はだし》で走る子供。嬉しそうに本を開く子供。

そのとき郁子は自分の魂が自分の体から抜け出し、地球を俯瞰《ふかん》するまなざしになったような、地球の裏側にいる子供たちに降り注ぐ光になったような、なんともいえない不思議な感覚に包まれた。いま自分は解放されたのだと感じた。

そして、夫もこの瞬間、自分と同じ魂の体験をしていることがはっきりと感じられた。

みんな俺たちの子供——。夫の心の声が聞こえた。

みんな私たちの子供——。自分の心の声も夫に聞こえているのだろうと思った。

生活に余裕があるわけではなかった。夫が勤める会社は急激に業績が落ち込み、夏も冬もボーナスは支給されず、給与は二割カットされた。十数人いた社員は三十代以下の若手が全員辞め、残っているのは四十代以上の博史を含めた五人だけになっていた。会社が手がけるのは建物の構造計算ソフトで、夫によると「潰しがきかない仕事」らしい。夫も転職を考えてはいたが、辞めた社員の仕事を引き継がなければならず、タイミングを逸してしまった。増え続ける仕事量と残業時間に反して収入は減っていった。

五百円玉貯金をはじめたのは自然な流れだった。五百円玉をもらうたびに缶に入れる。そして年末にまとめて寄付をする。それは思いがけない歓《よろこ》びをもたらしてくれた。

治療用ミルク、栄養ペースト、ビタミン剤、ワクチン、清潔な水、スクールバッグ……。私たちの五百円玉はなにに換わるのだろう、と想像した。

私たちの子供。会ったことのない子供。地球上には私たちの子供が大勢いる。私たちの子供がつらい思いをしませんように。みんな笑って暮らせますように。

五百円玉を缶に入れるたび、郁子は心から祈った。

玄関横に洗濯物を干して家に戻ると、それだけで全力疾走した直後のように息が乱れた。顔だけではなく全身から汗が噴き出し、背中に張りついたTシャツが気持ち悪かった。

今日の汗のかき方は尋常ではない。回復するどころか、ますます悪化しているのではないだろうか。それとも、更年期障害ではなくちがう病気なのだろうか。不安に駆られた郁子だが、熱いのは体調のせいではなく気温が高いせいなのだとテレビの天気予報が教えてくれた。今日の最高気温は三十三度になるらしい。

夫が不在のときはできるだけエアコンをつけないようにしているが、ちょっとだけ、と言い訳をしてスイッチを入れた。

パートを辞めて一週間になる。体調には波があり、調子がいいときは掃除や洗濯をぱっと済ませて買い物にも行けるが、悪いときは掃除機をかけるだけでも何回も休憩を挟まなければならなかった。

なんの役にも立たない、誰の力にもなれない――。

気を抜くと、暗い思いにのみ込まれてしまいそうだった。

壁かけのカレンダーになにげなく目をやり、今日は七夕だと気づく。ということは、この家に越してきてちょうど二年になる。二年前を思い出し、自分たちはまだラッキーなのだと自分に言い聞かせた。一年間の定期借家という契約だったのに、持ち主の帰国が決まるまで同じ家賃で住まわせてもらえているのだから。ただ、いつかは引っ越さなければならない。そのときのためのお金は用意してあるが、使わないに越したことはない。

郁子は食卓の上の缶を手に取った。ずしっとした重みと硬貨がふれあう音がしたが、それほど貯《た》まってはいない。給料日前に二、三枚、ときには貯まった分すべてを使わせてもらうことが増えたからだ。

夫に借金があることが判明したのは、勤務先の会社が潰れたときだった。最後まで会社に残ったのは社長のほかには夫だけで、一年以上前から無給だったこともそのとき知らされた。辞められなかったんだ、と夫はうなだれ、ごめん、と言った。何度も退職しようとしたが、そのたびに社長は「いま君に辞められたら会社は潰れる。俺は首をくくるしかない。そうなったら一家心中だ」と泣きながら慰留したという。給料は来月には必ず払う、再来月には、まとまった金が入ったら、とずるずると引き延ばされ、ある日、夫が出社すると事務所はもぬけの殻で、社長とは連絡がつかなかった。

郁子は、夫がキャッシングした金を給与だと信じて疑わなかった自分を恥じた。振り返ってみると、思い当たることはいくつもあった。寝つきのよかった夫の眠りが浅くなった。心ここにあらずといった表情が多くなった。郁子が声をかけると、奇妙なほど明るくふるまった。

夫の話を聞いて郁子は泣いた。それは、不安や心配、苦しみや痛みをすべてひとりで引き受けようとしてくれた夫への申し訳なさと愛情からの涙だった。

夫が自分の仕事を「潰しがきかない」と言ったのはほんとうだった。そもそも同業が少なく、夫の職種を募集している会社は皆無だった。かといって、五十四歳の未経験者を雇ってくれる業種も見つからなかった。

夫は正社員にこだわり、郁子もそれに賛成した。

子供をあきらめてから郁子は派遣を再開したが、以前と比べて明らかに条件が悪く、短期間の仕事しか見つからなかった。できることなら夫には安定した仕事に就いてもらいたかった。そんななか、大手のオフィス機器メーカーが倉庫スタッフを募集していた。募集内容には、年齢も経験も問わず、さらに正社員登用制度があると書かれていた。

採用が決まったタイミングでマンションが売れた。しかし、ローンは残り、さらに夫の借入の返済もあった。それでも、仕事が決まってよかった。そう思うしかなかった。契約社員からのスタートだったが、夫の人柄と仕事ぶりを見ればすぐに正社員にしてくれるだろうと郁子は思った。


ソファに横たわって汗が引くのを待ちながら二年前を思い返していると、あの頃といま、どちらが幸せだろう、とそんな考えが頭に浮かんだ。

夫は契約社員のまま五十六歳になった。重い荷物の積み下ろしが足腰に負担をかけるらしく、腰痛はひどくなる一方だ。

郁子は引っ越しを機に派遣を辞め、寿スーパーでパートをはじめた。数ヵ月ごとに派遣先が変わることにストレスを感じていたし、通勤時間を考えてのことだった。しかし、そのパートも辞めてしまった。

先が見えない、と思う。いつ体調は回復するのだろう。いつ借金は返し終わるのだろう。いつ夫は正社員になれるのだろう。いつ夫の腰痛は治るのだろう。

そもそもそんな日は来るのだろうか。

郁子はこれまでの五十三年間の人生で、いまほど自分を情けなく感じたことはなかった。働けない。まともに家事もできない。夫の腰痛を治すこともできない。

急《せ》き立てられるように立ち上がり、財布を開いた。五百円玉を探したが、入っていなかった。なにかしなくては、と自分を奮い立たせた。


「お、すごいご馳走《ちそう》。今日なんかの日だっけ？」

夫が食卓を見て顔をほころばせた。シャワーを浴びたばかりで髪が濡れている。

食卓には、マグロとサーモンとイクラをたっぷりのせた海鮮丼と冷や汁がのっている。脂っこい食事を好む夫だが、刺身は大好物で、暑い日が続いているせいか最近はさっぱりしたものを欲するようになった。

「特売でお刺身が安かったから、ひさしぶりに海鮮丼にしてみたの」

そう答えたが、嘘だった。思いがけない収入があり、夫に喜んでほしくてその三千円で刺身を買ったのだ。

郁子がインターネットで見つけた仕事は、自分の好きなテーマで自由に記事を書くというものだった。報酬は文字数に応じて三千円から五千円で、ノルマや締め切りはない。その募集要項を読んだとき、五百円玉貯金について書きたい、と思った。そう思ったことでその仕事に呼ばれたような気がした。

　五百円玉を缶に入れるときの充足感、年末に寄付するときの幸福感、自分の五百円玉が地球の裏側に届くと想像したときの歓びと興奮、子供たちの役に立てていると感じられたときのこの世のすべてを祝福したい気持ち。

　夫の古いノートパソコンを使って夢中で書いた。一時間ほどで書き上げたものをダメ元で送ってみた。

　すると二日後、メールの返信があった。郁子の記事を絶賛し、また送ってほしいと書かれていた。口座に原稿料の振り込みがあったのは昨日のことだ。

　夫にはしばらく黙っていることにした。パートを辞めたばかりなのに、在宅とはいえまた仕事をはじめたと知れば心配するだろうし、一輪の薔薇をくれた気持ちを台無しにするように思えた。

「うまい、うまい」と海鮮丼をかき込む夫の胸のあたりが薄くなった気がした。

「ねえ。痩せた？」

「俺？」

「うん」

「いちいち体重計に乗らないからわからないよ」

夫はわさびじょうゆをたっぷり垂らしたマグロで白米を包むようにし、大きく開けた口へと押し込んだ。

「なんだかこのへんが」と、郁子は自分の鎖骨の下に手のひらを当てた。「痩せたように見えるんだけど」

「そうかあ？　汗かくからかなあ。でも、少し痩せたほうが健康のためにはいいかもな」

そう言って冷や汁をずずっと吸い込み、また海鮮丼をほおばった。

「ねえ。マグロおいしい？」

「最高」と、親指を立ててにやっと笑う。

「子供みたい」

郁子が声をあげて笑うと、つられて大笑いした夫の口から米粒が飛んだ。

「やだ、もう」

「ごめんごめん」

こんなに満ちたりた食卓はひさしぶりだった。

今度は地球儀をテーマに記事を書いた。

居間の棚の上にある地球儀は、郁子の四十五歳の誕生日に夫がプレゼントしてくれたものだ。ケニア、ルワンダ、コソボ、バングラデシュ、アフガニスタン、シリア。自分たちが寄付した五百円玉の行先を想像して地球儀に指を滑らすと、体は日本にあっても、心はどこへでも行けて誰にでも会える気がする。

そんなことを書いて送ると、また二日後にメールが来た。前回にも増して郁子の記事を絶賛していた。記事の掲載先のアドレスがあり、クリックするとライフスタイルを提案するウェブマガジンで、そのなかの〈コラム〉というコンテンツに郁子の書いたものがあった。ディスプレイのなかの自分の名前を見て、郁子はなにか大きなものに存在を認められた気持ちがした。

翌日、担当者から電話があった。

「松波さん、アクセス数がすごいことになってますよ！」若い男の声だった。「松波さんだけ桁がちがうんです。ほかのコラムは自分の生活を楽しむことをテーマにしたものが多いんですけど、松波さんはちがいますよね。奉仕と慈悲の心にあふれていて、読者を感動させます。自分も社会参加しよう、社会貢献しよう、そう思わせてくれる素晴らしい内容です。弊社は松波さんが書かれるような社会的価値のあるコラムを求めているんですよ」

奉仕、慈悲、感動、社会貢献――。耳に飛び込んできた言葉に、細胞のひとつひとつが熱っぽく粟立《あわだ》ち、頭の芯が心地よく痺《しび》れた。「いえ、そんな」と返した声が裏返った。

松波さん専用のページをつくるので正式に契約しませんか、と担当者は言った。いまは数あるコラムのなかのひとつという扱いだが、新たに郁子専用のページをつくり、今後、郁子が書いたものはすべてそこに掲載する。そうすればこれまでの原稿料に加えて、アクセス数に応じた報酬がプラスされる。

「いまの松波さんのアクセス数から換算すると、原稿料の五、六倍は堅いと思いますよ。それにアクセス数は半永久的にカウントされるので、なにもしなくても収入になる仕組みなんですよ」

ただ、初期費用としてサイトの製作費とサーバーのレンタル料がかかるという。三十万円という金額に郁子はたじろいだ。

「もちろん、松波さんがこの仕事を辞めるときは全額返金します。ただ、けっして安い金額ではないのでよく考えてください」

担当者は無理強いすることなく電話を切った。

翌日、郁子の口座には二回目の原稿料として前回よりも多い五千円が振り込まれていた。

また、夫においしい刺身を食べさせてあげられる——。目の前がぱっと開け、きらびやかな光が射し込んだ。

郁子は引越費用として取っておいた三十万円を振り込んだ。それきり担当者と連絡が取れなくなった。

妹夫婦が帰国することになったから退去してくれる？　いまにも隣家の須藤がそう言い出すような気がして、郁子の心は不安で塗り潰された。常に呼吸が浅く、頭皮がきゅっと縮んだように頭が痺れ、体のすみずみまで酸素が行き渡っていない感覚だった。

三十万円のことは誰にも話せなかった。

いま振り返ると、なぜあんな単純な詐欺に引っかかってしまったのか自分が理解できない。まるで催眠術にかかったようだった。ほんとうは振り込んでなどいないのではないか？　三十万円はちゃんとあるのではないか？　何度もATMで記帳をしたが、最後に印字されているのは三十万円を引き出した記録だった。

須藤は午後二時から午後五時まで風呂目当てでスポーツクラブに行く。顔を合わせないように須藤が不在の時間帯に買い物や用事を済ませることにし、午前中に出かけるときは普段は使っていない裏の勝手口からそっと出入りした。

一刻も早く引越費用を貯めなくてはならない。そのためには私が働かなくてはならない。そう思えば思うほどめまいがひどくなり、発作的な過呼吸に襲われるようになった。

通院はやめた。そんなお金の余裕はないし、自分には病院にかかる資格がないと思えた。

それよりも夫だ。

お盆を過ぎてから夫は急激に痩せた。その前から食が細くなっていたのだが、夏バテだと笑う夫の言葉を信じてしまった。いや、自己嫌悪と自責の念が視界をふさぎ、目の前の夫をちゃんと見ようとしなかったのかもしれない。

「え、もういいの？」

箸を置いた夫に、郁子は言った。

刺身なら喜んで食べてくれるのではないかと考え、今日は奮発してマグロとイカの刺身を買った。

「せっかくのご馳走なのにごめん。でも、おいしかったよ。満足、満足」

夫は笑いながら片手で腹を叩いてみせた。

夫は大好物のマグロを二切れ残した。イカは半分以上残し、冷や麦は数口すすっただけだ。

「どこか悪いんじゃないの？」

「大丈夫だって。ただの夏バテだから」

「でも、ほとんど食べてないじゃない」

そう返したとき、ほんとうは昼の弁当も食べていないのではないかと思い至った。夫の弁当箱は大きく、ごはんとおかずが二段になっている。「ご馳走様」と手渡される弁当箱はいつも空だから残さず食べていると思い込んでいたが、ほんとうは捨てているのかもしれない。

麦茶を飲んだ夫が咳《せ》き込んだ。

「大丈夫？」

郁子はおしぼりを手渡した。

「なんか最近……変なところに……入っちゃって。……歳かな」

夫は咳き込みながら答えた。何度か咳払《せきばら》いをしてから、ふうっ、と大きく息を吐く。

「ねえ、病院に行ったら？」

数週間前から何度も言っていることだった。しかし、夫は夏バテだと繰り返すだけで、郁子がしつこく言うとうるさがった。

「腰痛もひどくなってるんでしょう。一度診《み》てもらったほうがいいと思うけど」

「腰痛は職業病みたいなもんだよ」

「でも、食欲もないみたいだし、痩せちゃったし」

「病気みたいに言うなよ」

夫の声に鋭さが混じった。

「病気だったらどうするのよ」

夫は郁子を見据えたまま長い沈黙をつくり、やがておしぼりを食卓に叩きつけた。

「病気だったらどうするんだよ」

低く平坦《へいたん》な声だった。四角い顔の頬がこけて薄い陰ができ、目の下にはくまの黒ずみがある。

「だから――」

「病気が見つかったって仕事を休むわけにいかないだろ。休んだらクビになるかもしれないんだぞ。そうなったらどうやって生活するんだよ。どっちみち働かなきゃ食っていけないんだ。だったら病院に行く意味なんかないだろ」

「そんな――」

「しつこいっ」

夫は勢いよく立ち上がり、居間を出ていった。

こんなに苛立ち、声を荒らげた夫ははじめてだった。痩せて面変わりしたように、目に見えない部分もなにかが変わったように感じられた。

保健福祉センターに足を踏み入れるのははじめてだった。

その日は朝から緊張していたが、社会援護課の担当職員の対応が思いがけず丁寧なことにほっとした。

五十歳前後だろうか。銀縁の眼鏡をかけた男は几帳面《きちょうめん》そうな雰囲気ではあったが、くちびるの端に終始穏やかな笑みを刻んでいた。

郁子の説明を、はい、はい、と相づちを打ちながら聞いた職員は、「それは心配ですね」と言った。ただそれだけの共感の言葉が心にやさしく染み入った。私は誰かに話を聞いてほしかったのだ、と郁子は悟った。

「奥さんは働けないんですか？」

職員は穏やかな口調のまま続けた。

「いまお話ししたように更年期障害がひどくてパートも辞めてしまったんです。お恥ずかしいんですけど」

んー、と職員は口のなかで声を転がしてからゆっくりと口を開いた。

「更年期障害は病気ではないですよね。年齢とともにみんな経験することですから、いわゆる老化の一種になりますよね。それだと理由にはならないんですよね」

「じゃあ、夫が働けなくなっても生活保護は受けられないんですか？」

生活保護、という部分だけ無意識のうちに小声になった。しかし、職員は言い慣れているのか、逆にそこを強調するような言い方をした。

「そうですねえ。まあ、基本的に生活保護の相談は実際にご主人が働けなくなってからということになりますが、やはり、じゃあ、どうして奥さんが働かないのかという話になりますよね」

「私も働きたいんです。でも、めまいや疲労感が強くてどうしても働けないんです。病院にもかかってたんですけど、なかなかよくならなくて。夫が仕事を休むあいだだけでも生活保護のお世話になることはできないんでしょうか」

んー、と男はまた口のなかで唸《うな》った。

「だから、せめてそのあいだくらいは奥さんががんばって働かないと、って話ですよね。奥さんはいま五十三歳、ですよね。失礼ながら若いとは言えないですけど、まだ働ける年齢ではありますよね。よく来るんですよ、働きたくないから生活保護の申請に来る人が。まあ、奥さんがそうとは言いませんけど、同類だと思われてしまうかもしれませんね」

「私は働きたくないわけじゃないんです」

郁子は思わず前のめりになった。その分、距離を取った職員はあごの下で両手を組んで郁子をまっすぐ見据えた。眼鏡の奥の瞳がすっと冷えたように見えたが、くちびるの端は笑みを刻んだままだ。

「でも、ここまで来られましたよね？」

「え？」

職員の笑みが試すようなものに変わった。

「生活保護をもらうためなら出かけられるのに、仕事には行けないって、そんなの誰が見てもおかしいですよね」

職員の言葉に、そうかもしれない、と頭のすみでぼんやり思った。この人の言うとおり、生活保護の相談には出かけられるのに仕事には行けないなんてただの言い訳ではないだろうか。

「更年期障害なんて怠け病みたいなものだと、私は思いますよ。もし、自分の嫁が更年期障害を言い訳に家事を手抜きしたら許しませんけどね。ご主人、体調が悪くてつらそうなんでしょう？　かわいそうに。奥さんも自分のことだけじゃなく、もっとご主人のことを考えてがんばらないと。甘えちゃだめですよ」

ね？　とほほえみかけられ、郁子は無意識のうちに「すみません」と言っていた。

郁子が立ち上がると、職員も立ち上がり、「がんばりましょうね」と励ますように言ったが、なにをどうがんばればいいのかわからなかった。

怠け病。言い訳。甘え。そんな単語が郁子の頭蓋骨を内側から打ち続けていた。

その日は朝から小雨が降っていた。

夫は起きたときから眉間にしわを刻み、むっつりと口を閉ざしていた。それでも気温が低いせいか、パンとスープの朝食を平らげた。やはり夏バテだったのだろうか、そうであってほしい、と郁子は願った。

「自転車で行くの？」

レインコートを着て出かけようとする夫に声をかけた。

「小雨だから」

夫は郁子を見ずにぼそっと答えた。

危ない——そう言いかけてぐっと堪えた。これ以上、夫に不機嫌になってほしくなかった。

郁子は数日前、自宅から四駅の場所にあるコールセンターのパートを見つけた。正直なところ働く自信はなかったが、とにかくやれるところまでやってみようと思った。仕事がはじまるのは来月からだ。まだ夫には言っていない。働きはじめたら、病院に行くように夫を説得するつもりでいた。

「気をつけてね」

玄関で夫を見送った。

夫は後ろ姿で「うん」と答え、小雨のなかへと足を踏み出した。

5

車のハンドルを握る岳斗の視界に、店や住宅の正月飾りが入り込む。正月休みはないだろうなあ、とぼんやり思い、ため息を押しとどめて助手席をうかがった。

三ツ矢はいつもどおり腕を組み、遠くを眺めるまなざしを前に向けている。連日わずかな睡眠しか取っていないのにうとうとする気配もない。その飄々とした横顔を見て、またため息が出そうになった。

昨夜の捜査会議で、松波郁子と東山義春の接点が見つかったと知らされた。同時に、ふたりの関係性は千葉県警が担当すると本部長のお達しがあった。さらに、会議終了後、岳斗は刑事課長に呼ばれ、「おまえ、また千葉からクレームが入らないように、パスカルのことちゃんと見張っとけよ」と釘《くぎ》を刺されたのだった。

それなのに――。

岳斗は三ツ矢の指示に従い、東山の家をスピードを落として通りすぎ、少し離れた場所で車を停めた。

「三つあったフラワーアレンジメントがひとつになっていましたね」

三ツ矢が言った。

「はあ」

「たぶんしおれたのでしょうね」

「そうっすね」

「ポインセチアはそのままでしたね」

「ですね」

すべての返答が不服そうな声音になったのを自覚した。

なぜ三ツ矢が東山の家の出窓とフラワーアレンジメントに固執するのか、岳斗はいまだに理解できないでいた。一般的に直射日光が当たる場所に花を飾らないというのはわかったが、率直なところ、だからなんなのだ？　という感想しかなかった。だいたい、松波郁子は暴行目的で殺されたと見られている。出窓の花なんてどうでもいいではないか。

それよりも、東山義春殺害事件の捜査本部〈つどいの丘公園男性殺人事件〉の捜査員と鉢合わせしないかどうかが気がかりだ。幸いなことに、いまのところほかの捜査車両は見当たらない。

「あの、松波郁子さんと東山義春さんの関係性を調べるのは千葉県警に任せるように言われましたよね」

岳斗がこの台詞《せりふ》を口にするのは今日二度目だ。朝の捜査会議の終了後、東山の家に向かう、と三ッ矢が言い出したときもいまとまったく同じことを言ったのだった。

「僕はふたりの関係性を調べているわけではありませんよ。だいたい僕はなにも調べていません。ただ出窓のフラワーアレンジメントが気になるだけです」

まるで岳斗のほうが変なのだと言わんばかりだ。

「じゃあ、本人に聞いてみればいいじゃないですか」

とっさにそう言い返し、その直後、しまったと思う。しかし、返ってきたのは意外な言葉だった。

「いまはまだ聞きません」

「どうしてですか？」

「彼女が嘘をつく理由が知りたいからです」

「え？　嘘？」

東山里沙はどんな嘘をついたというのだろう。

彼女を訪ねたのは三日前、松波郁子が殺された二日後だ。そのとき、彼女に松波郁子の写真を見せた。彼女は知らないと答えたが、ほんとうは知っていたのだろうか。そういえば、東山里沙はあのとき、どこかで見たような気がしてくるものですね、と写真を見つめながら言った。ただ、それは錯覚によるものだという意味だったし、岳斗もそう受け止めた。三ッ矢はしつこく突っ込んでいたが。

「東山里沙は……里沙さんは、松波郁子さんを知っていたということですか？」

岳斗が勢い込んで尋ねると、三ツ矢は不思議そうな顔をした。数秒の沈黙を挟んでから、

「そうなのですか？」

不思議そうな顔のまま聞き返した。

ちがうのかよっ、と内心で突っ込みつつ、「じゃあ、どんな嘘をついたんですか？」と聞いた。

「は？」

「フラワーアレンジメントですよ」

「東山里沙さんは、出窓のフラワーアレンジメントは友人が贈ってくれたものだと言っていたそうですね」

それは覚えている。彼女の三軒隣に住む柳田が、ゴミ出しで会ったときにそう聞いたと言っていた。

「彼女はどうしてそんな嘘をついたのでしょう。あのフラワーアレンジメントは彼女自身が買ったものなのですよ」

「ええっ」

岳斗の驚きの理由はふたつあった。ひとつはなぜ東山里沙がそんな嘘をついたの

かということ。もうひとつは、なぜ三ツ矢はそのことを知っているのかということ。後者の驚きのほうが断然強い。

「三ツ矢さんは、どうして彼女が自分で買ったってわかったんですか？」

疑問をそのまま言葉にした。

「先ほど確かめましたから」

先ほどとはいつのことだろうと考え、あ、と思い至った。

ここに来る途中、三ツ矢はターミナル駅の前で車を停めてほしいと言った。少し待っていてください、と言って車を降りるときスマートフォンを持っていたから捜査本部にでも連絡するのだろうと思ったが、三ツ矢は駅ビルに入ったきりなかなか戻ってこなかった。トイレかな、お腹《なか》を壊したのかもしれない。そう考えると、三ツ矢も人間なのだなあ、とおかしくなった。あのときの自分を、ばかやろう、と怒鳴りつけたい気持ちになった。

「もしかして、さっきの駅ビルですか？」

そう聞くと、案の定うなずきが返ってきた。説明してくれるのを待ったが、三ツ矢は口を開こうとしない。仕方がないから質問を重ねる。

「駅ビルでなにを確認したんですか？」

「駅ビルに入っているフラワーショップで、出窓にあったフラワーアレンジメントは東山里沙さんが買ったものだということを確認しました」

「どうして駅ビルのフラワーショップのものだとわかったんですか？」

「書いてありましたよね」

三ッ矢はまた不思議そうな顔になった。まるで、どうしてあたりまえのことを聞くのだ、とでも言うように。

三ッ矢は、フラワーアレンジメントに店の名前が書いてあったと言っているのだろうか。岳斗は、東山里沙を訪ねた三日前を思い返した。出窓にポインセチアの鉢植えがあったことははっきり覚えているが、フラワーアレンジメントの記憶はあやふやだった。

「カゴに巻かれていたリボンに、メリーチェリーフラワーと英語で書かれていましたよね。ポインセチアの右横に置かれていた、グリーンと赤をメインにしたクリスマスらしいアレンジメントです。リボンはゴールドでした」

岳斗は三ッ矢の説明に圧倒された。

瞬間記憶、と頭に浮かぶ。

瞬間記憶は、写真記憶やカメラアイとも言われている。見たものを映像や画像として完璧に記憶することで、サヴァン症候群によく見られる能力として知られている。ごく限られた人のみが有する特殊能力だと思っていた岳斗に、実はもともと人間に備わっている能力だという説もあると先輩の加賀山が教えてくれた。ただし、その能力はほとんどの場合、思春期の前には消えてしまうらしい。三ッ矢は思春期に、母親が惨殺された現場を目撃している。おそらく、いまもその光景を完璧な状態で記憶しているのだろう。彼が瞬間記憶能力を手放せないのはそのせいなのかもしれない。

岳斗の内面に頓着することなく、三ッ矢は補足するように淡々と言葉を放つ。

「ほかのふたつのフラワーアレンジメントにはリボンはありませんでした。ですが、確認したところどちらも同じ店のもので、リボンをつけた状態で渡したそうです。ということは、東山里沙さんがリボンを取ったのでしょう。フラワーアレンジメントは三つとも十二月二十三日に配達したとのことです。それから、彼女は注文のとき、三つともまったくちがうアレンジにしてほしいと言ったそうです。カゴもラッピングも変えてほしい、と。彼女はどうしてそんな注文をしたのでしょう。おそらく、同じ店のものだと思われたくなかったのではないでしょうか。では、誰に？　通行人に？　それとも特定の誰かに、でしょうか。それから、彼女はなぜ友人にもらったと嘘をついたのでしょう」

どう思いますか？　と聞かれたが、頭に浮かぶのは「わからない」という言葉だけだ。なにもかもがわからない、と投げやりな気持ちになる。

「三ツ矢さんはどう思ってるんですか？」

そう聞き返すのが精いっぱいだった。

質問に質問で返すなと指摘されるかもしれないと思ったが、三ツ矢は気にとめなかった。

「彼女がなぜそうしたのかはわかりません。ただ、フラワーアレンジメントが友人からの贈り物ではないことは確かです。そしてもうひとつ、これは僕の想像なのですが、おそらく義春さんへのお供えではないと思います」

「どうしてですか？」

「義春さんの写真がないこともありますが」

三ツ矢はそこで一度切り、

「幸せそうに見えませんでしたか？」

と声を改めた。

「え？」

「出窓です」

「出窓？」

「僕たちが東山さんの家に行ったのは十二月二十六日、クリスマスの翌日でした。あのとき、出窓に並んだフラワーアレンジメントとポインセチアを見て、まるで幸せなクリスマスの見本のようだと感じました。フラワーショップの方に聞いたところ、彼女は明るく華やかな雰囲気にしてほしいとオーダーしたそうです」

「それは、亡くなった義春さんへの贈り物という気持ちだったんじゃないですか？」

十分にあり得ることだと思えたが、三ツ矢は「いえ」と即答した。

「女性が喜びそうなおしゃれなイメージで、と彼女は言ったそうです」

がんばった自分へのご褒美。そんな言葉が浮かんだが、しっくりこなかった。

「でも、柳田さんの話では、東山里沙さん自身がお供えだと言ったんですよね？」

「柳田さんは東山義春さんが亡くなったことを知っていたので、先入観からお供えだと思い、彼女にそう聞いたのでしょう。そして、彼女はその言葉にのることにした。そうは考えられませんか？」

「だとしたら、なんのためですか？」

「それはわかりません。ただ、あの家の住人が亡くなったことを知らなければ、出窓のフラワーアレンジメントはお供えには見えないと思うのです」

「三ツ矢さんは、直射日光が当たることだけが気になったんじゃないんですね」

声のトーンが低くなったことを自覚した。

「そうですね」

「どうして教えてくれなかったんすか」

ますます低い声になる。

「感覚的なことだったので、裏付けが得られるまでは安易に口にしないほうがいいと考えました」

「だからって黙ってることないじゃないすか」

「いま説明しましたよ」

「そうじゃなくて」と、岳斗は声を強くした。が、助手席の三ッ矢はまったく動じない。フロントガラスから差し込む陽光を受け、黒いまつげの先端に微小な光の粒がついている。

「せめて花屋に行くときに教えてくれればよかったじゃないですか。俺、てっきり腹でも壊してトイレに行ったんだと思ってました。なんで俺にまで隠すんですか？　そんなに俺、信用できないですか？　頼りないですか？　役立たずなのは自覚してますよ。でも、ひとりでコソコソすることないじゃないっすかー」

語尾が情けなく伸びたのは、三ッ矢への不満と自己嫌悪によるものだった。

「東山里沙さんを調べることを、田所さんが快く思っていないので言いにくかったのですよ」

「快く思ってないわけじゃないですよ」

「けれど、捜査本部を出るとき田所さんは言いましたよね。東山さんのことを調べるのは千葉県警に任せるように、と。そうじゃないとまたクレームが入るから、と。僕としては東山義春さんではなく里沙さんのほうが気になったのですが、田所さんにガミガミ言われるのではないかと思って少しのあいだ黙っていることにしました」

信用されていないわけではなかったのか、と岳斗はほっとした。そこまで考え、ガミガミ？　と三ッ矢の言葉が時間差で頭に引っかかった。まったくこの人は気づかいがあるのかないのかわからない。

「ガミガミ？」

「ええ。ガミガミです」

三ッ矢は真顔で答えた。

6

「東山さん、洗い場入ってくれる？」

ホールチーフの指示に、東山里沙は「えー」と控えめな声を出して自分の両手を見た。

「私、指に切り傷あるんだけどな」

ひとりごとのふりをしてつぶやいた。

絶対に聞こえたはずなのに、ホールチーフは里沙を無視してレジへと向かった。代わろうか？　と声をかけてくれるスタッフもいない。

里沙はため息をつき、重い足取りでキッチンに入った。洗い場にはグラスやマグカップが重ねられ、大量の皿が水につけてある。グラスやマグカップは手洗いし、皿は汚れを取ってから食器洗浄機に入れる。仕事終わりまであと十五分弱。客足も落ち着いたし、あとはテーブルを拭くふりをして適当に時間をやりすごそうと思っていた。

この店の洗い場は低く、里沙でも腰を屈《かが》めなければならない。なにより、ゴム手袋をつけていても他人の唾や食べ残しがついた食器をさわるのが気持ち悪い。どうして私がこんなことしなくちゃならないの？　里沙のくちびるが尖《とが》った。新しく入った子がやればいいじゃない。ううん、ホールチーフがやればいいのよ。私よりも時給が高いんだから、人が嫌がることを率先してやるべきじゃない？

里沙がこのベーカリーカフェでアルバイトをはじめたのは今年の四月だ。娘の瑠美奈が高校生になり、里沙の両親の家で暮らすようになったのがきっかけだった。片道四十五分かかるうえに時給も安いベーカリーショップを選んだのは、トリコロールカラーの制服がかわいかったことと、近所の人に会わない場所がよかったからだ。

しかし、もう辞めようと思っている。軽んじられている気がするからだ。

これまでの四十一年間、里沙は常に守られるべき存在だった。重いものは持ったことがないし、汚いものにさわったこともない。嫌なことや苦手なことはしなくてよかったし、お願いすれば誰かがやってくれた。その対価として相手に従ったり感謝したりしなければならず、それを不自由に感じることはあったが、それでも自分は大事にされているのだという実感があった。それなのに、この店でちやほやされるのはふたりの女子大生だ。彼女たちは洗い物やゴミ出しなどのきつい仕事を命じられず、里沙は自分のポジションを奪われたような気がした。

別に嫌な思いをしてまで働く必要はないのだ。

貯金や遺族年金は多くはないが、当分のあいだは不自由なく暮らせるし、実家に援助してもらうこともできる。いまも、娘にかかるお金はすべて親が負担してくれている。ただ、夫の死亡保険金が少なかったことは大誤算だった。しかし、いまさら仕方がない。それよりもこれからのことだ。

これからのこと——。そう考えると、里沙が思い描く幸せな光景に影がさした。

夫の事件に進展があったせいだ。

殺人事件には時効はないらしい。それでも年月がたてば人々の記憶からこぼれ、捜査の手も緩むだろうと思っていた。現に、最近は警察からの連絡は途絶えていた。それなのに、ホームレスの女が殺されたせいで夫の事件がまた動きだしてしまった。

里沙はため息をつき、はっとして壁の時計に目をやった。四時を一分過ぎている。今日は早番のため四時上がりだ。

まだ洗い物は残っていたが、水道を止めてゴム手袋を外した。

実家に帰るのはほぼ一ヵ月ぶりだった。

昨夜、話があるから帰ってくるようにと母から電話があったのだ。阿佐谷で暮らす両親のもとにも刑事が訪ね、ホームレスの女性に見覚えがないか聞いたらしい。ただし、夫のバッグに彼女の指紋がついていたことは伝えなかったようだ。

松波郁子――。それがクリスマスイブの夜に殺されたホームレスの名前だった。

里沙がその名前を知らされたのは昨晩、母から電話がくる前で、夫の事件を担当している千葉県警の刑事が家に来たのだった。

「でも、ニュースでもワイドショーでも、その人が義春さんの事件と関係あるなんて言ってないわよ」

ねえ、と母は父に同意を求めた。

「まあ、警察もすべての情報を公開するわけではないからな」

「そうだけど……。でも、なんだか腹が立っちゃう。だって、最初はかわいそうな人だと思ったのよ。女の人がホームレスなんかになって、クリスマスイブの夜に殺されて、しかも、ほら、お洋服が……ねえ。五十何歳かだったわよね。そんな歳になって、まさかこんなひどい目に遭うなんてって。私、少し涙ぐんじゃったのよ。それなのに義春さんを殺したかもしれないなんて。里沙ちゃん、あなたほんとうに松波郁子っていうそのホームレスのこと知らないの？」

「松波郁子なんて人、知らないわ」

里沙は母が淹れてくれた紅茶をひと口飲んだ。ドライフルーツをブレンドした甘いフルーツティーだった。

ソファの前のセンターテーブルには、ティーポットと三人分のティーカップ、母が焼いたクッキーが入った皿がある。すべてウェッジウッドのワイルドストロベリーで、この食器を見ると実家に帰ってきたと感じられた。

「んー、でもね」里沙は慎重に口を開く。「名前は知らないんだけど、顔はなんとなく見たことがあるような気もするの」

「ほんとうか？」

「どこで？」

両親の声が重なった。

「たぶん気のせいだと思うんだけれど」

「警察には言ったの？」

　母が眉間のしわを深くして聞いてくる。

「ううん。警察には知らないって答えたわ」

「どうしてよ」

「だって気のせいだと思うし、無責任なこと言えないでしょう。最初はほんとに見たことがないと思ったのよ。でも、だんだんどこかで見たような気がしてきちゃって」

　里沙はクッションを膝にのせて両手で抱え込んだ。ベルベットの手ざわりが心地いい。

「潜在記憶で覚えてるのかもしれないぞ」

「そうよ。ほんとうに見たのかもしれないわよ」

「なあ、里沙」と父が声を改め、まなざしに力を入れた。聞かなくてもなにを言うつもりなのかわかる。

　案の定、「そろそろ帰ってきたらどうだ」と父は続けた。

「そうよ。パパの言うとおりよ。千葉のあんな田舎にひとりで住んでるなんて危ないわよ。なにかあったらどうするの。家はしばらく売らなくてもいいから、いい加減に帰ってらっしゃいよ。もし、ひとりの時間がほしいなら、この近くにマンションを借りてもいいし」

　里沙は膝の上のクッションに視線を落とし、「……嫌」と声を絞り出した。

「義春さんの思い出が詰まったあの家を離れたくない。あの家にいたら、義春さんがまだ生きてるような気がするの。ただいまって帰ってきてくれるような気がするの」

　いままで何度も口にした台詞は涙とセットになっていた。嗚咽《おえつ》をあげる里沙に、

「里沙ちゃん」と母が涙声でティッシュを渡し、背中を撫でる。

「逆に、あの家で暮らしてるのがいけないんじゃないか。そのせいでいつまでも吹っ切れないんじゃないか」

　父の言葉に、もう吹っ切っていいの？　と里沙は心のなかで聞いた。夫が殺されたのに幸せそうにしていたら不自然に思われない？

「でも、あのホームレスがほんとうに犯人なのかしらね。こんなこと言っちゃあれだけれど、そうだったらまだましよね。もうびくびくしなくていいし、犯人がわかったら里沙ちゃんと瑠美奈ちゃんだって一区切りがつくでしょう」

「そう思う？」涙を拭きながら里沙は聞いた。「犯人がわかったら一区切りつくのかな？」

「そうよ。つくわよ」

母が元気づけるように言う。

そうか、と里沙は母に背中を撫でられながら何度も小さくうなずいた。犯人がわかれば、「一区切り」を理由に、悲しいふりをしなくてよくなるのかもしれない。ただ、両親の前ではしばらく夫を殺された「かわいそうな里沙ちゃん」のままでいたほうがなにかと都合がいいだろう。かわいそうであればあるほど両親に気づかわれ、わがままをきいてもらえるのだから。

「ほら、泣きやんで。もうすぐ瑠美奈ちゃんが帰ってくるわよ」

瑠美奈は友達と遊びに出かけたらしいが、ほんとうは母親を避けているのだと里沙は思っている。高校一年生の娘は数年前からよそよそしい態度を取るようになり、最後にまともな会話をしたのがいつなのか思い出せないほどだ。高校進学を機に実家で暮らすことになって正直ほっとしていた。

「五時には帰るって言ってたのに遅いわね。里沙ちゃん、電話してみたら?」

「ううん。あの子、しっかりしてるから大丈夫よ」

「でも、まだ高校一年生よ」

「せっかくお友達と楽しく過ごしてるんだから邪魔しちゃかわいそうよ。それよりもママ、晩ごはんはどうするの?」

「ひさしぶりに里沙ちゃんが帰ってきたからお寿司《すし》でも取ろうと思ってるの」

「わあっ。お寿司っ」里沙は両手を胸の前で合わせた。「ほの華《か》さんのお寿司よね？」

「そうよ」

「私、絶対、松ね」

「はいはい」と母が目を細めて笑う。

「それから茶碗蒸《ちゃわんむ》しも食べたい」

「さっきまで泣いてたのに現金なやつだな」と父も笑う。

両親とはこのくらいの距離がいい。娘らしい笑顔を意識しながら里沙は思った。

「年越しはうちでするでしょう？」

母が当然というように聞いてきた。

「それがね」と里沙は申し訳なさそうな口調を意識した。「お友達が旅行に誘ってくれたの。私がいつまでたってもめそめそしてるから心配してくれて、お正月は温泉でリフレッシュしよう、って。そうすればきっと元気になるから、って」

「お友達って誰なの？」

母は不満そうだ。

「ママは知ってるかなあ。ミチとユウちゃん。大学のときはそんなに仲良くなかったんだけど、卒業してからよく会うようになったの」

「だって、お友達にも家庭があるでしょう」

「ミチは独身だし、ユウちゃんのところは子供がいないの。ふたりは、私のために
サプライズで企画してくれたのよ。せっかくの気持ちを無駄にできないでしょう？

それに、私もひさしぶりに友達とゆっくり過ごせば気分も変わって、少しは前向き
になれるかなあ、って」

そう、と母が渋々ながら了承し、

「でも、瑠美奈ちゃんがさびしがるんじゃない？」

そう続けたとき、リビングのドアが開いて瑠美奈が現れた。紺色のトレーナーと、
デニムのショートパンツにレギンスを合わせている。

「おかえり。遅かったのね」

里沙が声をかけると、瑠美奈は無表情なまま視線をすっとはずした。

「瑠美奈もお寿司食べるでしょう？　いま、おばあちゃんが出前取ってくれるんだ
って。なにがいい？　ママはね、松と茶碗蒸し。瑠美奈は？」

瑠美奈は里沙を無視し、祖母へと顔を向けた。

「おばあちゃん、ごめんね。私、友達とごはん食べてきちゃった」

「あら、どうしてよ。ママが来るって言ったじゃない」

「そんなこと忘れてた」

　そっけなく答えると、瑠美奈は「ごめんね」と里沙ではなく祖母にまたあやまり、リビングを出ていこうとした。

「あら、どこ行くの？」

「これからオンライン講座があるから部屋に行く」

　瑠美奈は後ろ姿で答えて出ていった。

　母が頬に手を当ててため息をついた。

「むずかしい年頃ね。私たちにはそうでもないんだけど」

「前にも言ったけど、あの子、ずっとそうだもの。なに考えてるのか全然わからないわ」

　思わず本音をこぼしてから、冷たい言い方に聞こえなかったか気になった。

「ねえ、ママ、早くお寿司頼んで」

　ごまかすために甘えた声でねだった。

## 7

　東山里沙は午後四時過ぎにアルバイト先のベーカリーカフェから出てきた。最寄駅から電車に乗ったが、自宅へ向かう路線ではなかった。東京駅で降りるとJR中央線に乗り換えた。

「どこに行くんでしょうね」

ひとつ隣の車両から彼女の様子をうかがいつつ岳斗は小声で聞いた。

「実家かもしれません」三ツ矢は迷いなく答える。「彼女の実家は阿佐谷にありますから」

「あ、そうですよね」

岳斗はうっかり失念していたというふりをしたが、彼女の実家の所在地までは頭に入っていなかった。

数日のあいだ東山里沙を尾行する――。三ツ矢がそう言い出したとき、えー‼と岳斗は胸の内で叫んだ。三ツ矢は、彼女が嘘をついた理由が気になるのだろう。そう理解したが、千葉県警からまたクレームが入れば、叱られるのは三ツ矢ではなく岳斗だ。

しかし、三ツ矢を止めることなどできるはずがなかった。

三ツ矢の推察どおり、東山里沙は中野駅で総武線に乗り換え、阿佐ケ谷駅で電車を降りた。

五時半まであと数分。すでに陽は沈み、風景は夜の色だ。ファミリーレストランや居酒屋、コンビニのネオンに照らされた通りは時間のわりに通行人が少なく、閑散としている。

あ、そうか、年末か。商店の正月飾りを見て岳斗は思い出した。

東山里沙は駅から十分ほどの場所に建つマンションに入っていった。

「やっぱり実家、でしたね？」

このマンションが彼女の実家かどうか知らない岳斗は慎重に口を開いた。「そうですね」と返ってきてほっとした。

「このまま見張りますか？」

「はい」

三ツ矢はあっさり答えたが、マンションのエントランスを見張れそうな店はない。陽が沈んでから気温が一気に下がり、岳斗の指先はかじかんでいる。三ツ矢も表情は平然としているが、コートのポケットに両手を入れ、冷たい風を避けようとするように背中がいつもよりまるまっている。

「あの、僕、車取ってきましょうか？」

一度捜査本部に戻って車を置いてきたため、ここからなら一時間ほどで往復できるはずだ。くるま、と三ツ矢はマンションの上を見やりながら平坦につぶやいた。白い息がほわりと現れ、すぐ消えた。

「このまま何時間も待つことになるかもしれませんし、車があったほうがよくないですか？」

三ツ矢は岳斗に目を移した。

「なるほど。そうですね」

いまはじめて気づいたという顔で言った。

動きがあったらすぐに連絡をくれるようしつこく頼んだが、岳斗は三ツ矢の「わかりました」という返事を信用していなかった。三ツ矢は捜査に集中すると、それ以外のことは見えなくなってしまう。

連絡なしにどこかに移動したのではないか、という不安とともに阿佐谷のマンションまで車で戻ると、三ツ矢は一時間前とまったく同じ場所にまったく同じ姿勢で立っていた。

助手席に乗り込んだ三ツ矢に、コンビニで買ってきた使い捨てカイロを渡すと、「え?」と驚いた顔をした。一瞬だけふれた三ツ矢の指先は冷え切っていた。

「温かいですね」

感心したように言う。

「温かいお茶も買ってきました。あと、おにぎりとサンドイッチもあります」

岳斗は飲み物と食べ物をてきぱきと渡し、「ゴミはここに入れてくださいね」とレジ袋を指さした。ふと、そんな自分が客観視された。

なんか俺、お母さんか彼女みたいじゃないか？

恥ずかしさから無言になった岳斗だが、三ツ矢は気にする様子もなく、マンションに目を向けながらおにぎりを口に運んでいる。自分がなにを食べているのか認識していないような惰性的な食べ方だ。使い捨てカイロを渡したときの、温かいですね、と言った三ツ矢を思い出し、おにぎりを温めてもらえばよかったか、と思った。寒い地域ではコンビニでおにぎりを買うと、弁当と同じように温めるかどうか聞かれるらしい。

東山里沙がエントランスから現れたのは八時を過ぎたときだった。

彼女は駅前通りに出ると、通りかかったタクシーに手を上げた。ここから千葉の自宅までタクシーで帰るとしたら二万円はかかるのではないだろうか。

しかし、タクシーは環状七号線に出ると千葉とは逆方向に進んだ。

約二十分後、タクシーが停まったのは二階建てのアパートの前だった。

タクシーを降りた彼女は一階の奥から二つめの部屋の前に立つと、ドアフォンを押した。すぐにドアが開き、彼女はなかに入った。住人の姿は見えなかった。

〈コーポ泉〉の一〇二号室。ドアにもポストにも表札は出ていない。

十二時まで待ったが、彼女は出てこない。スマートフォンで確認すると、千葉の自宅まで帰る終電にはもう間に合わないことがわかった。このまま泊まるのかもしれない。

「戻りましょうか」

三ッ矢が言った。

一〇二号室の住人の詳細が判明したのは、翌日の夕方だった。本間《ほんま》久哉《ひさや》、年齢は東山里沙と同じ四十一歳。音響会社に勤める会社員だ。離婚歴があり、別れた妻とのあいだに小学生の息子がいる。

ふたりの接点はまだ見つかっていない。

8

世界が壊れるというのはこういうことなのだ——。

麻痺《まひ》した頭のすみで松波郁子は繰り返しそう思った。

奇妙なことに、そう思うときだけ自分が現実に引き戻される感覚があった。壊れた世界には絶望しかなく、あとは果てしのない無が広がるだけだった。

郁子はほぼ一日中、布団のなかで過ごした。隣には夫の布団も敷いた。枕やシーツに染みついていた夫のにおいはしだいに薄れていき、完全に失われる前に密閉袋に入れた。しかし、何度も封を開けて嗅いでいるうちに、やがて愛《いと》おしいにおいは消失してしまった。郁子は取り返しのつかないことをしてしまった自分を責め、悲しみと絶望のなかで太ももを叩き、髪をかきむしり、床に突っ伏し、足をばたつかせ、泣き叫んだ。

どうにかして時間を巻き戻し、あの日の前に行きたかった。

あの日は朝から小雨が降っていた。

夫は起きたときから不機嫌で、家のなかは陰鬱で重苦しい雰囲気だった。雨が降っているのに夫は自転車で行くと言った。あのとき、止めていれば――。いや、自転車で行かなかったとしても同じ運命だったのだろうか。それとも、そう考えるのは自分の罪悪感を軽くしたいからだろうか。

あの日、夫が事故に遭ったと警察から連絡があったのは昼前だった。通勤途中、トラックに轢《ひ》かれ、すでに死亡が確認されている。そう説明された瞬間、郁子は自分がまっぷたつに切り裂かれるのを感じた。片方の自分は、底のない真っ暗な穴に突き落とされ、なにも考えられなかった。もう片方は、なにかのまちがいだと呪文のように繰り返していた。

夫は苦悶《くもん》の表情で固まっていた。あんなに恐ろしい形相の夫を見たことはなかった。顔に傷や汚れはほとんどなかったが、右手の損傷が激しく直視することができなかった。翌日、夫の死因がくも膜下出血だったことを知らされた。即死状態で、トラックに轢かれたときはすでに死亡していたらしい。

二、三ヵ月前から夫の体調が気になっていた。夫は夏バテだと笑っていたが、なにか恐ろしい病が潜んでいるのではないかと不安だった。しかし、脳だとは考えもつかなかった。

くも膜下出血は前兆がない場合が多いからどうしようもなかった、仕方のないことだった。誰かがそう言ったが、郁子は納得できなかった。夫はまともに食事ができず、激痩せするほど具合が悪かったのだ。あの朝、不機嫌そうだったのは、頭痛を堪えていたからかもしれない。

どうして病院に連れて行かなかったのだろう。嫌がられても叱られても無理やり連れて行けばよかった。そうすれば脳の異変は見つかったはずだ。私はなにをしていたのだろう。あのときの私はどうかしていた。私の判断がまちがっていたから夫は死んでしまったのだ。私が夫を殺したのだ。

どんなに悔いても、もうやり直すことはできない。その現実が突きつけられるたび、とっくに壊れたはずの世界がさらに粉々に壊れる音が聞こえた。

夫は手帳に死後の手続きについて記していた。

自分が死ぬことを予感していたのか、それとも万が一に備えてのことなのか。もし前者だったらと考えると罪悪感で気がおかしくなりそうになったが、自分を痛めつけるようにそう考えるのをやめられなかった。

手帳には、相続放棄をするようにと書かれていた。

夫の借金は、郁子が聞かされていた金額の二倍あった。夫名義の借金だけではなく、以前の勤務先の社長の連帯保証人にもなっていたのだ。手帳に記してあった行政書士事務所に連絡すると、生前の夫と契約をしていたそうで、必要な手続きをすべてしてくれた。

夫はこんなにも私のことを考えてくれていた。それなのに、私はなにをやっていたのだろう。つらいつらいと言いながら、のんきに病院に通い、あげくの果てにパートを辞めて家でのんびりと過ごしていた。私は夫のことを心から考えていただろうか。

時間はさらさらと、指のあいだから砂がこぼれるように流れていった。

郁子はさらさらとした時間のなかで死ぬことを考えた。そのときだけ真っ暗に閉ざされた目の前が開け、光に照らされた一本の道が現れた。心のすみにほんのりともる希望と安堵。死ぬことを考えることで、死を先送りにすることができた。

冬になり、春になり、夏になった頃、あれほど悩まされた疲労感やめまいが自分の体から消えていることに気づいた。夫は更年期障害まで死とともに持っていってくれたのではないだろうか。そう思えて涙が止まらなかった。

その男を見かけたのは、夫の一周忌を数日後に控えた日曜日だった。

その日、郁子は千葉郊外にある霊園に行った。夫の両親が眠る霊園で、夫も郁子もいずれ同じ永代供養墓に入ることを決めていた。夫の手帳にもその旨が改めて書き記されていた。

まだ納骨するつもりはなかったが、夫の意思に背いているわけではないという言い訳のために足を運び、パンフレットと申込書をもらった。

霊園からの帰り、乗り換えのためにターミナル駅で電車を降りた。駅構内を歩いていると、前を歩く男がICカードを落とした。郁子は反射的に拾い上げ、「落ちましたよ」と声をかけた。

振り返った男はポケットを確認し、

「ありがとうございます」

丁寧に礼を述べてICカードを受け取った。

その顔を見て心臓がせり上がった。生活保護の相談窓口の男だった。あのときのことは忘れかけていたのに、担当者の顔をはっきりと覚えていることが不思議だった。

男には連れがいた。おそらく妻だろう。夫に合わせるようににっこりほほえみながら郁子に会釈した。そのとき、妻のつややかな髪がふわりと流れ、パールのイヤリングが揺れた。香水のあまいにおいが届き、淡いピンク色に塗った爪が輝いた。東山、と男の名前を思い出したのは、ふたりが郁子に背を向けて歩きだしてからだった。

ふたりは腕を組み、体を密着させながら同じ歩調で足を動かしている。夫は紺色のシャツにベージュのコットンパンツ、妻はラベンダー色のワンピースに小ぶりのバッグを持っている。ふたりともやわらかく弾む足取りで、いまも楽しいが、これからもっと楽しい場所へ行くのだというように歩いている。

気がつくとふたりのあとを追っていた。自分の意思ではなく、まるでふたりに体が引っ張られる感覚だった。

ふたりは駅を出て人混みのなかをふわふわと歩いていく。寄り添った体は離れない。

ふと、ソウルメイト、という言葉が頭に浮かび、胸が絞られるように苦しくなった。

郁子がソウルメイトという言葉を知ったのは、いまの家に引っ越してすぐだった。買い物帰りに立ち寄った図書館で、なにげなく手に取った雑誌にその言葉はあった。ソウルメイトとは魂の伴侶だと、その雑誌には書かれていた。所説あるが、精神的に深いつながりがあったり、運命的に結ばれていたり、前世からの縁が続いていたりするらしい。雑誌には数名の体験談が載っていた。いまの夫に出会った瞬間、なつかしさを覚えた。奇跡的な出会い方をした。一緒にいると不思議なほどに安らぐ。お互いの考えていることがわかる。自分と夫もソウルメイトなのだ、と郁子は思った。結婚して十四年がたつのに、夫への愛情は薄れるどころか、信頼感や安心感とともにますます募っていくばかりだった。家も仕事もお金も失い、不安の最中《さなか》にいたが、夫がそばにいてくれるから絶望はしなかった。ふたりで地球儀に手を滑らせ、五百円玉の行先を想像したときの幸福感と充実感は、自分だけではなく夫の心にも満ちているのだと確信できた。私たちはソウルメイトだから。ふたりでひとりだから。そう思えば、この先なにがあっても生きていける。

あのとき郁子は、偶然目にしたソウルメイトという言葉に勇気づけられたのだった。

いま、郁子の目の前を歩くふたりは、自分たちがソウルメイトであることを見せつけるように互いの体を密着させ、歩調を合わせている。

ああ、このふたりは幸せなのだ。

郁子は震える心でそう思った。

ふたりが腕を組んで入っていったのは、一軒家のイタリアンレストランだった。サーモンピンクのレンガ造りで、緑に囲まれた小道が入口まで続いている。ドアが開いて笑みをたたえた黒服の男が現れ、ふたりを店内へとエスコートしていった。

——甘えちゃだめですよ。

耳もとでささやかれ、郁子ははっとして顔を向けた。しかし、誰もいない。

——更年期障害なんて怠け病みたいなものだと、私は思いますよ。

東山の声。自分の頭のなかで聞こえているのだと気づいた。

——ご主人、体調が悪くてつらそうなんでしょう？ かわいそうに。

——奥さんも自分のことだけじゃなく、もっとご主人のことを考えてがんばらないと。

頭のなかの声は止まらない。

ふたりがテラス席に現れた。が、樹木の緑とブーゲンビリアが目隠しの役目を果たし、ふたりの様子は細く切り取ったように断片でしか見えない。

その断片のなかで、ふたりが華奢なグラスを合わせるのが見えた。夫の顔は見えなかったが、妻の満ちたりた笑顔が郁子の目に飛び込んできた。

緑の葉の上で西日が輝き、そよ風があざやかなピンク色の花を小さく揺らす。テラス席にいるふたりが天からの祝福を受けているように見えた。

どうして私じゃないのだろう。郁子はそう思い、ちがう、と訂正した。

どうしてあそこにいるのが、夫と私じゃないのだろう。

私たちとあの人たちのちがいはなんだろう。どうすれば、私たちはあそこに行けたのだろう。


——甘えちゃだめですよ。

東山夫妻を見た日から、郁子の頭に彼の声が居座り続けた。その声は、郁子が甘えたから夫が死んだのだと責めるようだった。

「甘えるんじゃないって！」

その声にはっとした。無意識のうちに叫んでしまったのかと思ったが、前を歩く女が放ったものだった。

「ママー。抱っこー。抱っこー」と、三、四歳くらいの女の子が母親のスカートを引っ張っている。

母親はでっぷりと太り、両手にエコバッグをさげている。スーパーのレジで郁子の前に並んでいた親子だと気づいた。あのときも女の子は母親にまとわりついていた。

「ねー。疲れた。抱っこー」

女の子が母親の手をつかんだ拍子にエコバッグが落ちた。

「あー！」と母親が大声をあげる。「ちょっとー！　あんたのせいで玉子割れちゃっただろうが！」

乱暴な言葉づかいとは裏腹に母親は笑っている。女の子も「玉子割れちゃったー！」とはしゃいだ声をあげた。

必死に足を踏み出しているつもりなのに、前を歩くふたりと郁子の距離はどんどん離れていく。進んでいないのではないか、と思う。同じ場所で足踏みしているだけではないのか？

エコバッグがわずかに浮き上がる感覚を右手に感じた。目を向けると玉ねぎが歩道に落ちていた。エコバッグの底が抜けていた。十年も使っているため生地が薄くなっていることは知っていたが、五百円玉貯金を寄付したときにお礼としてもらったエコバッグを処分することはできなかった。

郁子が見つめるなかで牛乳が落ち、玉子が落ち、納豆が落ちた。エコバッグのなかにはなにもなかった。

もうなにもない――。

破れたエコバッグと歩道に落ちたものを見下ろしながら、郁子は奇妙に静まった心で思った。

体から血の気が引いていく。頭のなかが白くなり、息が苦しくなるが、そう感じる自分が他人のようだった。このまま死ねればどんなにいいだろう。それなのに心臓は脈打つのをやめてくれない。

「ちょっと奥さん！　松波さん、大丈夫？」

腕をつかまれ、視線を上げた。見知った顔が目の前にあったが、それが斜め向かいに住む宮田睦美だと思い出すまで数秒かかった。

「エコバッグ、破れちゃったのね。ねえ、私のこれ使って。返さなくていいから」

宮田は歩道に落ちたものをてきぱきとショッピングカートに入れ、「汗、すごいわよ。ほんとうに大丈夫？」と郁子にハンカチを手渡した。

大丈夫だと答えたつもりだったが、声にならなかった。

頭のなかで東山の声と自分の声が激しく点滅するように交互に響いている。

甘えちゃだめですよ。もうなにもない。甘えちゃだめですよ。もうなにもない。

甘えちゃだめですよ。もうなにもない。甘えちゃだめ。なにもない。甘えちゃ。もうなにも……。

ギャーッ、と叫んだ感覚があった。しかし、実際の郁子は自宅の玄関に座り込んでいた。たたきにはショッピングカートがあり、片手にハンカチを握りしめていた。

どうやって家に帰ったのか記憶が飛んでいた。

ああ、そうだ、と思い出す。家まで送るわ、と宮田が送ってくれたのだ。

家？　ここが家？　誰もいない場所。なにもない場所。これが私の家なのだろうか。

郁子の脳裏に、北欧風の一軒家が浮かんだ。淡いクリーム色の外壁、玄関ポーチの柱はテラコッタのタイル張りで屋根も同じ色だった。

あの日、イタリアンレストランから出てきた東山夫妻をつけたのだった。

ふたりは郁子の家からたったふた駅の場所で暮らしていた。

高台に建つ一軒家は持ち家だと想像できた。表札から彼が東山義春であること、妻が里沙で、子供が瑠美奈であることがわかった。

道路に面した出窓は、まるでデパートのショーウインドウのようにディスプレイされていた。残暑が続いていたが、そこには早くも秋の光景があった。ハロウィンのかぼちゃが並べられ、金魚鉢のなかにはどんぐりや松ぼっくり、栗《くり》などが入っていた。花瓶に挿したススキとモミジ。ガラスのウサギ。ドライフラワー。色とりどりのキャンドル。ブドウと柿のオブジェ。ページを開いた洋書。写真立てにはあざやかな紅葉の風景。

そこには郁子が手に入れられなかったすべてがあった。

幸せを見せびらかすような出窓に叩きのめされ、郁子は逃げるようにその場から立ち去ったのだった。

こめかみを冷たい汗がつたう感覚ではっとした。

――甘えちゃだめですよ。

頭のなかで東山が言った。

私は甘えていたのだろうか。そうだ、甘えていたのだ。自分だけ病院に通い、体調不良を言い訳にパートを辞めた。

でも、もしも、と郁子は思った。

もしもあのとき、生活保護を受給できると言ってくれれば、夫は病院に行ってくれたかもしれない。そうしたら脳の異常を発見できたかもしれない。いや、たとえ発見できなかったとしても、私たちはあんな別れ方をすることはなかったのだ。

不機嫌そうな夫の顔が網膜に焼きついている。気をつけてねと声をかけた郁子に、夫は後ろ姿で、うん、とぶっきらぼうに答え、小雨のなかへと消えていった。

――病気だったらどうするんだよ。

――だったら病院に行く意味なんかないだろ。

――しつこいっ。

夫の言葉が次々と思い出された。

寿命は変わらなかったかもしれない。それでも、悲しい言葉の数々を思い出さずに済んだのだ。

9

ランランラーン、ランランラーン、ランランランラン、ランランラーン。

即興の曲を胸のなかで口ずさみながら、東山里沙は駅からの道を歩いている。油断すると鼻歌になってしまいそうだ。

ランランラーン、ランランラーン、ランランランラン、ランランラーン。幸福感が高まり、人目を気にしながらも思わず二歩だけスキップした。

左手にはデパ地下で買った三段のおせちが入った紙袋。右手にさげたショップバッグには正月用のフラワーアレンジメントが入っている。ガーベラと薔薇とラナンキュラスはピンク色の濃淡で、白いピンポンマムでつくった招き猫が挿してある。

ラララ、ラーン。ふふっ、と小さく笑みがこぼれた。

ドアの前に立ち、ふっと息をつく。

片手で前髪を整えてからドアフォンを押した。いつもはすぐ開くのに、ドアは閉ざされたままだ。約束の四時まで三十分以上あるが、大晦日《おおみそか》なのにいないなんてどうしたのだろう。立て続けにドアフォンを鳴らしたが応答はない。

　急に不安に駆られ、合鍵でそっとドアを開けた。部屋に誰もいないのを確かめてから、外に出て鍵をかけた。買い物かもしれないと思い直し、どこかで時間を潰そうと歩きだしたとき、こちらに向かってくる恋人の姿があった。

「あれ。早いね」

「早く着いちゃったの」

「ごめんごめん。コンビニに行ってたんだ」

　彼が掲げたレジ袋には里沙の好きなピーチティーが三本入っていた。

「会いたかったよ」

　恋人が笑いかける。

　里沙は、ふふっ、と甘い息を漏らし、

「やだあ。昨日の朝まで一緒にいたじゃない」

　彼の腕を軽く叩いた。

「そうだけどさ」と、彼は照れたように笑った。

　1LDKの部屋は片づいている。彼は掃除も洗濯も自分でするし、里沙にパスタや炒飯《チャーハン》をつくってくれることもある。家事は女の役目だと決めつけていた夫とはちがい、彼といるとお姫様のように扱われていると感じられた。

恋人の本間久哉は小さな音響会社に勤めている。ライブやイベントに合わせて全国を飛びまわっているため、会える時間は限られている。まるで遠距離恋愛のようだと里沙は思っていた。

「また花買ってきたの？」

こたつの上に置いたフラワーアレンジメントを見て久哉が笑う。

「ねえ、見て見て。この招き猫、お花でできてるのよ。かわいくない？」

「里沙ちゃんは花が好きだなあ」

「ふふっ。女子だもの」

久哉といると、四十一歳の自分を「女子」と呼ぶことになんの抵抗も覚えなかった。

フラワーアレンジメントの写真を撮る里沙に、「また写真？　里沙ちゃんは写真も好きだなあ」と、また久哉が笑う。

「だってかわいいんだもん。久哉君、ちょっとだけ右に寄ってくれる？」

「俺の写真はだめだぞ」

「わかってるって。私だって自分の顔は載せてないもの。ねえ、招き猫を指してみて」

「はいはい」

里沙も指を添えてシャッターを押した。

ふたりの人差し指が仲良く並んで招き猫をさしている。男と女の指だとわかることに里沙は満足した。

〈お正月のフラワーアレンジメント❀　この招き猫さんはピンポンマムっていうお花でできてます☺　来年もこの幸せが続きますように♡〉

インスタグラムの投稿にさっそくコメントがついた。

〈わー！　招き猫かわいいですね。私も今年は彼とふたりで年越しします♡〉

褒めるふりをして自分の幸せをアピールしている。負けるもんか、と里沙はさっそく返信する。

〈ありがとうございます！　あたしもダーさんとふたりきりの年越しです♡〉

久哉のことはインスタグラムで「ダーさん」と呼んでいる。もちろんダーリンの意味だ。

「ねえ、おせち見てみる？」

「うん、見る見る。うまそう」

「やだあ。まだ見てないじゃない」

里沙は声をあげて笑った。

「だって高級そうな器だろ。うまいに決まってるよ」

「うふ。やっぱりだーめ。明日のお楽しみ」

里沙は冷蔵庫におせちをしまった。

なんて幸せなんだろう。久哉と過ごす一秒一秒がそう感じられ、こんなに幸せな私をみんなに見てほしいという気持ちが膨らんでいく。

久哉とは大学生のときに知り合った。

いくつかの大学による交流イベントという名の飲み会だった。里沙にも久哉にも恋人がいたが、どちらの恋人も飲み会には参加していなかった。その夜、久哉に誘われ、彼のアパートで体を重ねた。ふたりとも恋人と別れることなく、その後も関係を続けた。

俺、里沙ちゃんのことが好きだ。ある夜、久哉が言った。いまの彼女と別れる。

里沙ちゃんとつきあいたい。だめよ、と里沙は慌てた。久哉とつきあう気はこれっぽっちもなかった。何度も誘いに乗ってしまったのは彼のセックスがよかったからで、それ以外は顔も学歴も育ちも恋人のほうが断然上だった。

久哉と会うのはその夜で終わりにした。

二十年ぶりに再会したのは昨年の二月だった。

コーヒーショップのレジに並んでいると、里沙ちゃん？　と声をかけられた。お互いにひとりで来店したことを知り、里沙の胸は思いがけず弾んだ。

あの頃の里沙は、幸せの賞味期限が過ぎてしまった気がしていた。

里沙はずっと夫に頼ってきたし、夫もまた里沙を守ってくれた。十歳上の夫は出会ったときから里沙をなにもできない子供のように扱い、女は男の言うとおりにするものだという考えだった。なにも考えずに夫に従うのは楽だったし、愛されていると感じることもできた。

年上の夫に大切にされている。かわいい娘がいる。おしゃれな持ち家に住んでいる。仲良し家族。専業主婦。出窓のディスプレイ。家族旅行。バーベキュー。夫婦でデート。

里沙にとって大切なのは、他人の目に自分が幸せに見えるかどうかだった。

みんなにうらやましがられたい。憧れの存在でいたい。里沙ちゃんみたいになりたい、里沙ちゃんはいいなあ、そう思われたい。

だから、人前ではいつも満ちたりた笑みを浮かべていた。

しかし、しだいに、このかわり映えのしない毎日がほんとうに幸せに見えるのだろうかと不安になった。ただの平凡な専業主婦の日常にしか見えないのではないだろうか。SNSを見ると、世の中には里沙が持っていないきらびやかなものがあふれていた。

夫は相変わらず里沙を思いどおりにしようとした。それが、愛ではなく粘着質な束縛に感じられた。

私は一生、この人の言いなりなのだろうか。一日のスケジュールを、生き方のすべてを、この人に決められなければならないのだろうか。もうこの場所では幸せになれない。早く自由になりたい。そう思うようになった。

夫はアルバイトやボランティアをすることも、スポーツクラブに通うことも許してはくれなかった。そのことを久哉に愚痴った。

「意味不明。なんでだめなの？」

夫のことが理解できないという反応に、里沙は心強い味方を得た気持ちになった。考えてみると、夫への不満を口にするのははじめてのことだった。

「そんな時間があったらもっとちゃんと家事をしろ、って」

「うわ。ひでえな」

「お洋服もひとりじゃ買えないの」

「どういうこと?」

「夫と一緒に買いに行くのよ。あの人が決めるの」

「……あのさ、変なこと聞くけど、まさか下着も?」

「さすがにそれはないわ」里沙は笑った。「でも、原色はだめなの。白か薄いピンクか薄いブルー」

久哉は絶句し、「……里沙ちゃん、平気なの?」と聞いてきた。

「ううん、平気じゃない。このままだと私、空気が吸えなくなって死んじゃうかもしれない。それか、頭が変になっちゃう」

「離婚したら?」

「まさか。殺されちゃう」

考えるよりも先に言っていた。自分が放った言葉を胸のなかで復唱し、ほんとうに殺されるかもしれないと思った。

「殺されちゃうって、それサイコパスじゃん」

そう言われて腑に落ちた。結婚したときから、ときどき夫に漠然とした恐怖を感じることがあった。それは夫の性質を本能的に感じ取っていたからかもしれない。

「俺のほうはさ、実は離婚するんだよ」

「そうなの？」

久哉は最近妻から離婚を切り出されたのだと打ち明けた。仕事中心で家庭を顧みなかったことが原因らしく、ひとり息子は母親と暮らすことを選んだという。

「俺、里沙ちゃんのことずっと忘れられなかったんだよね」

久哉は里沙を見つめる目をすっと細くした。

え、と漏れた里沙の声は甘く掠れた。二十年分の年齢を重ねた彼は自信と包容力を身につけ、大学生の頃よりはるかに魅力的な男になっていた。

「里沙ちゃんもそんなサイコパスと別れなよ」

「ほんとに殺されちゃうかも」

「俺が守ってやるよ」

彼にとって私は守るべき大切な存在なのだ。そう思うと、ひさしぶりに体中の細胞が躍るようだった。

「ほんとに？」

「うん。ほんとに」

その日は連絡先を交換して別れた。二週間後、久哉から連絡があり、それ以来新宿のホテルで逢瀬《おうせ》を重ねるようになった。

「ふたりで逃げちゃおうか」「里沙ちゃんの旦那は最低だな」「俺が殺してやろうか」

ベッドのなかで里沙の乳房をまさぐりながら、久哉はそんなことを言った。

「サイコパスに俺たちのこと気づかれてない？　里沙ちゃんがひどい目に遭わないか心配だよ」

「絶対に大丈夫。ラブラブなふりしてるもの。私、そういうのすっごく得意なんだから」

そう答えたら、自分は結婚したときから夫を愛してなどいなくて、ただ上手に演技をしていただけのような気になった。

夫が殺されたのは、久哉と再会した半年後だった。里沙はしばらく久哉に連絡しなかった。なぜか彼からの連絡も途絶えた。

再び連絡をしたのは、事件から半年以上がたってからだった。捜査に進展がないらしく警察からの連絡も途絶え、ほとぼりが冷めたのではないかと感じられた頃だ。久哉は里沙の夫の事件にふれることはせず、この半年のあいだ仕事が忙しかったこと、海外をまわったこと、祖母が亡くなったことなどを話し、ついでのように離婚が成立したばかりなのだと言った。

「里沙ちゃんは？」と久哉は聞いた。「その後、サイコパスはどう？」

さりげなさを装った口調に聞こえた。

「半年前に死んだの。殺されたのよ」

里沙が慎重に答えると、「えっ」と驚いた声が返ってきた。その反応が速すぎ、声音がわざとらしく感じられた。なにより事件を知らないことが不自然だった。

里沙は事件について説明し、捜査が行き詰まっていること、犯人の目星もついていないことを伝えた。数秒の沈黙を挟み、「里沙ちゃんは悲しいの？」と久哉が探るように聞いてきた。

「ううん、全然。むしろ嬉しいわ」

「そうか。よかった」

安堵した声音だった。

## 10

捜査に進展がないまま年を越し、三が日を過ぎた。

正月休みはないだろうなあ、という岳斗の予想は当たった。年末年始は会社や役所など連絡がつかないところが多いため、捜査本部は幾分間延びした雰囲気だったが、逆にそれは捜査が手詰まりに近づいているということでもあり、捜査員の焦りと苛立ちは増していた。

冬晴れの午後、岳斗は三ツ矢とともに千葉郊外にある霊園に来ていた。

雲ひとつない青空はすっきりと澄み渡り、冬のやわらかな陽射しが規則正しく並ぶ墓石に降り注いでいる。

霊園の事務所で用件を伝えると、すぐに担当者が現れた。スーツの胸のネームプレートには〈名塚〉と書かれている。

「松波博史様のご納骨について、ですよね？」

前もって連絡していたため名塚《なづか》のほうから切り出した。

松波郁子の所持品に、ここ〈虹の郷《さと》霊園〉のリーフレットがあった。証拠品担当の捜査員が調べたところ、永代供養墓に彼女の夫が眠っていること、さらに松波郁子が生前、自身の永年納骨の手続きをしていたことが判明した。

それは彼女が姿を消した日のことだった。

彼女は住んでいた家を退去した足でまっすぐこの霊園に来たと考えられる。まるで自分が近いうちに死ぬとわかっていたかのように。

「松波郁子さんがこちらを訪ねたときのことを覚えていますか？」

三ツ矢が聞いたが一年以上前のことだ、記憶している可能性は低いのではないか。期待していなかった岳斗だが、名塚はよく覚えていると答えた。手もとにある申込書に目を落としてから、「八月二十日でした」と自分自身に確認するように言ってから話しはじめた。

納骨するためには事前予約が必要だが、松波郁子は遺骨を持っていきなりやって来たという。名塚は予約が必要だと説明したが、彼女は頑として聞き入れなかった。だから、印象に残っているのだと名塚は言った。最終的に引き受けたのは、松波博史の両親も同じ永代供養墓で永眠していることと、彼女自身も納骨の生前契約をしたためだった。

名塚は言葉を切り、くちびるを結んで考える表情になった。いえ、と続ける。

「それよりも、松波郁子様がただならない様子だったから覚えているんです」

「ただならない様子」と、三ツ矢が確認するように復唱した。

「ええ。ショッピングカートを引いてお見えになったのですが、そういう方はいらっしゃらないですし、なにより顔はこわばっているし目は泳いでいるし、普通の状態ではないように見えて、正直、まいったなあと思いました。的外れなたとえかもしれませんが、テレビや映画で殺し屋に追われたり幽霊から逃げたりする人がいますよね。そういう人のようでした。ものすごく汗をかいていらっしゃったのですが、そのことにも気づかれていないようでしたし、契約書を書かれるときも手が震えていらっしゃって。失礼ながら、この方はもうじき亡くなるのではないだろうか、だからこんなに急いでいるのではないだろうか、そう思ったことを覚えています」

「松波さんはなにか言っていませんでしたか？」

「今日じゃないともう来ることができない。そうおっしゃっていました」

ということは、東山義春を殺した彼女は警察に追われる可能性を考え、今後、自分に関係のある場所に立ち寄るのは危険だと判断したということだろうか。メモを取りながら岳斗は考えた。

ああ、それから、と名塚は記憶を辿る顔になった。

「いつ納骨をするのかと聞かれました。当霊園の永代供養墓は、基本的に一ヵ月のあいだ供養室に安置し、その後、合同カロートに埋葬いたしますので、その旨をお伝えしました」

「しかし、一ヵ月後、松波さんはいらっしゃらなかったのですね？」

三ツ矢の確認に名塚はうなずき、

「不吉な予感というのは当たるものですね」

そう予感してしまった自分を責めるようにつぶやいた。

松波郁子の遺骨は近日中に、彼女の夫が眠る永代供養墓に納骨されることになっている。

事務所を出ると、真っ青な空を一羽のカラスが横切るのが見えた。カラスは広大な霊園を取り囲む針葉樹の木立に吸い込まれるように消えた。

三ツ矢をうかがうと、岳斗と同じように頭上のカラスを目で追っていたようだ。そのことに勇気づけられ、疑問をぶつけることにした。

「三ツ矢さん。僕たちは松波郁子さんを殺害した犯人を捜してるんですよね」

「ええ」

三ツ矢はまぶしさに細めた目を岳斗に向けた。

「じゃあ、どうして連日、東山里沙さんを尾行するんですか？　三ツ矢さんは彼女が犯人だと考えているんですか？　でも、彼女にはアリバイがありますよね」

東山里沙が事件当時、ベーカリーショップでアルバイト中だったことは確認されている。

彼女と本間久哉の詳しい関係はまだわかっていないが、現在、男女の仲であることは明らかだ。彼女は実家に行った帰り、本間のアパートでひと晩を過ごした。その翌日の大晦日も彼のアパートを訪ねている。元日の朝、ふたりが連れ立って近所の神社に初詣に出かけたのも確認済みだ。

「もう尾行していませんよ」

三ツ矢はあやまちを指摘する口調だった。

「いや、そうですけど。でも、元日まではしましたよね」

「そうですね」

「そうですね、って……」

「僕が確かめたかったのはフラワーアレンジメントです」

またか、と思った。

「フラワーアレンジメントと尾行がどう関係するんですか？　彼女を尾行して三ッ矢さんの疑問は解消したんですか？」

「はい。彼女が幸せだということがわかりました」

――幸せそうに見えませんでしたか？

三ッ矢にそう聞かれたことを思い出した。

出窓の花が幸せなクリスマスの見本のように感じた、とあのとき三ッ矢は言ったはずだ。

「彼女が幸せな理由もわかりました」

「本間久哉、ですか？」

「さん」と、咎める声音になる。

「あ、すみません。本間さんの存在ですか？」

さん、を強調して聞き直した。

「おそらくそうでしょう。大晦日の午後、本間さんのアパートに向かう彼女は嬉しそうで、スキップまでしていました。初詣に向かったときも腕を組んで楽しそうでしたね」

あのときの東山里沙は別人のようだった。三ツ矢と訪ねたときは、夫を亡くした悲哀と喪失感から立ち直っていないように見えた。実際、夫の思い出が詰まった家を手放したくない、といまにも泣きだしそうな顔で訴えていたではないか。

岳斗の脳裏に焼きついているのは、正月用のフラワーアレンジメントを買うときの彼女だ。おそらくお気に入りの店なのだろう、彼女は出窓のフラワーアレンジメントを買った店に行き、招き猫が挿してあるフラワーアレンジメントの前に立った。あのときの顔。彼女はあざやかな花がぱっと開くように笑った。まるで表と裏がひっくり返ったように、一瞬のうちにちがう顔が現れた。普通、ひとりでいるときにあんなふうに笑うだろうか。彼女は満面の笑みをたたえたまま、スマートフォンで招き猫のフラワーアレンジメントを撮影した。

「彼女は幸せなのでしょう。だから、意識的にせよ無意識にせよ、自分が幸せであることを表現したいのかもしれません。リビングのチェストの上にあったウサギのオブジェ、あれは本間さんからのプレゼントかもしれませんね」

「どうしてわかるんですか？」

三ッ矢はスマートフォンを取り出し、「彼女のインスタグラムにそう書いてあります」と言った。

「彼女、本名で登録してるんですか？」

「東山義春さんが亡くなる前は、夫婦ともに実名でインスタグラムをしていました。事件後、そちらのアカウントは更新されていませんが、彼女はいま別アカウントを持っています。別アカウントでインスタグラムをはじめたのは十ヵ月前、東山義春さんが亡くなって半年ほどたってからです」

三ッ矢は立ち止まり、「これです」とスマートフォンのディスプレイを見せてくれた。

〈dar〉ではじまるアカウントに東山里沙を想起させる文字はない。アイコンはシンプルな線で描いた女性のイラストで、どことなく彼女のイメージに似ていた。

「どうしてこのアカウントが彼女だとわかるんですか？」

ぱっと見たところ女性だろうとは思った。料理やスイーツ、花や緑、アクセサリーなど、どこか現実離れしたきらきらした写真が並んでいる。

「これです」

ディスプレイには、岳斗が覚えていなかったウサギのオブジェがふたつある。シルクハットをかぶっているのと、耳にリボンがついたもの。たしか三ッ矢は、このオブジェはフォトフレームの後ろにあったと言っていた。

〈ダーさんからのクリスマスプレゼント♡　○○ちゃん（あたし）はウサギちゃんのイメージだから、だって♡　じゃあ左がダーさんで右があたし？　なーんて♡〉

背中がもぞもぞするコメントが書かれている。

「それから、これです」

三ツ矢がスワイプすると、岳斗にも見覚えのある写真が現れた。

「これって」

「ええ」

出窓に飾られたフラワーアレンジメントとポインセチアの鉢植え。まちがいない、東山里沙のリビングだ。

〈キャー♡　見てー！　ダーさんからサプライズでお花が届きました❀　真ん中のアレンジメントがダーさんからのプレゼント。ほかのお花はお友達が贈ってくれました。やだなー男友達じゃありませんよー？　もうすぐクリスマスですね。皆さんはどんなクリスマスを過ごしますか？　あたしはたくさんのお誘いがあるんだけど、

イブはもちろんダーさんとふたりきりで過ごします♡〉

岳斗ははっとして三ツ矢を見た。松波郁子が殺害されたのはクリスマスイブの夜だ。

その夜、東山里沙は遅番のシフトで、アルバイトを終えたのは夜の九時頃だ。彼女はそれから本間久哉と会ったのだろうか。

「すべてが真実ではないでしょうね」

たしかに、彼女は自分で買ったフラワーアレンジメントをプレゼントだと言っている。

「むしろ嘘のほうが多いかもしれません。実際、本間久哉さんの勤務先に確認したところ、彼は十二月二十三日から二十六日まで北海道と東北に出張していたそうです」

「そんなことまでもう確認したんですか？　どうして教えてくれなかったんですか？」

「事件に関係あるかどうかわからなかったので。それにいま伝えているではないですか」

尊敬と驚き、そして苛立ちに似た感情が生まれた。三ツ矢はまたひとりでコソコソ調べたのか。

「どう思いますか？」

「え？」

「彼女のインスタグラムです」

「あの、正直に言っていいですか？」

「もちろん」

「気持ち悪いっす」

三ツ矢は切れ長の目を見ひらいて岳斗を見た。

正直に言いすぎただろうかと思ったが、感じたままを言葉にする。

「ダーさんとかキャーとかハートとか気持ち悪いし、幸せアピール痛いって感じです」

幸せアピール、と三ツ矢はその意味を確認するようにつぶやいた。

「三ツ矢さんはどう思ってるんですか？」

「東山里沙さんは、人からどう見えるかを基準に生活しているのかもしれませんね。見せたい自分になるために、嘘をつくことに抵抗がないのでしょう。彼女の見せたい自分というのは、恋人がいて友人がいて、おしゃれで余裕のある暮らしをしている、みんながうらやむような幸せな女性、といったところでしょうか。彼女は、匿名のインスタグラムや本間さんの前では、田所さんの言う幸せアピールを思う存分しているのでしょう。ただ、義春さんが殺されたことを知っている人の前では、夫の死を悲しんでいるふりをしなければならない。そう思っているのではないでしょうか。出窓のフラワーアレンジメントを自分で購入したのは、インスタグラムに投稿するためかもしれません。私はこんなに幸せなクリスマスを過ごしているのだとアピールしたかったのではないでしょうか」

彼女は夫の死を悲しんでいないのだろうか。

岳斗がそう考えたことを見透かしたように三ツ矢は続けた。

「だからといって、彼女を責めることはできません。そうさせる風潮があるのもまた事実ですから。ただ、彼女の言葉や態度を鵜呑《うの》みにはできないということです」

それにしてもどうやってこのアカウントを突き止めたのだろう。

「ハッシュタグです」

三ツ矢はさらりと答えた。

「ハッシュタグ？」

「東山里沙さんの過去のインスタグラムは確認しましたよね？」

当然のことのように言われ、岳斗は言葉に詰まった。

「幸せ、幸せな暮らし、幸せな生活、幸せな食卓、幸せな時間、幸せごはん、幸せバトン、愛のある暮らし、花のある暮らし、ハッピー」

三ツ矢は淡々と暗唱し、「過去のアカウントといまのアカウントの共通するハッシュタグです」と締めくくった。

「ハッシュタグを追っていったんですか？」

「ええ」

「そんなことができるもんなんですか？」

「できたのですから、できるものなのではないですか」

にべもなく答えた三ツ矢は、駐車場を抜けて左手へと向かった。背の低い洋型の墓石が並び、その向こうに納骨堂や礼拝堂などの建物が見える。松波博史が眠る永代供養墓へ行くつもりなのだと察した。

永代供養墓は薄い灰色の御影石の壁で囲まれていた。ピラミッドの上に球体を置いたような巨大な石のオブジェがあり、その前には花が供えられた祭壇が、奥には遺骨を安置する供養室が設けられている。採光を計算した設計なのだろう、壁で囲まれた永代供養墓全体がやわらかなスポットライトを浴びているように白く淡い光のなかにあった。オブジェの球体の輪郭が銀色の輝きに染まり、厳かな雰囲気だ。

三ツ矢はオブジェに向かって手を合わせ、頭を軽く下げた。岳斗もならう。どこからか線香のにおいが流れてきた。

右側の壁に埋葬者の名前が記された銀色のプレートが並んでいる。松波博史の名前を探しているのだろう、三ッ矢はプレートのひとつひとつを目で追っている。岳斗は逆側から辿ることにした。

「あっ、ありました」

松波博史の名前は、岳斗の目線より少し高い位置にあった。

三ッ矢はプレートに伸ばした手をふれる寸前で止め、思い直したようにまた合掌をした。ゆうに一分を超えてから手を離し、奇妙に穏やかな、しかしどこか悲しげな目を岳斗に向けた。

「松波郁子さんも、こうしたのかもしれませんね」

三ッ矢のまつげの先で陽射しが金粉のようにちらつき、まばたきをするたびにその輝きは大きくなったり小さくなったりした。

「誰にも知られないようにここに来て、博史さんに手を合わせたのかもしれません」

「そうですね」

そう答えた瞬間、岳斗の胸にゆっくりと流れ込んでくる感情があった。それがなんなのか、すぐには理解できなかった。過ぎてゆく時間を、もう戻れない日々を、なすすべもなくたったひとりで眺めている感覚。さびしさ、悲しみ、孤独、絶望。

そして、それらすべての感情に虚無のようなあきらめが貼りついていた。岳斗は二十九年間のこれまでの人生でこんな感情を味わったことがなかった。

これは、ここを訪れたときの松波郁子の感情だろうか。それとも、母親を殺された三ッ矢の感情だろうか。

「あのっ」

胸に流れ込んできた感情に支配されないように声を張り上げた。

「三ッ矢さんも、松波郁子さんが東山さんを殺害したと考えているんですか？」

「わかりません。そちらの事件は管轄外で捜査させてもらえませんので」

淡々と告げた三ッ矢に、よく言うよ、と岳斗は胸の内で返した。

「でも、なんらかのかかわりがあるのはまちがいないですよね」

「ええ。松波さんの行動を見ると、そう考えるのが自然でしょうね」

松波郁子の行動が明らかになるほど、彼女が東山義春殺しの犯人だという説が濃く太くなっていく。

彼女は東山義春が殺害された翌日に、家を退去する旨を大家に伝えた。その次の日には逃げるように家を出て、おそらくその足でまっすぐ霊園に向かい、夫の納骨と自分の生前契約の手続きをした。家の退去と納骨の手続き。この二点のタイミングが偶然だとは考えにくい。しかも、彼女はかつて東山義春のもとを生活保護の相談で訪ねているのだ。

「東山さんの事件は千葉県警に任せましょう。僕たちが捜査するのは松波郁子さんの事件ですから」

三ツ矢はそう言ったが、しらじらしく聞こえた。まるで岳斗からガミガミ言われるのを避けるかのように。

永代供養墓を出て駐車場へと向かった。

さっきは誰もいなかったが、墓石に水をかけ、花を供える中年の男女の姿があった。目を転じると、さらに離れた場所にも家族連れらしい何人かが見えた。

空は変わらず雲ひとつなく、風のない地上を陽射しが丁寧に暖めている。いい天気だなあ、と思ったらそのまま言葉になった。

「いい天気ですねえ」

岳斗は思わず両手を大きく上へと伸ばした。左肩がぱきっと鳴り、関節が固まっていることに気づく。

「空、きれいですねえ」

ふわあっ、とあくびが出た。

「そうですか？」

三ツ矢は岳斗にも空にも目を向けず、まっすぐ前を見つめたまま感情のない声で言う。

「僕は騙《だま》されないぞ、と思います。ほんとうはきれいな空ではないのではないか、自分は虚構を見せられているのではないか、真実は隠されているのではないか。そんなことを考えてしまいます」

岳斗は伸びをしていた両手を慌てて下ろし、「はあ」とだけ答えた。

だから変わり者は苦手なのだ、と何度も思ったことをまた思う。三ツ矢と一緒にいると、自分がなんの取り柄もない凡人であることを否応なしに思い知らされる。だいたい、いまの三ツ矢の言葉が本気なのか冗談なのかも判断できない。そんなこともわからないのかと軽蔑される気がして聞くこともできない。はーっ、疲れる。

車に乗る直前、三ツ矢は永代供養墓のほうを振り返り、

「松波さんはこの霊園に来た日からホームレスになったのですね」

ひとりごとのようにつぶやいた。


その日、捜査本部に千葉県警から連絡が入った。

東山義春が殺害された当夜、事件現場の最寄駅のカメラに松波郁子と見られる人物が映っていた。彼女は被害者と同じ電車ではなく、ひとつあとの電車を降りたらしい。

「これで向こうの捜査は終わりかもな」

捜査員からそんな声が聞かれた。

被害者のバッグについていた指紋、駅のカメラの映像、さらに生活保護の申請ができなかったという動機。これら三点から松波郁子が東山義春を殺害し、財布を盗んだという筋書きは強固になった。しかし、彼女を被疑者とし、被疑者死亡のまま書類送検するには直接的な証拠が不足している。

彼女が遺した所持品から、凶器の刃物か被害者の財布が見つかれば被疑者になったのだろうが。

おそらく、内々では松波郁子が犯人という結論になるだろう。しかし、表向きはそうはいかない。新たな事実や証拠が出てこない限り、未解決のまま捜査は幕引きとなるはずだ。

岳斗はそこまで考え、はっとした。

これでは三ッ矢の母親が殺された事件と同じではないか。

三ッ矢の母親を殺したのは交際相手の男だと見られたが、事件後まもなく山のなかで首を吊《つ》った彼の遺体が発見された。当時、中学二年生だった三ッ矢は、犯人はほかにいる、母親が死ななければならなかった理由を調べてくれ、そうすれば真犯人は見つかるかもしれない、と訴えたらしい。

隣の三ツ矢をそっとうかがう。体をここに置いたまま思考をどこかに飛ばしているような、いつもどおりのつかみどころがない表情だ。

ふと、霊園で三ツ矢が言ったことが思い出された。

――僕は騙されないぞ、と思います。

――虚構を見せられているのではないか、真実は隠されているのではないか。

この人は中学二年生のときからずっとその思いを胸に生きてきたのかもしれない。

「しかし、こっちはどうなってんだよ。まさかお宮入りなんてこと」「ばか。しーっ」

斜め後ろから苛立ちが混じったささやき声が聞こえる。

警察署の目と鼻の先で起きた殺人事件は、遺体の状況から暴行目的の犯行と見て、ほとんどの人員を地取り捜査に当てている。しかし、いまだに容疑者は浮上していない。

## 11

松波郁子は東山義春のあとをつけるようになった。なぜそんなことをするのか、自分のことが理解できなかった。

私はなにかを確かめようとしているのだろうか。だとしたらなにを？　それとも、なにかを見つけようとしているのだろうか。だとしたらなにを？　いったい私はなにをしたいのだろう。

疑問が浮かぶばかりで答えが見つからない。夫がいなくなってから、ものごとをうまく考えることができなかった。

東山の生活は、毎日が時間割のようにほぼ定まっていた。

朝、七時四十分に家を出る。その際、妻は見送りのため外に出る。あの男は角を曲がるときに振り返って手を振る。妻は笑顔で手を振り返す。あの男は丘陵地に広がる公園を抜けて駅へ行き、七時五十六分発の電車に乗る。

降りるのはふたつめの駅——郁子の家の最寄駅だ。そこから十分ほど歩き、八時十分頃、職場である保健福祉センターに入っていく。

仕事上がりは五時半から六時のあいだで、たまに洋菓子店やコンビニに寄ることもあるが、たいていはまっすぐ家に帰った。

東山の家は閑静な住宅地にあるため人目につかないように、朝は公園で待ち伏せするようにした。夜は彼が家に入るのを見届けてから公園で時間を潰し、その後、再び様子を見に行った。

あの男の家から流れてくる肉や魚を焼いたりカレーを温めたりするにおいに、郁子は自分が大切なものをすべて失ったことを思い知らされた。夕食時なのになんのにおいもしないと、今日は刺身なのかもしれないと想像し、おいしそうに海鮮丼をほおばる夫が思い出された。

灯りのついた窓。ディスプレイされた出窓。夕食のにおい。家族団欒《だんらん》の時間。失ってからはじめて自分がどれほど幸せだったのか郁子は思い知った。夫がいてくれるだけで奇跡のような日々だったのだ。郁子が失ったすべてをあの男が手にしていることが理不尽に感じられた。

東山のあとをつけるとき、郁子はいつも怖かった。あの男がいまにも振り返り、ほら、元気じゃないですか、と郁子を指さし、満面の笑みを見せるような気がした。働けないなんて言ったくせに、私のあとをつけているじゃないですか。私を追いかけることはできるのに、仕事には行けないなんて、そんなの誰が見てもおかしいですよね。やっぱり怠け病だったんですね。甘えていただけなんですね。

頭のなかで響くあの男の声が頭蓋骨を内側から押し上げる。最初は冬の白い息のような不確かさだったのに、しだいに声の輪郭と抑揚がはっきりしていき、いつかそう言われることを予感している気持ちになった。

あの男がそう言う前に殺さなければならない。そうすれば、すべてを終わらせることができる。

そう思ったとき、自分は死に方を探すためにあの男のあとをつけているのだと悟った。

あの男が仕事帰りに妻と待ち合わせて食事に行くのを見た。映画館に入るのを見た。日曜日、腕を組んで駅へと歩いていくふたりを見た。小さな庭でバーベキュー用の炭をおこすところを見た。

秋から冬になり、春が来てもまだ東山は郁子を指さし、ほら、元気じゃないですか、と笑いかけなかった。そのうち、あの男が郁子の存在に気づかないのはおかしいと思えてきた。

ほんとうは気づいているのではないか?

そう閃《ひらめ》いたのは、出窓のディスプレイが夏のものに変わった頃だった。

砂や貝殻、流木やヒトデのオブジェが入ったガラス瓶がいくつも並び、大きな金魚鉢のなかには砂浜がつくられ、ミニチュアのデッキチェアやパラソルが置かれている。黄色と青とオレンジ色の浮き玉。花瓶に挿した三本のひまわり。白い器から伸びた朝顔。ガラスのイルカとペンギン。花火の絵のうちわ。フォトフレームには真っ青な海。

そうだ、あの男は私に気づいていながら幸せを見せびらかしているのだ。

そして、それは私への罰なのだ。

目覚めたときに郁子がいつもいちばんに思うのが、今日も夫の夢をみなかった、ということだ。夢でもいいから会いたい。全身全霊でそう願うのに、夫はまだ一度も夢に現れてくれなかった。

雨が降っている。周波数の合わないラジオに似た音が郁子の鼓膜を震わせ、水分を含んだ空気が痩せた体にまとわりついていた。

雨の気配は、あの日の朝を連れてくる。

頭痛を我慢しているような夫の顔。「気をつけてね」という自分の細い声と、「うん」というぶっきらぼうな返事。小雨のなかへと踏み出したレインコートを着た後ろ姿。

あのとき、今日は休んでと夫の足にすがりついてでも止めればよかった。そうすれば、たとえ夫の寿命は変わらなかったとしても、路上でひとりで逝かせることはなかったのだ。死の瞬間、夫はなにを思ったのだろう。痛かっただろう。怖かっただろう。無念だっただろう。私のことを考えてくれただろうか。

郁子は身支度を済ませ、食卓についた。泣きながら食パンを口に運び、牛乳で流し込む。ひとりになってから食事はパンやカップラーメンで済ませることが多くなった。

いつもの時間に家を出て、いつもの電車に乗り、いつもの公園に行く。

待つ場所は日によって変えていた。この日は、遊歩道から離れた場所にある東屋に入り、木立に隠れるようにしてあの男がやって来るのを待った。

うっそうと茂る葉を雨粒が叩く。土と緑のにおいが四方から迫ってくる。小さな生き物たちがひっそりとうごめく気配がし、郁子は自分も石の裏にいる虫のように姿が見えないものになった気がした。

水を撥《は》ね上げる足音がして、はっとした。しかし、あの男がこんなふうに走ったりしないことはすでに知っていた。思ったとおり遊歩道を走ってくるのはグレーのパーカーを着た少年だった。傘も持たずにパーカーのフードをすっぽりかぶっている。少年が通りすぎると、それきり人の気配が消えた。

東山はいつもの時間になっても現れなかった。雨の音と、土と緑のにおいが郁子を包み込んでいる。

ああ、そうか、と気づいたのはしばらくしてからだった。

雨の日は高台と平地をつなぐ遊歩道に水が流れ込むため、公園を通り抜ける人はいないのだ。いままで何度も見てきたのに頭からすっぽりと抜け落ちていた。

記憶があやふやだ。きちんと考えることができない。頭が変になってしまったのかもしれない。

郁子は自分の足もとに目を落とし、感覚を集中させた。スニーカーには泥がつき、水を含んだ中敷きはぶよぶよして靴下はぐっしょりと濡れていた。

公園を出て、東山の家の前をゆっくり歩いた。灰色の濡れた風景のなか、出窓はさわやかな夏の色だった。

なにをやっているんだろう。私は、なにを、やっているんだろう。

住宅地を抜けて駅に向かった。傘をさしているのになぜか体中が濡れている。足を踏み出すたびに、なにかに追いかけられているような、なにかを追いかけているような、そんな感覚が膨らんでいき、焦燥と混乱で頭のなかが白くなっていく。だんだん早足になる。呼吸が荒くなる。着地する足に力が入り、水しぶきが跳ねる。

誰か止めて、と思った。このまま歩き続けたら取り返しのつかないことをしてしまう気がした。

目の前に急に人が現れ、郁子の足が止まった。コンビニから出てきた会社員ふうの男だった。男は郁子を睨《にら》みつけ、舌打ちをすると小走りで立ち去った。

コンビニのドアは開いたままで、アップテンポのBGMが漏れ聞こえた。郁子は心を鎮めるために、ゆっくりとした足取りを意識してコンビニに入った。

通勤途中らしい人たちが飲み物や食べ物を吟味したり、雑誌を立ち読みしたりしている。郁子の目がひとりの少年に引き寄せられた。雑誌コーナーと向かい合った棚の前にうつむき加減で立ち、その手になにか商品を持っている。フードを目深にかぶり、グレーのパーカーは雨に濡れて濃い色になっている。さっき公園を走り下りていった子かもしれない、と思い至った。

少年はうつむいたまま、手にあった商品をパーカーのポケットに入れた。パンをあ、と郁子の喉が鳴ったが、少年は気づくことなく奥の棚へと移動した。ひとつ手に取り、今度は逆のポケットに入れた。すぐ横に立っている中年の男が驚いたように少年を見て、なにか言おうと口を開いた。郁子の体が自然と動いた。

「パンも買うの？　横着しないでカゴ使いなさいよ」

気がつくとそう言いながら少年の腕をつかんでいた。その腕が無意識のうちに想像していたよりもずっと細いことに小さく驚いた。

少年は郁子を見ずにうつむき加減のままだ。横顔をフードが隠し、どんな表情をしているのかわからない。郁子はパーカーのポケットに素早く手を入れ、彼が押し込んだ商品を取り出した。メロンパンと携帯の充電器だった。

「ひとつじゃ足りないでしょ。もっと買っていいわよ」

意外にも少年は素直にパンをあとふたつ手に取り、郁子が差し出したカゴのなかに入れた。

空腹なのだ、と郁子は察した。家出少年だろうか、それとも虐待されているのだろうか。

「飲み物は？　ほかに欲しいものがあれば一緒に買うわよ。あ、そういえば、あなた、傘持ってこなかったでしょ。傘かレインコートも買いましょう」

隣にいた男がレジを済ませて出ていくのが見えた。

少年はコーラとチョコレートを、郁子は傘とレインコートを手に取った。

「ほかに必要なものはないの？」

反応は期待しなかったのに少年はかすかにうなずいた。たったそれだけのことで郁子の心に暖かいものが流れ込み、自分のいる場所に色と温度が生まれたのを感じた。ひさしぶりに現実とつながり、世界に受け入れられた感覚だった。

「じゃあ、お母さん、会計するから待っててね」

親子のふりをするため深く考えずにそう言った。時間差で、お母さん、と自分が発した単語が頭のなかいっぱいに膨らんだ。

お母さん——。

体中の細胞がふわあっと目覚めるのを感じた。甘い痺れが体のすみずみまで広がり、気を抜くとおかしな声が出てしまいそうだった。片手で口を押さえながら横目で少年を見たが、フードが顔を隠していた。

少年は郁子が支払いを済ませるのをおとなしく待っていた。「お待たせ」と少年にレジ袋を差し出しかけたが、渡してしまうとこれきりになってしまうと思い、とっさに自分のほうへ戻した。

「これからどうするの？」

返事はない。最初に見かけたときは小学校の高学年だと思ったが、こうして向き合うともう少し上にも見えた。フードからのぞく鼻は日焼けし、か弱そうな体型とは対照的だ。

「行くところはあるの？」

答えないことが、行くところがないと訴えているように感じられた。フードを目深にかぶってうつむいている少年が顔を隠そうとしているのは明らかだ。虐待による痣《あざ》や傷があるのかもしれない。

「もしかして、家出？」

郁子は小声で聞いた。

「うちに来る？」

少年の反応を待たずに言っていた。郁子は自分の内側でなにかが生まれたのを感じた。そのなにかが郁子の頭をクリアにし、舌をなめらかにした。

「うちにはね、おばさんしかいないの。だから、好きなだけいていいのよ。もちろん誰にも言わないし、家に帰りたくなったら帰ればいいし。それに、うちは二階建てで、部屋も余ってるから下宿みたいに自由に使ってもらってかまわないのよ。おばさん、干渉したりしないから。あなたの好きなようにすればいいわ」

一パーセント以下の期待しか持っていなかった。それでも夫の死後、期待という明るい思いを胸に上らせたのははじめてのことだった。

フードの下で少年が小さくうなずいた。


少年は言葉を発しなかった。彼の沈黙が病気によるものなのか、意識的なのかは判断できなかったが、郁子はふれないことを選んだ。

一緒にいると気づまりだろうと考え、お布団は、二階の部屋を使ってもらうことにした。

「古いけどエアコンもついてるし、ほら、ここ」と郁子は押し入れを開けた。「枕カバーもシーツもちゃんと洗濯してあるから好きに使ってね。おばさんは下にいるけど、いないと思っていいからね。おばさんもあなたのこと気にしないから。それから、おばさん、あなたがいること誰にも言わないから。もちろん、警察にも言わないから安心してね」

うつむき加減の少年はフードをかぶり、両手をポケットに入れて突っ立っている。

夏なのに長袖のパーカーを着てフードまでかぶっているということは、顔だけではなく体にも虐待の痕跡があるのだと郁子は察した。

「おばさんになにかしてほしいことある？」

そう聞くと、少年は小さく首を横に振った。

「痛いところとか怪我《けが》をしているところは？」

少年は首の動きで否定したが、その返事を鵜呑みにはできなかった。

「おばさん、お買い物に行ってくるからそのあいだにシャワー浴びてもいいわよ。一応、脱衣所に着替えを出しておくわね。下着は新品だけど、Tシャツはおばさんの旦那さんのなの。大きいけど、ちょっとだけ我慢してくれる？」

夫の買い置きの下着と、夫が身につけたTシャツ。再び必要になる日が来るなんて想像もしていなかった。

「おばさんの旦那さんね、死んじゃったのよ」

少年がはっと息をのむ気配を感じた。

「もうすぐ二年になるの」

こんなふうに夫の死を淡々と口にするのははじめてだった。言葉にすると、とうに過ぎ去った出来事のようだ。ありふれた思い出話のようだ。夫の死も不在も、悲しみもさびしさも絶望も喪失もいまもずっと続いているというのに。

家を出ると、大家の須藤に出くわしてしまった。

「ちょっと奥さん、ひさしぶり。体調はどう？　変わりない？　あ、体はだいぶよくなったんでしょ？　毎日、出かけてるみたいだもんね。また仕事はじめたの？　朝と晩？　今度はどんな仕事？　でも、無理しちゃだめだよ」

「ありがとうございます。大丈夫です」

会釈して急ぎ足で立ち去った。

須藤に少年のことを気づかれないようにしなければと思った。彼女は悪い人間ではないが、おせっかいでなにごとにも口を挟みたがる。家出少年を匿《かくま》っていると知れば、警察に通報するかもしれない。

郁子はターミナル駅まで行き、ファストファッションの店で少年の体に合いそうな下着、靴下、Tシャツとパンツ、部屋着を選んだ。子供のものを買うことはこんなにも心を弾ませる行為なのだとはじめて知った。

あの子には何色が似合うかしら、ときちんと言葉にして考えた。フードが顔のほとんどを隠していたが、日焼けしていることはまちがいない。だったら、グレーより黄色のほうがいいかしら。でも、パーカーがグレーということは、やっぱりグレーが好きなのかしら。派手な色は嫌いかしら。色違いのTシャツを並べて悩んでいる自分の姿を誰かに見てほしいと思った。

ふと、母が思い出された。

小学六年生のときに父が亡くなり、母は化粧品の訪問販売の仕事で郁子を短大まで行かせてくれた。短大卒業後、郁子は専門学校の事務職に就いたが、三十四歳のとき母に癌《がん》が見つかった。すでに末期だった。

母は、死ねない、と言った。お母さん、郁子を遺して絶対に死ねない。

歯を食いしばりながらほほえむような顔だった。あのとき郁子は、自分が家庭を持っていたら、と胸が締めつけられた。もし、夫と子供に恵まれた幸せな生活を送っていれば、母にこんな思いをさせなくても済んだのに、と。郁子は母の看病のために仕事を辞めたが、一年もたたずに別れのときがきてしまった。意外にも死に顔が穏やかだったことが唯一の救いになった。

夫に出会ったのは、母の三回忌を終えた頃だった。郁子はその出会いを母が導いてくれたものだと受け止めた。子供には恵まれなかったが、幸せに暮らしている自分の姿を母に見てほしいと何度も思ったものだ。

玄関に少年の黒いスニーカーがあるのを認めて安堵した。

買い物に行っているあいだに出ていくのではないかと不安だったのだ。帰宅したことを知らせるために、「ただいまー」と階段の上に向かって声を張った。気になったのは返事がなかったことではなく、靴は残されているもののほんとうに少年はいるのだろうかということだった。いますぐ様子を見に行きたい衝動をかろうじて抑え込んだ。

正午を数分過ぎた時刻だ。

ふたり分のオムライスとサラダをつくって食卓に向かい合わせに並べてみたが、フードを目深にかぶったかたくなな姿が頭に浮かび、郁子の目の前では食べないのではないかと考え直した。

郁子はお盆を持って二階に上がった。ドア越しに呼びかけようとしたところで呼び名がないことに気づいた。

ドアをノックしたが、反応はない。

「ねえ。いる？」

しばらく待っても、沈黙が続くばかりだ。

「ねえ。開けるわよ」

声をかけてからゆっくりとドアを開けると、エアコンで冷えた空気が流れ出してきた。

少年は畳の上に横になっていた。窓のほうを向いているため顔は見えなかったが、弛緩《しかん》した体から熟睡しているのが伝わってきた。パーカーは着たままだが、フードが脱げていた。少年は坊主頭で、首も耳も日焼けしていた。野球少年の雰囲気だが、よく見ると坊主頭がまだらになっている。父親か母親に暴力的に丸刈りにされたのだと思った。

少年が誰にも知られたくないことを隠し見てしまったようで、彼を裏切り、彼の尊厳を傷つけた気がした。

しかし、いまこうして熟睡しているということは、ここが安心できる場所だと感じてくれたのかもしれない。

郁子は静かにドアを閉め、お盆を持って階下に戻った。

物音がしたのは二時間ほどたってからだった。ゆっくりと階段を下りてくる足音に続いてトイレを使う音がした。

タイミングを見計らって居間のドアを開けると、少年は二階に戻ろうとするところだった。

「オムライス食べない？」軽い口調を意識した。「食べるなら、あとで二階に持っていくわよ」

フードの下で少年は小さくうなずく。

「それからこれ。よかったら使って」

郁子が差し出した紙袋には、着替えのほかにノートと三色ボールペンが入っていた。

「これはうちの勝手口の鍵」

紙袋は素直に受け取った少年だが、鍵を前に躊躇《ちゅうちょ》しているのが伝わってきた。

「この家にはおばさんしかいないし、二階はほとんど使ってないから、あなたの好きにしていいのよ。いてもいいし、いなくてもいいし、帰りたくなったら帰ればいいし、また来たくなったら来ればいいし。下宿だと思えばいいんじゃない？　それか、隠れ家とか？」

そう言って郁子は笑ってみせたが、少年の表情が緩んだかどうかはわからなかった。

「あのね、出入りするときは勝手口を使えば、誰かに見られることもないと思う。それから隣に住んでいるおばさん、須藤さんっていう大家さんなんだけど、ちょっとおせっかいなところがあるから見つからないようにしたほうがいいわ。須藤さんね、午後の二時から五時までは出かけてるから、そのあいだなら大丈夫だと思うけど」

少年はまだ鍵を受け取らない。

「おばさんね、旦那さんが亡くなってすごくさびしいの。だからね、この家に人の気配があることが嬉しいのよ。ううん、もちろん無理強いはしないわ。あなたにはあなたの生活と人生がある。もしかしたら、つらいこともあるかもしれない。つらかったら逃げてもいい、なんてよく大人は言うでしょ。でもね、逃げ場がないと逃げることもできないっておばさんは思うの。だから、おばさんの家が下宿でも隠れ家でも逃げ場でもなんでもいいから、あなたの役に立ったら嬉しいな。おばさん、あなたに干渉しないし、うるさいことも言ったりしないから。おばさんはおばさんで暮らすから、あなたもあなたで好きにすればいいのよ」

そうまくしたて、手のひらをさらに少年のほうに伸ばすとやっと鍵を受け取ってもらえた。

翌朝の六時すぎ、階段を下りるひそやかな足音が聞こえた。トイレかと思ったが、足音は風呂場のほうへと向かい、シャワーを浴びるのかと思ったところで、勝手口のドアが静かに開閉した気配がした。勝手口は台所と風呂場のあいだにあり、台所と廊下のどちらからでも行ける。しだいに静けさが家のなかに広がっていくのを感じた。

玄関を見ると、黒いスニーカーがなくなっていた。念のためにトイレと風呂場を確認した。まちがいない。少年は出ていったのだ。

郁子はくちびるに力を入れ、口角をつり上げようとした。うん、と深くうなずくことで自分を納得させようとした。そうしなければ、あっというまにさびしさに支配され、体から力が抜けてしまいそうだった。

階段の一段目にお盆が置いてあった。ノートの切れ端に目がとまる。

〈ごちそうさまでした。また来る。〉

その言葉を舌の上で転がすと、なぜか夫から交際を申し込まれたときの記憶が呼び起こされた。

12

松波郁子殺害事件の参考人が浮上した。事件から十六日がたっていた。

地取り担当の捜査員が、事件現場をうろついていた男を引っ張ってきたのだ。現場で職務質問をしたところ、捜査員を押しのけて逃げようとしたため公務執行妨害で緊急逮捕したとのことだった。いわゆる別件逮捕だが、参考人は現場でも取調室でもひとことも発しなかった。

男の年齢は二十歳前後で、身なりからホームレスと思われた。指紋を照合したが記録はなく、所持品に身元がわかるものはなかった。

岳斗は三ツ矢とともに、窓から取調室にいる男を見た。

黒いダウンコートの下にグレーのパーカーを着込み、両手をポケットに入れて、だるそうに椅子の背もたれに体を預けている。うつむいた目にはっきりとした感情は表れていないが、どことなくふてぶてしい雰囲気なのは若さのせいだろうか。未成年の可能性があるため、慎重に取り調べが行われているが、男は名前や年齢を含めて完全黙秘を続けているらしい。

窓越しの取調室には沈黙の時間が流れている。

取り調べをしているのは、捜査一課の飯田《いいだ》という刑事だ。

飯田はデスク越しに男を真正面から見据えているが、男は目を落としたまま微動だにしない。

困ったねえ、と飯田がひとりごとのような声を出した。

「そろそろ名前くらいは教えてくれてもいいんじゃないの？」

ん？　と男のほうに顔を近づけた。

「言えないってことはやましいことがあるってことになるよ。それでいいんだね？」

男は無反応だ。

「なんで事件現場をうろうろしてたの？」

そう聞いた飯田だが、返事を期待していないらしく、「なんで声かけたら逃げたの？　なんで名前も言えないの？　隠してることがあるからだよな？　たとえば、クリスマスイブの夜、ホームレス仲間の女性を襲ったとか殺したとかさ。乱暴目的？　それともなんか揉《も》めたの？　あんたら、ホームレス同士で知り合いだったんじゃないの？　前から目つけてたんじゃないの？」と一気に続けた。

男を引っ張ってきてから何度も繰り返されたシーンであることが岳斗にも察せられた。

「どうしてホームレスになることを選んだのでしょうね」

三ッ矢はつぶやいた。視線は窓越しの参考人に向けられているが、松波郁子のことを言っているのだとわかった。

「どう思いますか？」

三ッ矢は岳斗に顔を向けた。

どうして彼女はホームレスになることを選んだのか――。三ッ矢にこの質問を投げかけられるのは二度目だった。

「わかりませんよ」

「僕もわからないのですよ。松波さんはホームレスにならなければ死なずに済んだのかもしれません」

それはそうだろう、と岳斗は思った。ホームレスにならなければ、クリスマスイブの夜、空きビルにいることはなかったのだから。

「三ッ矢さんは行きずりの犯行ではないと思っているんですか？」

「わかりません。ただ、知りたいのです。彼女はなぜ死ななければならなかったのか。なぜホームレスになることを選んだのか」

「でも、松波さんがホームレスになった理由がわかったからといって、彼女を殺した犯人がわかるわけじゃありませんよね」

岳斗の言葉に、三ツ矢は不思議そうな顔になった。

「だからといって、わからないままでいいのですか？」

「え？」

「わからないからといってわかろうとしなければ、それは永遠にわからないままです。けれど、わかろうとすればもしかしたらわかるかもしれないのですよ」

「わかる」が多すぎて、聞いているうちに頭のなかがこんがらがったが、つまり三ツ矢は「オレは気になったことはなんでも調べるぜ！　組織も管轄もオレには関係ないぜ！」というようなことを言いたいのだろうと理解した。

「松波さんが、東山義春さんの事件になにかしら関係しているのはまちがいないでしょう」

そう言ったきり三ツ矢は押し黙った。

嫌な予感がした。

「いろいろ考えたのですが……」と頭のなかでなにかを組み立てるような表情で切り出した三ツ矢を見て、嫌な予感はますます強くなっていく。

「やはりわからないことをひとつずつ調べていくしかありませんね」

「……それって、東山義春さんの事件を調べるってことですか？」

　岳斗は恐る恐る確認した。

「いいえ」という返答に安堵したのは一秒だけだった。「松波さんの事件を調べるのです。その過程で東山さんの事件を調べる必要があるかもしれないというだけです」

　それを屁理屈《へりくつ》というのだ、ととっさに言いそうになった。

　部屋を出ていく三ツ矢を追いかけながら岳斗は文句をぶつける。

「でも、参考人を引っ張ってきたばかりじゃないですか。もう少し待ってもよくないですか？」

「彼はどうしてなにも言わないのでしょうね」

「隠したいことがあるからじゃないですか？」

　松波郁子を殺したとか、と胸の内だけで続けた。

「僕はもうひとつ不思議に思っていることがあるのです」

「なんですか？」

「松波さんの目撃情報が少ないと思いませんか？　気にしたことはなかった。

「でも、捜査会議では彼女の目撃情報がいくつか報告されていましたよね」

事件現場の最寄駅である高田馬場駅周辺で、ショッピングカートを引いて歩く松波郁子の姿が何人かに目撃されていたし、防犯カメラにも映っていた。

「松波さんは女性だし、花柄のショッピングカートを引いていたのですから、もっと目立つと思うのですよ。それなのに、いつもあそこにいましたよ、というような目撃談が出てきていません。ホームレスなら多くの場合、いつもあそこに座っていた、いつもあそこで眠っていた、といった目撃情報があるのですが、彼女には決まった場所がなかったのかもしれません。じゃあ、どこにいたのでしょう。そもそも、ほんとうにホームレスだったのでしょうか」

ほんとうにホームレスだったのか——。三ツ矢がそのことまで疑問に感じていることに岳斗は驚いた。

「まだ隠されていることがあるような気がするのです」

「三ツ矢さんだって隠してることがあるじゃないですか」

階段を下りていく三ツ矢の背後から岳斗は言った。三ツ矢が半分だけ振り返る。

「本間久哉さんの存在ですよ」

三ツ矢は、東山里沙に警戒されないために、当分のあいだ彼女と本間久哉の関係を上に報告しないことを選んだのだ。

三ツ矢は横顔で淡くほほえみ、「田所さんも共犯ですからね」と返した。

## 13

「私、この家を売ろうと思うの」

東山里沙はそう言って、くちびるをきゅっと閉じた。鏡に映るさびしげな笑みを浮かべた自分を見つめ、こんな感じでいいだろうか、と考えた。

夫が死んでからもうすぐ一年と五ヵ月になる。

両親の説得に折れた形で家を手放しても不自然な時期ではないはずだ。両親は安堵し、面倒な手続きはすべて引き受けてくれるだろう。世間や近所の人も理解してくれるはずだ。

里沙が不安なのは、自分がどう見られるかということだった。

――あの人、旦那が殺されて、しかも犯人が捕まってないっていうのに、とっとと家を売って大金を手に入れたんだって。じゃあ、旦那が死んで喜んでるんじゃない？　見かけによらず怖い女だよね。男でもいるんじゃない？

頭が勝手につくりあげた陰口に里沙が縛られているのは、その声が事実を語っているからだ。

「もう私、幸せになってもいいのよね？」

鏡に向かってか細い声で言ってみる。眉が下がり、悲しげなほほえみになった。うん、いい感じだ。

父はあたりまえだと力強く言うだろう。母は涙ぐみ、里沙ちゃんなら幸せになれるわよと抱きしめてくれるだろう。ふたりとも里沙の言葉を肯定し、庇護《ひご》してくれるにちがいない。やはり両親の前では当分のあいだ悲しいふりをしていよう。

自由になりたい。お金が欲しい。このふたつを叶《かな》えるために家を売る。里沙はそう決心した。

ただ、心配なことがある。家を売るとなれば両親が口を出してくるのはまちがいない。面倒な手続きをしてくれるのはいいが、里沙には無理だからと言ってお金の管理にまで口を挟んでくるはずだ。そうなると、自由にお金が使えなくなってしまう。それに、ひとり娘を自分たちの目の届く場所に置いておこうとするだろう。同居するか実家のそばに住むか、そのどちらも里沙には受け入れがたかった。

それに、娘の瑠美奈の問題もある。娘はかわいいし大切だ。しかし、いつからか愛おしさよりも、腹立たしさのほうが心を突くようになった。反抗期の娘はみんなこうなのだろうと頭ではわかっていても、母親と口をきかず、睨みつけたり無視したりする娘と暮らすのはストレスだった。

早く二十歳くらいになってくれないかな、と思う。そうしたら、母娘《おやこ》で女子トークができるようになるのに。二十歳の娘なら里沙のいまの気持ちに共感してくれるだろう。それまではこのまま実家で両親と暮らしていてほしい。

里沙はスマートフォンで鏡に映った自分を撮った。アイボリーのニットとレモンイエローのプリーツスカート。髪はハーフアップにし、耳にはパールの揺れるイヤリング。顔が写っているものと、顔を隠したものの二種類を撮る。

〈今日は仕事がお休みなので、これからお友達とショッピング&カフェに行ってきます♡　久哉君はお仕事中かな？　がんばってね！〉

メッセージと一緒に顔が写っている写真を久哉に送った。そのままディスプレイを見つめたが、既読にはならなかった。

あきらめてインスタグラムのアイコンをタップした。

〈今日はオフ！　これからお友達とショッピング&カフェです。エステやネイルもしたいなー♪〉

〈幸せ〉〈幸せな暮らし〉〈幸せな生活〉〈幸せな休日〉〈幸せバトン〉など、いつものハッシュタグをつけ、顔の写っていない自撮り写真を投稿した。さっそく〈いいね〉がついて嬉しくなる。

ほかになにか投稿できるものはないかとリビングを見まわすと、出窓に目がいった。クリスマス用に買ったフラワーアレンジメントはとっくにしおれ、鉢植えのポインセチアはなぜか枯れ、すべて捨ててしまった。いまはガラスの花瓶に淡いピンク色のラナンキュラスが五本挿してあるだけだが、飾った日に〈まるくてかわいいラナンキュラスさん♡〉というコメントとともに投稿済みだ。

里沙はチェストに飾ったペアのウサギにスマートフォンを向けた。が、これもすでに投稿しているから、ほかにネタがないと思われてしまいそうだ。

また出窓を素敵に飾りつけたいな、と思う。しかし、それはこの家ではない。夫は出窓のディスプレイにまで口を出し、自分の思いどおりにしたがった。新しい家では自分の好きなように飾りつけるのだ。

「さあ、お出かけしようっと」

ひとりごとを言うと、ランランラーン、と弾むメロディが口をついた。

玄関のドアを開けた里沙は、瞬時に表情を変えた。

誰が見ているかわからない。夫を殺されたかわいそうな妻にならなければ。悲しげな表情とうつむき加減のまなざし。あー、もう疲れちゃった。

　電車を降りて、スマートフォンをチェックした。

　さっき送ったメッセージにまだ既読はついていないが、いつものことだ。久哉は仕事中、スマートフォンをチェックできないことが多いと言っていた。

　小さな音響会社に勤める彼は、一年のうち三分の二が出張で、それが原因で離婚したらしい。スタッフは彼を含めて四人しかおらず、こき使われているのだ、と言っていた。だから、もし次に家庭を持つチャンスがあるとしたら仕事を変えたい、できれば起業したい、と。

　自分が送ったメッセージを見ながら、そういえば最後に友達とショッピングやカフェを楽しんだのはいつだろうと考えた。ぱっと思い出せる光景がない。娘が小学生のとき、何人かのママ友とファミリーレストランに行ったことはあるが、「友」はついても友達ではないし、あれはＰＴＡの延長のようなものだった。

　ああ、そうだ、と思い出した。数年前、大学時代の友人から突然連絡があり、東京駅近くのカフェでランチをしたことがあった。一時間半もかけて行ったのに、彼女は里沙にサプリメントの購入を迫った。彼女がすすめた「シミもしわも消える若返りのサプリ」は気にはなったものの、里沙に与えられた生活費では買えない値段だった。いつものように「主人に相談しないと決められない」と答えると、彼女はあれこれと食い下がった。「じゃあ、主人に直接説明してくれる？」と里沙は本心から言ったのだが、彼女はもう用はないとばかりに伝票を残して出ていってしまった。

里沙は記憶をたぐり、ふと気づく。そもそも私に友達なんていない、と。もともと交友関係は狭く浅く、まめに会ったり連絡を取り合ったりする相手はいなかった。それに里沙は中学生の頃から恋人が途切れたことがなく、いつも恋人と一緒にいるのだから友達なんて必要がなかった。

これからもそうだ。久哉がいるのだから友達なんかいらない。

そう思ったところで、いや、と考え直す。やはり、彼が不在のときに会える友達はいたほうがいい。それに、友達がたくさんいたほうがみんなに愛されている人に見えるだろう。

里沙はまたスマートフォンをチェックした。メッセージに既読はつかないままだ。

友達とショッピング&カフェなんて嘘だった。行先は久哉のアパートだ。

ドアフォンを押しても応答がないのは当然だ。彼は九州に出張中なのだから。

久哉には内緒でつくった合鍵を差し込んだ。

久哉は、これまで里沙がつきあった男とはちがった。もちろん夫ともまったくちがう。むしろ正反対で、とてもやさしいのに秘密主義めいたところを感じることがあった。

何度か合鍵が欲しいとそれとなくねだったが、いつもはぐらかされた。掃除もさせてくれないし、里沙が私物を置いていくことも、いきなり訪ねることも嫌がった。久哉はその理由を息子が遊びに来るからと説明したが、里沙はふたりの距離感に物足りなさを感じていた。

もしかして女がいるのではないか？　いつからか頭の片すみにそんな疑念が立ち込めるようになった。そのたびに慌てて吹き消すのだが、何日かたつとまたうっすらと現れるのだった。

ドアを開けると、沈殿した冷たい空気と、かすかな黴《かび》くささに迎えられた。

台所はきれいに片づいている。見覚えのないマグカップや茶わんはないし、冷蔵庫に手づくりの惣菜が入ったフードコンテナもない。リビングのこたつの上に化粧水やスタンドミラーが置かれてもいないし、長い髪の毛やピアスのキャッチも見つからなかった。トイレと風呂を確認したが、生理用品もピンク色の歯ブラシもない。

体からふっと力が抜けた。

ほらね、と里沙は自分に言い聞かせた。ね？　心配することなかったでしょう？

ちがうわ、別に疑ったわけじゃないもの、ともうひとりの自分が答えた。

里沙は、家が売れたら久哉に一千万円渡すつもりだった。もちろん、それは結婚と引き換えだ。そのために心配や不安をすべてクリアにしておきたかった。

久哉といつ結婚できるのだろう。彼が今の仕事を辞めて起業する頃にはできるだろうか。まわりから、夫が殺されたのにすぐに次の男に乗り換えたと思われないだろうか。そう考えたとき、母の言葉を思い出した。

——犯人がわかったら里沙ちゃんと瑠美奈ちゃんだって一区切りがつくでしょう。

頭のなかをひと筋の風が吹き抜けた。

犯人がわかれば、一区切りついたと思ってもらえるのか。

里沙は写真で見たホームレスの女を思い浮かべた。

警察は断言こそしていないが、松波郁子というあの女が夫を殺したと考えているようだ。このままいけば、あの女が犯人ということになるのだろうか。

里沙はまだ迷っていた。あの女を見たことがあると警察に言ったほうがいいのかどうか。たとえば、家の前をうろついていたとか、夫と出かけたときに後ろをついてきたとか。里沙が証言することで、犯人はあの女だと確定し、事件は過去のものとなるだろうか。

奥の六畳の部屋をのぞいた。ベッドがきれいに整えられているのを確認し、うん、と小さくうなずいた。

ベッドの下をのぞき、収納棚のひきだしを調べ、クローゼットを開けた。女物の衣類はない。洋服やネクタイが吊るされ、プラスティックの収納ケースが並んでいる。几帳面な久哉らしく、クローゼットのなかも整理されていた。

収納ケースのいちばん下のひきだしには、夏物のTシャツがきれいに折りたたまれて並んでいるが、奥にある紺色のTシャツだけ乱暴に突っ込んだように列を乱している。

なにげなく手を伸ばし、はっとした。それは布ではあるが、Tシャツの生地とはちがった。手に取った瞬間、思いがけない重さを感じて震えが走った。紺色の布をゆっくり開くと、ケースに収まったナイフが現れた。ケースにも持ち手にも茶色の汚れがこびりついていた。

14

東山里沙の家に向かうたび、千葉県警と鉢合わせしたらどうしようと不安に駆られた岳斗だったが、ついに恐れていたときが来てしまった。

ドアフォンを押す三ツ矢の背後に立っていると、近づいてくる足音があった。振り返るよりも先に声がかかった。

「みーつやさんっ。こんなところでなにやってるんですか？」

歌うような声音には嘲笑と敵意が感じられた。

短く切りそろえた髪と浅黒い肌、がっちりとしたあご。岳斗より五、六歳上に見えるから三十代半ばだろうか、スーツの上に黒いコートを羽織っている。千葉県警の刑事だと理解したと同時に、やばい、と岳斗は焦った。

「いったいなんの用ですかあ？　また俺らのシマ荒らしてるんですかあ？　このあいだクレーム行きませんでしたかあ？　いくら変わり者だからって捜査の邪魔をしていいことにはなりませんよう。ねえ、みーつやさんっ。わかってますか？」

ものすごく感じが悪い。にやついているのに鋭い目はほとんどまばたきをせず、口角が不自然につり上がっている。精悍《せいかん》な顔つきとトライアスロンの選手のような体格。いわゆるナイスガイなのが余計に腹立たしい。

「ああ、千葉《ちば》さんですか。どうも」

三ツ矢は男の悪意をさらりとかわし、いつもどおりの淡々とした態度だ。

「おいっ」と、男の口調が変わった。「いま、笑っただろ？」

男は三ツ矢ではなく岳斗を睨みつけている。

「え？　俺？」

「千葉県警の千葉かよ、って笑っただろ？」

「い、いいえ」

言われるまで気づかなかったのに、急に不可解な笑いが腹の底からこみ上げてきた。笑いを押し戻そうとすると、くふっ、と喉が変な音をたてた。

千葉は、ふんっ、と荒々しく鼻を鳴らし、三ツ矢に向き直った。

「で、みーつやさんはどうしたんですか？　なんでここにいるんですか？　これ、俺らのヤマですよ。いちいち首突っ込まないでもらえます？　はっきり言っちゃいますけど、目障りなんですよ」

ねえ、と千葉は後ろに首をねじった。

少し離れた場所に、五十代くらいの小柄な男が立っている。千葉と組んでいる刑事だろう。千葉とは対照的に困った表情を浮かべている。

「ねえ。みーつやさん、教えてくださいよ。な、に、し、に、来たんですかあ？　東山さんに、な、に、を、聞こうとしたんですかあ？」

「高田馬場二丁目で起きた殺人事件についてです」

相手にしなければいいのに三ツ矢は律儀に答えた。

早く東山里沙が現れないかと玄関を見やった岳斗に気づいたらしく、千葉は「残念でしたー。東山さんはさっき出かけましたー」と、ざまあみろという音を交えて告げた。

「どちらにですか？」

「アルバイトだそうですよう。今日は遅番。でも、もう辞めるみたいですね。ま、そんなことより、はいはい、高田馬場二丁目ね。はいはい、戸塚警察署の真ん前で起きた殺人事件ですねえ」

真ん前ではない、と言い返したかったが、反論の十倍増しの罵詈雑言《ばりぞうごん》を浴びせられる気がして黙っていた。

「えーと、たしかクリスマスイブの夜にホームレスの女がレイプ目的で殺されたんでしたよねえ。警察署の真ん前で起きたのに、まだ解決してないんですかあ。いやあ、屈辱的ですよねえ」

そっちこそ一年五ヵ月もたつのにまだ解決してないくせに。岳斗の胸の内の声が聞こえたかのように、千葉は挑戦的なまなざしになった。

「ま、こっちはケツが見えてますから。東山さんが、夫が殺される前に近所でホームレスの女を見かけた気がするって証言したんですよねえ。おっと、余計なことを言っちゃいましたね。ま、そんなわけですから、もう邪魔しないでもらえますぅ？ねえ」と千葉が後ろを向いて同意を求めると、五十代の刑事は愛想笑いを浮かべていた。

「そうなのですか？」

三ツ矢が聞く。

「あ？」

「東山さんは、近所でホームレスの女性を見かけたと言ったのですか？」

「そうでーす。昨晩、東山さんから電話が来て、さっき直接会って確認を取りましたから」

「東山さんは、そのホームレスの女性が松波郁子さんだと言ったのですか？」

「なんでそんなことまでみーつやさんに教えなきゃならないんですかあ？　ま、でも、いっか。似てた気がするけどわからない、だそうでーす」

東山里沙が見かけたホームレスは松波郁子だったのだろうか。そう考えたところで、彼女の言葉と態度を鵜呑みにはできない、という三ツ矢の言葉を思い出し、岳斗は気を引き締めた。

「はいはい、帰った帰った」

千葉は三ツ矢の目の前で手を叩いた。

こんなにあからさまな敵意を向けられるなんて、三ツ矢はこの千葉という男にいったいどんなひどいことをしたのだろう。

「わかりました。では、行きましょうか」

三ツ矢はおとなしくその場を離れた。

この日は電車での移動のため駅まで戻らなければならない。三ツ矢は来たときと同様に、事件現場である公園を通るルートを選んだ。

「なにがですか？」

「だからこのまま帰っていいんですか？」

「ええ。東山さんが不在なのですから」

たしかにそうだが、癪《しゃく》ではないのだろうか。さっきまで千葉県警と鉢合わせすることを心配していたのに、千葉の無礼な態度を目の当たりにしたいまはひと泡吹かせたい気持ちだった。

「三ツ矢さん、さっきの千葉っていう人になにをしたんですか？　そうとう嫌われてますよね」

「そうですか？」

まさか嫌われている自覚がないのだろうか。変わり者と呼ばれる人間のことはほんとうに理解できない。

「出窓に花びらが落ちていましたね」

三ツ矢が言った。

岳斗も出窓は確認済みだった。ガラスの花瓶に丸いピンク色の花が五本挿してあり、花びらが二枚落ちていた。

「落ちた花びらを片づけなかったのですね。気がつかなかったのでしょうか」

ひとりごとの口調で言うと、三ツ矢はいきなり立ち止まった。公園の入口だ。

「珍しく更新していませんね」

スマートフォンを見ながら言った。

東山里沙のインスタグラムを確認しているのだと察し、岳斗もスマートフォンを取り出した。

最後の投稿は、昨日の午前中だ。全身の自撮り写真と〈今日はオフ！　これからお友達とショッピング&カフェです。エステやネイルもしたいなー♪〉というコメント。顔はスマートフォンで隠しているが、まちがいなく彼女だ。〈幸せ〉〈幸せな暮らし〉〈幸せな生活〉〈幸せな休日〉といったハッシュタグをつけている。

「丸一日以上更新しないなんて珍しいですね」

三ツ矢の言うとおりだ。東山里沙は一日に何度も大量のハッシュタグとともに写真をアップしていた。

公園はさっき通ったときと変わらず閑散としていた。葉を落とした木々に紛れるように東屋があるが、ひと気がなく忘れられた場所のように見える。

遊歩道を外れて東山義春が殺された場所へ行った。

伐採と造成がされた空間は遮るものがないため、そこだけがぽっかりと明るかった。

「不思議ですよね」立ち入り禁止のフェンスの前に立った三ッ矢が言う。「どうして遊歩道から離れたこの場所で殺されたのでしょう。東山義春さん自らがここに来たのか、それとも犯人に連れてこられたのか」

三ッ矢は振り返り、公園の上のほうに人差し指を向けた。

「たしかに、ここを斜めに通り抜けると遊歩道を通るより距離的には近くなります。ただ、歩きにくいので逆に時間はかかりますし、東山さんは革靴を履いていたので考えにくい気がするのです」

「犯人から逃げようとしたんですよね？」

千葉県警から提供された捜査資料にはそう書いてあった。

東山義春の遺体が発見されたのは、殺害から一日半がたってからだった。その間、激しい雨が降ったため現場の足跡は採取できなかったが、ルミノール検査によってここが殺害場所と確定された。

「そうではない場合を考えています」

「三ッ矢さんはなんでも疑うんですね」

「疑う？　僕はただ、わからないことをわかろうとしているだけです。もし、他人に見せられているものが真実かどうか考察することを疑うというなら、僕はすべてのことを疑っています」

――僕は騙されないぞ、と思います。

ふいに三ッ矢の言葉が立ち昇った。

この人の頭のなかはどうなっているのだろう。四六時中こんな考え方をしていたら、脳は休むひまがなくショートしてしまうのではないだろうか。

岳斗の胸中に頓着することなく三ッ矢は続ける。

「松波さんがホームレスになったのは、東山さんが殺されたことと関係していると考えていいでしょう。けれど、なぜホームレスなのか。四つの可能性が考えられます。ひとつめは、彼女の単独犯という可能性。なんらかの事情があってホームレスになったのでしょう」

「はい」と岳斗はうなずいた。

「ふたつめは、松波さんに共犯がいる可能性。自分が捕まることで共犯も捕まると考えたのかもしれません。三つめは、彼女が犯行を目撃し、それを犯人に気づかれた可能性。犯人から逃げているのかもしれません。そして、四つめは犯人をかばっている可能性。その場合、犯人は松波さんの知り合いだと考えていいでしょう。松波さんが犯人の可能性は、千葉県警が捜査します。僕たちは犯人ではない可能性を調べてみましょう」

つまり、三つめと四つめの可能性ということだ。

「はいっ」と気合を入れて返事をしたとき、岳斗のスマートフォンが鳴った。ディスプレイを見てぎょっとする。直属の上司である刑事課長からだ。

千葉の挑発的な態度を思い出し、もうクレームが入ったのかと恐る恐る通話ボタンをタップした。

「おまえ、なにやってんだよ！」

予想どおり怒鳴り声が鼓膜に響いた。

「すみませんすみません」

「どこにいるんだよ！　早く戻ってこい！」

「すみません。いや、でも、別に向こうの邪魔をしてるわけじゃなく、こちらはこちらの捜査を……」

必死に言い訳の言葉を探しながらも、自分は三ッ矢につき従う影のようなものなのに、なぜ叱られるときだけ矢面に立たなければならないのだろうと理不尽に思った。

「足りねえんだよ、人手がよ！」

「え？　人手？」

刑事課長の怒りの原因は、岳斗の予想とはちがうものだった。

三ツ矢をうかがうと、刑事課長の怒鳴り声が漏れ聞こえているはずなのに、まるで自分だけ別世界にいるように泰然としたたたずまいだった。

次に三ツ矢と会ったのは、二日後の朝の捜査会議の席だった。

防犯カメラの映像をぶっ続けで観《み》ていた岳斗の眼球はぱきぱきに乾燥し、三秒間目をつぶっただけで眠りの底に落ちてしまいそうだった。

完全黙秘中の男を送検するために、現場周辺の防犯カメラの映像を片っ端から確認したのだった。

岳斗が観た映像に男が映っているものはなかったが、別の映像で彼の姿が複数回確認された。しかし、そのいずれも松波郁子が殺害された数日後のもので、彼女と一緒にいる姿を見つけることはできなかった。

また、男の靴のサイズは現場に残された靴跡と同じ二十七センチだが、足痕跡は一致しなかった。

参考人の男は釈放されることになった。

完全黙秘で心証は悪いが、送検しても証拠不十分により不起訴になることはまちがいない。一度、不起訴になると、同じ犯罪事実によって再び逮捕・勾留することは原則としてできないため、二十四時間体制の尾行をつけたうえで釈放することを選んだのだった。

「三ツ矢さんはなにしてたんすか。また俺に隠れてコソコソしてたんじゃないでしょうね」

捜査会議が終わってから三ツ矢に声をかけた。睡魔と疲労で頭がぼうっとし、ついぞんざいな言葉づかいになってしまった。

「そんなことしていませんよ」

三ツ矢は躊躇なく答えたが、信用できない。だいたい、どうして三ツ矢だけが防犯カメラのチェックを免れ、好き勝手に行動できるのだろう。

コネ、と頭に浮かんだ。三ツ矢は母親の死後、叔父夫婦に引き取られたという。叔父は赤坂署の前署長だ。三ツ矢本人の実績や能力ももちろん抜きん出ているが、やはり警察組織においてコネはなによりものをいう。三ツ矢が飄々としていられるのはコネの……。そこまで考え、はっとした。やばいやばい、と頭を小さく振る。疲れたり苛立ったりしているときに意地悪な考えが立ち昇ってくることは自覚していた。

駐車場に出ると三ツ矢が振り返った。

まさか頭のなかを見透かされたのでは、と岳斗は緊張した。

「今日は僕が運転するので、田所さんは助手席で少し仮眠を取ってください」

ただそれだけの言葉で、意地悪な考えがあっというまに霧散した。


目が覚めた瞬間、深く眠っていた感覚が体の内にあった。

はっとしてまぶたを上げたが、現状を認識するまで数秒かかった。そのあいだに、くちびるの左端からよだれが垂れていることに気づいた。

車のなかだ、と思い出した。三ッ矢が気をつかって運転してくれたのだ。

すみません、うっかり熟睡してしまって。そんな言葉を思い浮かべながら、岳斗はよだれをぬぐって運転席に顔を向けた。

三ッ矢がいない。車は住宅地の路肩に停められている。

まさか置いていかれたのか？

シートベルトを外しながら改めて状況を確認すると、東山里沙の家のすぐ近くだった。あれ？と思う。たしか車に乗ったときは、これから松波郁子が住んでいた家に向かうと言っていたはずなのに。

車を降りると、歩道で立ち話をしている三ッ矢の姿を見つけた。立ち話の相手はふたりで、ひとりは以前聞き込みをした東山家の三軒隣に住む柳田という女で、もうひとりは六十歳前後に見える背の高い女だった。

すよ」

「……でもね、空き巣や痴漢の被害もなかったから、このへんの住人だと思うんで

背の高い女の声が聞こえた。

「一軒家が多いけど、意外と近所づきあいがないものね。どこにどんな人が住んでるのかわからないのよ」

柳田が補足するように言う。

「じゃあ、その男を見たのは一度きりだったのですね」

三ツ矢の問いに、背の高い女がうなずいた。

三ツ矢の斜め後ろにそっと立った岳斗だったが、会話の内容がまったく理解できない。

「暑いのに長袖のパーカーを着てフードをかぶっていたから気になったんですけど、そういうファッションもあるってあとで息子から聞いてそういうものか、と」

背の高い女の説明に三ツ矢は真剣に耳を傾けているが、やはりなんの話なのか最後まで岳斗にはわからなかった。

車に乗り込んでから三ツ矢に疑問をぶつけた。

「松波さんが住んでいた家に行くんじゃなかったんですか？　いま、柳田さんたちになにを確認してたんですか？　空き巣とか痴漢ってなんですか？　このへんの住

人って誰のことですか？　長袖のパーカーを着てた人のことですか？　俺、熟睡してしまってすみません。でも、起こしてくれてもいいんじゃないですか？　っていうか、普通は置いていかないですよね。なんでいつもそうなんですか？」

しゃべっているうちにふつふつと怒りが湧いてきた。

「うっせー」

三ツ矢が無表情に言う。

「え？」

「起こしたところ、そう言われたので」

「ええええっ」

一気に血の気が引く。

「それから三時間半です」

「はい？」

「田所さんが寝ていた時間です」

三時間半？　まさか。

「当初の予定どおり、松波郁子さんが住んでいた家にも行きました」

「えっ」

「そのあと、ここに来ました。田所さんには何度も声をかけたのですが」

「すみませんすみませんすみません」

まったく記憶になかった。大学時代に酒を飲みすぎて記憶をなくし、翌日、友人に上半身裸で乳首にクリップをはさんでいる写真を見せられたときのことを思い出した。

「あの、俺……いえ、私、ほかになにか失礼なことは言わなかったでしょうか？」

目をそらした三ツ矢の横顔に淡い笑みが浮かんだように見えた。「いえ」と返ってきたが、その言葉を信じることはできなかった。

「そのほかの質問についてですが」と三ツ矢が言ったとき、岳斗の腹が派手な音をたてた。そういえば、昨日の夕方からなにも食べていなかった。

「昼食を摂《と》りながら説明しましょう」

三ツ矢がやさしいことを言った。

「あ、僕が運転します」

「いえ。どうぞ寝ていてください」

嫌味ではなく本心からの言葉だとわかっても、いたたまれなさで体が縮こまった。

通り沿いのファミリーレストランに入った。一時半をまわった時刻で、店内は勤め人より主婦層が多かった。

岳斗がランチメニューのなかからトマト煮込みハンバーグのセットを選ぶと、三ツ矢は「僕も同じものを」とメニューも見ずに言った。

「千葉県警からはすべての資料を提供してもらっているわけではありません」

注文を終えると、三ツ矢はいきなり切り出した。

「はい」と岳斗は背筋を伸ばした。三時間半の熟睡で眠気はすっかり抜けていた。

「ですから、ある人物から捜査手帳のコピーを提供してもらいました」

「ある人物って、千葉の捜査本部の刑事ですか？」

東山義春殺害事件を担当する捜査員のなかに、三ツ矢にこっそり手を貸そうとする人物がいるということだろうか。

「誰なのかは言えませんが、手帳には気になることが書いてありました。東山義春さんが殺害される二、三週間前、近所で不審な男の目撃情報があったそうです」

「それがさっき言ってた長袖のパーカーを着た男、ですか？」

「そうです。さっきお話を聞いた松田《まつだ》さんは、柳田さんの向かいに住んでいるのですが、夜に一度だけ、長袖のパーカーを着てフードを目深にかぶった、松田さんいわく、あやしい男、を見かけたことがあるそうです。ただ、空き巣や痴漢といった被害はなかったし、事件の二、三週間前の一度だけの目撃情報だったため、早い段階で事件とは関係ないと判断されました」

岳斗はうなずいた。当然だと思う。さっき、柳田と松田が言っていたとおり、おそらく近所の住人で、夏なのに長袖を着ていたこととフードを目深にかぶっていたことで不審に思われたのだろう。

それなのに三ツ矢は答えを待つような目で岳斗を見つめている。

「気になりませんか?」

「え?」

「共通点があると思いませんか?」

三ツ矢がなにを言いたいのか思考がついていかない。岳斗は、わからない、と返す代わりに「すみません」と小さくつぶやいた。

「空き巣ですよ」

「空き巣?」

「松田さんは、その男のことを空き巣か痴漢かと思ったそうです。もうひとり、空き巣と言った人がいたのを覚えていませんか?」

空き巣――。

岳斗は記憶の箱に手を突っ込み、空き巣という言葉をなんとかつかみ上げようとした。しかし、なんの手応えも得られない。

「松波郁子さんの隣に住んでいる大家の須藤さんです。松波さんが留守がちになったので、空き巣に入られることを心配したと言っていたではありませんか。このあたりも一時物騒だったから、と」

そう言われてみれば、ぼんやりと記憶にあった。松波郁子は夫の死後、仕事をはじめたらしく朝と夜に出かけるようになったと須藤が言っていた。そのときに、空き巣や物騒という単語が出てきた覚えがある。しかし、たったそれだけのことが共通点と言えるだろうか。

「当時、あのあたりで空き巣の被害はありませんでした。それなのに、なぜ須藤さんはあんなことを言ったのか、彼女に直接聞きました」

口を半開きにしている岳斗に向かって三ッ矢は小さくうなずき、「ええ。田所さんが助手席でぐっすり寝ているあいだにです」とさらりと言った。

返す言葉もない岳斗を気づかうことなく三ッ矢は続ける。

「須藤さんは、松波さんの家の裏をうろつく男を二度見たことがあると言っていました。フードを目深にかぶった若い男で、見るからに不審者だったそうです。夏なのに長袖のパーカーを着ていることも不思議に思ったと言っていました。須藤さんがその男を目撃したのは、松波さんが家を退去する数日もしくは数週間前のことです」

「それって、東山さんの家の近くで目撃された男と同じってことですか？」

同じ時期に、同じ男が、東山と松波の両方の家の近くに出没していたということか。

「断言はできません。ただ、どちらの証言でも、その男が着ていたパーカーはグレーです。そして、顔は見えなかったものの、若い男だった気がすると言っていました」

若い男――。岳斗の頭に、釈放されたばかりの男が浮かんだ。

完全黙秘を貫いたあの男は二十歳前後に見えた。ダウンコートの下にグレーのパーカーを着込み、伏し目がちでふてぶてしい雰囲気をまとっていた。

「三ツ矢さん。その男って……」

三ツ矢は岳斗が言わんとしたことを理解したらしく、くちびるを軽く引き締めてうなずいた。

「松田さんと須藤さんに、釈放された男の写真を見てもらったのですが、ふたりとも不審者を見たのは夜だったし、フードをかぶっていたこともあって、顔はわからなかったそうです。仮に同一人物だったとしても、彼が犯人である証拠はありませんし、いまのところ尾行もついているので大丈夫だと信じるしかありません」

空き巣というキーワードだけで、三ツ矢は東山義春と松波郁子の新たな共通点を見つけたということか。岳斗は、目の前にいる体温の低そうな男が持つ洞察力と思考力に改めて圧倒された。

トマト煮込みハンバーグが運ばれ、ふたりともしばらく食べることに集中した。

「出窓の花、首が垂れていましたね」

フォークを持った手を止め、三ツ矢が言った。

東山里沙の家のことだとわかったが、あのとき寝起きだった岳斗は出窓を確認してはいなかった。

「落ちた花びらもそのままでした。インスタグラムの投稿もありません」

岳斗は急いでハンバーグを咀嚼《そしゃく》し、スマートフォンを操作した。三ツ矢の言うとおり、東山里沙のインスタグラムの最新の投稿は自撮り写真のままだった。

15

井沢勇介《いざわゆうすけ》は、自分の人生のなかに人を殺すという出来事が加わると思ったことは一度もなかった。

出来事などという軽い言い方ができるのは、結果的にそうではなかったからで、しかし、あの数時間のあいだは自分を人殺しだと思い込んでいた。

人を殺してしまった——。

真っ暗な穴に突き落とされたような絶望感と罪悪感は当初は現実味がともなわず、

他人の感情が流れ込んできたように希薄だった。しかし、自分の認知の裏をかくように細胞に深く刻まれ、人殺しではないとわかってからも消えてはくれなかった。骨が砕け肉が潰れるごりごりっという衝撃は、半年たっても薄くなるどころか、忘れられることを拒むようにますます強くしがみついてきた。

夢のなかで、勇介は何度もあの男を轢いた。

雨の朝。灰色に濡れた光景。タイヤが雨を撥ね上げる音。ワイパーの規則正しい動き。フロントガラスをつたう幾筋もの雨水。狭い歩道を走る自転車。

自転車に乗った男は強風でもないのに背中を丸め、レインコートの裾をはためかせながらゆらゆらと蛇行している。年寄りかな、危ないな、と反射的に感じ、アクセルを緩める。と同時に、自転車が車道に飛び出してくる。あっ、という自分の叫びが実際に声になったのかはわからない。一気にブレーキを踏み、ハンドルを右に切る。だめだっ、と瞬間的に悟り、目を閉じる。ごりごりっという、細胞のひとつひとつに鳥肌を立てるような不快な衝撃が足もとから全身に広がっていく。

そこで目が開いた。

心臓が胸骨を激しく叩いている。呼吸が浅く、全身が冷たい汗で濡れている。

夢のなかであのときが再現されるたび、勇介の奥深くに、ごりごりっという衝撃がより強固に打ちつけられていった。

おそらく自分は一生、あのときのことを夢で見続けるのだろう。いや、夢だけではなく、起きていてもなにをしていても、人の骨を砕き肉を潰した不快感と罪悪感から逃れることはできないのだろう。これは死ぬまで続くのだ。

勇介はベッドの上で体を起こした。

こめかみが鈍く痛み、喉はからからだ。アルコールのにおいが鼻につく。ベッドサイドテーブルにはチューハイの空き缶が並んでいる。カーテンは陽射しを孕《はら》んでいるが、時間の感覚がない。スマートフォンで確認すると、昼の二時を過ぎたところだった。

ベッドサイドテーブルを挟んで妻のベッドがある。きっちりとかけられたダマスク織りのベッドカバーが、もう二度とこのベッドで寝るつもりはないという妻からのメッセージに感じられた。実際、あの事故が起きてから半年のあいだ、妻が夫婦の寝室で眠ったことは一度もなかった。

部屋を出て階段を下りた。家のなかは静けさに満ちている。トイレを済ませ、リビングのドアを開けると食卓に妻の姿があって驚いた。

ふいを突かれた勇介は、トレーナーのなかに手を入れて腹をかきながら、「あ、ああ」と曖昧な声を出した。

外出から帰ってきたばかりなのか、妻は化粧をし、身ぎれいな格好をしている。

勇介にちらっと向けた目は腹立たしいほど冷ややかだった。

勇介は妻を無視し、冷蔵庫を開けた。が、調味料以外なにも入っていない。冷蔵庫のドアを手荒く閉め、水道の水をコップに二杯飲んだ。そのあいだ妻はひとことも発しなかった。

妻の成美《なるみ》が泣き喚《わめ》き、罵りの言葉を吐いたのは、事故から二ヵ月ほどのあいだだっただろうか。妻の悲しみは自分の境遇に向けられ、怒りは夫ばかりか、相手とその遺族にも向けられた。

あの朝、ごりごりっという衝撃を感じた勇介がトラックから飛び下りるまでどのくらいかかったのかわからない。すべてがスローモーションに感じたが、実際はすぐに行動したらしい。勇介はトラックを飛び下り、車道に倒れている男に駆け寄った。男はうつ伏せで万歳の格好をしていた。ちぎれかけた右手は砕けた骨が露出し、濡れたアスファルトに黒い血が流れ出していた。男はぴくりとも動かず、すぐ横に倒れていた自転車の車輪がゆっくりとまわっていた。

男の死因が、轢死《れきし》ではないことは早い段階で判明したらしい。トラックのタイヤが踏み潰したのは右手だけで、ほかに外傷はなく、失血死するほどの出血量ではなかった。しかし、勇介は男を轢いたトラック運転手として警察の事情聴取を受けたし、彼自身、自分は人を轢き殺したのだと思い込んでいた。

男の名前が松波博史であることと、彼の死因がくも膜下出血であることを知らされたのは翌日のことだった。男は即死状態だったと聞かされた。自転車を漕《こ》いでいる最中に脳動脈瘤《りゅう》が破裂し、制御を失って車道に飛び出してきたらしい。勇介に落ち度がないことはドライブレコーダーと目撃者の証言により明らかになった。

心から安堵した。

それなのに、しだいにほんとうは俺が殺したのではないか、という不安が寒気のように体の内でざわめきだした。

俺があの場所を通ったから。俺がふたつ前の信号の黄色で停まらなかったから。本来なら俺が死ぬはずだったから。俺にとり憑《つ》いた死神があの男に移ったから。そんな意味不明のこじつけが次々と頭のなかを流れていった。

自宅に帰った勇介を待っていたのは妻の罵声だった。

なんてことしてくれるのよ！　妻は涙で濡れた顔を真っ赤にし、髪をふり乱し、両手をきつく握りしめていた。血走った目はつり上がり、こめかみに筋が浮いていた。

妻は勇介を責めた。

あまりの剣幕に妻は誤解しているのだと思い、男はくも膜下出血で死んだのだと説明したが、そんなことはどっちでも同じなのだと返ってきた。死因はなんであれ、あんたは男を轢いたトラック運転手なのだ、と。

勇介の実名が出ることはなかったが、自転車に乗った男性がトラックに轢かれたとニュースが報じた。どこで聞きつけたのか近所の人や息子が通う中学校の保護者が、あのトラック運転手は勇介のことだと噂《うわさ》しているようだと妻は言った。

どうしてあの時間にあの場所を走ったのか。どうしてトラック運転手なんかになったのか。どうして家族のことを考えてくれないのか。どうして好き勝手なことをするのか。

妻はひととおり勇介を責めると、今度は死んだ男を罵倒した。

どうして雨が降っているのに自転車に乗ったのか。電車やタクシーにも乗れない貧乏人なのか。どうしてくも膜下出血になったのか。健康診断を受けていなかったのか。あの男の妻は健康管理をしていなかったのか。

妻は連日喚き散らし、中学二年生の息子は部屋に閉じこもるようになった。勇介は会社を辞め、一日中酒を飲むようになった。

事故から二ヵ月後、息子は妻の実家に預けられた。そのあたりから、妻の罵詈雑言でびりびりと震えていた家の空気が静かになった。妻は留守がちになり、家にいるときでも勇介を無視するようになった。

った。

水を飲んだコップを流し台に置き、リビングを出ようとした勇介に妻の声がかかった。

「話があるの」

勇介が振り返るか振り返らないかのうちに、「別れましょう」と妻は続けた。

予想していたことだった。驚きはなく、来たか、と静かに思っただけだった。

妻の斜め向かいに腰かけ、差し出されたボールペンで離婚届に記入した。

「湊《みなと》はどうするんだ？」

勇介が聞くと、妻はあからさまに顔をしかめた。酒臭いのか、それとも夫と対峙《たいじ》することが耐えられないのか。おそらく両方なのだろう。

妻はたっぷりと沈黙をつくってから、「形ばかり聞いてるんでしょう？」と嘲笑とともに言い放った。

「引き取る気なんてないくせに、なにしらじらしいこと言ってるのよ。それとも引き取る？　湊とふたりで暮らす？　あなたにあの子を育てられるの？　無理でしょ。それに湊、あなたの顔を見るのも嫌だって」

勇介は反論の言葉を探せなかった。湊は大切で愛おしい存在だが、妻の言うとおり父子《おやこ》ふたりで暮らす自信はなかった。いつからか息子は父親を避けるようになり、勇介も不機嫌そうな息子にどう接していいのか戸惑い、面倒さもあって距離を置くようになった。

「じゃあ、おまえと暮らすのか」

「おまえって呼ばないでよ！」

「……じゃあ、このまま君の実家で暮らすのか」

「たぶんね」

妻の実家は西東京市にあり、義母がひとりで暮らしている。

「家はどうするんだよ」

「売るしかないんじゃない？　それともあなたひとりで住む？」

「こんなに早く売るなら買わなきゃよかったな」

「あなたのせいでしょう！」

いや、ちがう。息子の中学進学に合わせて一戸建てを買おうと言ったのは妻だ。勇介はこれまでどおり賃貸マンションで暮らしたかったが、湊も一戸建てを望んでいると言われ、環境が変わることで息子との関係を修復できるかもしれないと考えた。このときすでに妻は、たまプラーザ駅から徒歩二十分の場所に建つ築十五年のこの家の内見を済ませていた。

「あなたが……」

妻の声が絞り出すような音になり、なにを言うつもりなのか勇介は察した。

「あなたがトラックの運転手なんかになるからでしょう」

いままで何十回も聞かされた言葉だった。なんか、という言い方に腹が立ったのは最初だけで、いまはもう麻痺してしまった。

「そりゃああなたはいいでしょうね。大好きな仕事だものね。でも、あなたが自分のことしか考えないせいで、私と湊の人生はめちゃくちゃになったんじゃない」

勇介がトラック運転手に転職したのは一年ほど前のことだった。それまで勤めていた広告代理店が、業績悪化にともない四十代以上の早期退職者を募ったのだ。四十四歳だった勇介は会社にしがみつこうと思えばできないこともなかったが、ネット広告を専門とする子会社に飛ばされ、給与も下がることがわかっていた。それならば、と思った。

勇介は子供の頃からトラック運転手になることが夢だった。高校生のときに普通免許を取り、大学生のときに大型第一種免許を取った。勇介がトラック運転手になりたかったのは若くして死んだ父への憧れからだったが、父が早世したのは仕事のストレスのせいだと決めつけていた母に泣きながら反対された。その母も、数年前に父のもとへと旅立った。勇介はこれがラストチャンスかもしれないと考えた。ひさしぶりにわくわくした気持ちになった。しかし、妻の反対は母の数倍も激しかった。

妻は、勇介が広告代理店勤務だから結婚したのであって、トラック運転手になることがわかっていれば結婚しなかった、とはっきり告げた。

おそらく、あのときに夫婦の関係は決定的に破綻《はたん》したのだろう。ただ、家にいる時間が少なくなったから気づかないふりができただけだ。

「人生がめちゃくちゃになったのは私と湊だけじゃなかったわね」

そう言って妻はくちびるを歪めた。笑ったつもりらしい。

「そういえば、あなたの人生もそうよね。四十五歳の無職で、しかもアル中一歩手前。でも、それは自業自得よね。だから、あのとき私の言うことを聞いていればよかったのに」

妻は勇介の手から離婚届をひったくり、「さ、よ、う、な、ら」と石を五回投げつけるように言った。


ハローワークで最後の失業認定の手続きを終えて建物を出ると、春のまばゆい光が勇介を包み込んだ。蛍光灯の下で二時間ほど過ごした目はその輝きを拒否するように細くなり、忌々《いまいま》しさに顔が歪んだ。

仕事をしなければならないことは十分理解している。しかし、心にも体にもエネルギーが宿ってくれなかった。もうトラック運転手はできない。そもそも車の運転をするつもりはない。では、どんな仕事がしたいのだろうと自問しても思いつく答えはなかった。それでも適当な数社に応募したものの、すべて書類選考で落とされた。

先が見えない。ホームレスになるしかないのだろうか。別にそれでもいい。いや、それなら死んだほうがましだ。

うつむいていた顔を上げると、ビルの壁面に反射した光が勇介の目を射した。街路樹にも看板にも車のボンネットにもガードレールにも、前を歩く人の黒い髪にも肩にかけたバッグのファスナーにも陽射しが躍るように降り注ぎ、ビルのあいだにのぞく青空はやわらかくきらめいている。

なんて美しい世界なのだろう。

勇介は自分を取り巻く光あふれる光景に圧倒された。と同時に、ここにいる自分が誰の目にも映っていないような頼りなさと心細さに囚《とら》われた。世界は自分抜きで進行しているのではないか？　そう思ったとき、目の前を淡いピンク色の無数のかけらがさあっと吹き抜けた。

桜の花びらが風に舞っている。

勇介の目は桜を眺めているのに、脳はあの朝の光景を思い出していた。フロントガラス越しの雨、濡れたアスファルト、狭い歩道を走る自転車、レインコートのひるがえった裾。そこまでの映像が再生され、一拍の空白を挟み、ごりごりっという衝撃が冷たい震えとともに全身を駆け巡った。

知られているのではないか？　脳天を殴られたようにその考えが弾《はじ》けた。

世界中に、俺があの男を轢いたことを知られているのではないか？

だから、就職活動はすべて書類選考で落とされ、誰にも気にとめてもらえず、世界は自分抜きで進行しているのではないか？

悪いのはあの男のほうなのに――。

勇介は奥歯を嚙みしめた。

あの男が俺の前で倒れなければこんなことにならなかった。俺は殺していない。俺は被害者なのだ。妻の言ったとおり、俺の人生はめちゃくちゃになった。しかし、それは俺のせいではなく、あの男のせいなのだ。

――なんであやまりに来ないのよ！

妻の金切り声を思い出した。

――あの男の妻は、なんで挨拶にも来ないのよ。冗談じゃないわ！　どれだけ迷惑かけたと思ってるのよ！　うちの夫のせいで申し訳ありませんでした、って土下座したって足りないくらいよ。ねえ、そうでしょ？　ほんとうはテレビに出て、悪いのは私たちです、って言ってほしいくらいよ！

妻はあの男の妻を罵倒し続け、損害賠償請求をしようとしていた時期もあった。

あの頃、勇介はまともにものを考えることができなかった。自分が殺したのではないと頭ではわかっていても、恐怖と罪悪感で体の芯がいつもガタガタと震えていた。

しかし、事故から半年が過ぎたいま、やっと理解が追いついた。妻の言葉は正しかったのだ。

振り返ると、半年前の自分はまともではなかった。妻が止めなければ、あの男の葬儀に参列し、申し訳ありませんでした、と土下座していたかもしれない。たとえ自分に非がなくても、謝罪し、許しの言葉を得たほうが早く楽になれると考えていたのだ。

あの男の名前も住所も、そして妻の名前も、勇介は覚えていた。葬儀に行くつもりで新聞のお悔やみ欄を切り抜いたのだ。

あの男の家族はいまどうしているのだろう。

あの男は五十六歳だった。彼の妻が同世代だとしたら、子供はすでに独立しているかもしれない。

もし、遺された家族で笑っていたら？　夫であり父親である男の死を乗り越え、光あふれる世界で幸せに暮らしていたら？

俺の人生は終わったのに。

絶対に許せない。

## 16

トマト煮込みハンバーグを食べ終えた岳斗がドリンクコーナーからコーヒーを取ってくると、三ツ矢はスマートフォンを耳に当てていた。

「……ええ……わかりました。向かいます」と、いつものように最小限の言葉を返し、一拍おいてから岳斗に顔を向けた。

「尾行をまかれたそうです」

「もしかして完黙の男ですか？」

「ええ」

「もうですか？」

「もうです」

完全黙秘を続けたホームレスらしき男は今日釈放されたばかりだった。

男は戸塚警察署を出ると、新宿方面に向かったらしい。途中で公園のトイレに寄り、大久保を通って職安通りを渡った。姿を消したのは西武新宿駅の近くとのことだった。

「尾行をまいたってことは、やっぱりやましいことがあるってことですよね？」

「誰だって尾行されるのは嫌なものです」

「まあ、そうですけど……」

「それに彼は罪に問われているわけではないので、その行動を責めることはできません」

「そうですけど……」

「それにずっと尾行を続けるわけにもいきません」

「……ですよね」

尾行の対象者が姿をくらましたにもかかわらず、会話は盛り上がらなかった。

西武新宿駅の周辺は、北口前と花道通りに捜査車両が一台ずつ停まっていたが、岳斗が想像していたようなものものしい雰囲気ではなかった。交番の前に数人の捜査員が立っているほかは、コートを着込んだ人たちが行き交い、店やビルを出入りする日常の光景だ。

交番前には先輩刑事の池《いけ》がいた。声をかけると、「おう」と軽い声が返ってきた。

「どんな感じですか？」

「見つからねえなあ」

ホームレスらしき男が姿を消したのは、西武新宿駅を背に花道通りを左に曲がった通りだった。コンビニやホテル、雑居ビル、飲食店や商店が並んでいる。人通りはまばらだが、いかがわしい雰囲気ではない。

池の話では、男に続いて捜査員が花道通りを曲がったときにはすでに姿が見えなかったという。

「若い兄ちゃんだからな、ダッシュして逃げたんじゃないかって話だよ。そのへんの店には入ってないみたいだな。せめてあいつの行動範囲とか交友関係がわかればよかったんだけど、なーんにもわからないうちにやられたな。いやあ、担当が俺じゃなくてよかったわ」

池は他人事《ひとごと》のように言い、「おう。ミッチーはどうした?」と聞いてきた。

「え?」

振り返ると、後ろにいるとばかり思っていた三ッ矢の姿がない。

「どうした。おまえもまかれたのか」

池はからかうように笑った。

はーっ、と岳斗はため息をついた。尾行をまいた男を探す前に、なぜ三ッ矢を探さなければならないのだろう。

「大変だな。ま、がんばれよ」

池の「がんばれよ」が捜査ではなく、三ッ矢のお供に向けられているのは明らかだった。

男が姿を消したあたりをうろうろしていると、雑居ビルの前に立っている三ッ矢を見つけた。ひょろりとしたたたずまいはどこか影が薄く、人間と幽霊のあいだのような存在に見えた。

三ッ矢さん、と呼びかけようとしたところで、彼が電話中であることに気がついた。「……ありがとうございます」と聞こえた。

「三ッ矢さん、もうっ、探しましたよ。ええっと、尾行をまいた男ですけど、通り沿いの店に立ち寄った形跡はないので走って逃げたんじゃないかって……」

通話を終えた三ッ矢にまくしたてると、「行きましょう」と遮られた。

「え？　どこにですか？」

「先ほど事情聴取が終わって帰宅したそうです」

「え？　誰がですか？」

「本間久哉さんです」

本間久哉？　東山里沙の恋人と見られる男だ。彼の存在を知っているのは、岳斗と三ッ矢だけのはずだ。それとも本間久哉の存在を公言しないよう岳斗に言っておきながら、三ッ矢はほかの人間に伝えたということだろうか。

しかし、三ッ矢の説明は予想外のものだった。

千葉県警に、東山義春を殺したのは本間久哉だという匿名の告発状が届いた。そこには、凶器のナイフは本間久哉が自宅に隠し持っていると書かれていた。

本間久哉は警察の訪問に驚いたが、部屋を調べさせてほしいという申し出に素直に応じた。その際、自分は東山義春を殺した犯人だと疑われているのか？ と聞き、東山里沙との関係を自ら話したという。

「でも、ナイフは見つからなかったんですよね？」

凶器が見つかっていれば、事情聴取を終えて帰宅できるはずがない。

「ええ」

案の定、三ッ矢は答えた。「でも、東山さんの財布が見つかったそうです」

「えっ」

東山義春を殺害した犯人は財布を奪って逃走している。その財布が見つかった。それなのに帰宅させたということは、事件に関与していないことが明らかになったのだろう。

「完璧なアリバイがあるそうです」

三ッ矢の言葉に、やっぱり、と思う。

「本間久哉さんは、東山さんが殺害された当日、仕事で台湾にいました。香港、北《ペ》京《キン》、台湾とまわり、一週間ほど日本を離れていたそうです。財布はクローゼットの収納ケースのなかにあり、現金もカード類もそのままで、いっさいの指紋がついていませんでした。本間さんは、その財布にはまったく見覚えがないと言っているそうです」

本間久哉が犯行にかかわっているのだとしたら、財布を隠し持っていることも、現金に手をつけていないことも、指紋が付着していないことも不自然だ。ということは、誰かが彼に罪をなすりつけるために仕込んだということだろうか。

「だからといって、本間さんが完全に捜査対象外になったわけではありません。今後も事情聴取は続くはずです。ただ、早い段階で弁護士がついたせいもあって帰宅できたようです。家宅捜索も終えているので、罪証隠滅の恐れが低いことも影響したのでしょう。それから、逃亡の可能性も低いと判断されたようですね。弁護士を依頼したのは彼の勤務先の社長で、本間さんは社長の娘との結婚が決まっているそうです」

「……それって」とつぶやいた岳斗の脳裏に、腕を組んで初詣に向かう本間久哉と東山里沙の後ろ姿が浮かんだ。

「社長の娘はアメリカにビジネス留学中だそうです」

岳斗が思い出した光景を透かし見たように三ツ矢はつけたした。

大晦日、本間久哉のアパートに向かうときの小さなスキップ、招き猫が挿さったフラワーアレンジメントを見たときの笑顔、花で飾られた出窓、〈幸せ〉のハッシュタグが並ぶインスタグラム、彼女は幸せなのでしょうという三ツ矢の言葉。次々に思い出したら、「ああー」としか声が出なかった。

本間久哉が暮らすコーポ泉《いずみ》の一〇二号室のドアフォンを鳴らすと、「はい?」とドア越しに警戒した声が聞こえた。

「本間さん、少しだけお話をいいでしょうか?」

三ツ矢がドアスコープに警察手帳をかざした。

十秒ほどたってからドアがゆっくりと開き、三分の一のところで止まった。

「なんでしょう?　さっきお話ししたとおりですけど」

本間は重い疲労感をまとっていた。

「お疲れのところ申し訳ありません。玄関先で済みますので」

三ツ矢は丁寧な言葉づかいと不似合いな強引さで、ドアのすきまに体をねじ込ませて玄関に入った。

「あの、もし、まだなにかあるなら弁護士の先生に連絡するように言われているので」

本間は三ツ矢を押し返そうとした。

「大丈夫ですよ」三ッ矢が言う。「大晦日に東山里沙さんがこちらに泊まったことは口外しませんから」

本間の口が、あ、と開く。その隙に岳斗も玄関に入り込んだ。

「たしか、その二日前の夜にも東山里沙さんがいらっしゃいましたよね。あなたが先ほどの事情聴取の際、彼女との関係をどの程度説明したかは知りませんが、勤務先の社長やその娘さんに言うことはありませんから」

「い、言っておきますけど、社長の娘っていっても社員四名の零細企業ですし、借金も多くて自転車操業なんです。それに社長に頼まれて婿養子に入るので、いわゆる逆玉とかではないですから」

「そんなことは聞いていません」

「それに、東山さんとのつきあいはそんなに深いものじゃなくて、もらい事故のようなものなんです。もう会わないつもりだったのに、彼女、すごくしつこくて強引で……」

「ですから、その件については社長や娘さんにわざわざ言うつもりはありません、と言っています。僕たちは、本間さんにお話を聞きたいだけです」

三ッ矢の言葉に本間は「手短にお願いします」と小声で言った。

「あなたの部屋に財布を隠した人物に心当たりはありませんか？」

「さっきも警察で言いましたけどありません。こんなことされる覚えもありません」

「この部屋に自由に入れる人は？」

「いません」

「東山里沙さんになにかプレゼントしたことはありますか？」

本間はその質問に面食らったようだったが、「はい。ウサギの置物を」と答え、「クリスマスプレゼントをねだられたので」とつけ加えた。

岳斗は、〈ダーさんからのクリスマスプレゼント♡〉ではじまる彼女のインスタグラムのコメントを思い出し、あれはほんとうのことだったのか、と思った。

「そのほかにはありますか？　たとえば花は？」

「いえ。ありません」

「では、逆にプレゼントされたものは？」

「えぇっと、はい。いろいろと」

ジャケット、手袋、マグカップ、ネクタイ、と本間は指を折りながらあげていき、おずおずと目を上げた。

「ほんとにもう会わないつもりだったんです。最近、ちょっと怖くなって」

ためらいがちに言った。

「なにがですか？」

「あの、絶対に社長に言わないでくださいね。彼女、僕に一千万円あげるって言いだしたんです。いずれ独立したいという話を真に受けたみたいで。それでやばいな、と思って。そうしたらこんなことに巻き込まれちゃって」

「彼女は合鍵を持っていますか？」

「いえ。渡してません」

え？　と声が出そうになった。

大晦日の午後、彼女が鍵を開けてこの部屋に入るのを見た。彼女はすぐに出てくると鍵をかけた。

「では、あなたは東山さんの家の合鍵を持っていますか？」

「まさか。持ってませんよ」

三ツ矢は「ありがとうございました」と頭を下げた。

本間が拍子抜けした表情になる。その顔には、それだけ？　とはっきり書いてあった。

約束どおり手短に質問を終え、本間のアパートを辞去した。

「東山さん、鍵、持ってましたよね？」

岳斗は三ツ矢に確認した。

「じゃあ、東山さんは本間さんに内緒で合鍵をつくったってことですか？」

「そう考えるのが自然でしょうね」

「……怖い」

思わずつぶやいていた。

「本間さんの鍵はディスクシリンダー錠なので、五分から十分程度で合鍵をつくれますから、チャンスはあったでしょうね」

「東山さん、なんだか気の毒ですね。あんなにうきうきしてたのに本間さんには婚約者がいるなんて。しかも、一千万円あげるって言いだしたって話、ほんとうなんでしょうか。だって、一千万円ですよ？」

「どうして財布だけなのでしょうね」

三ツ矢は車には乗らず、ドアに軽く寄りかかった。軽く握ったこぶしをあごに当て、視線を本間久哉のアパートのほうに向けている。

「凶器のナイフはどこに行ったのでしょう」

「まだ犯人が持っている、とか？」

思いつくまま言ってみたが、三ツ矢はひとりの世界に没頭する顔つきだ。

「本間さんが嘘を言っていないと仮定すると、告発状を出した人物と財布を仕込んだ人物は同じである可能性が考えられます。では、それは誰なのか。凶器のナイフはどこに行ったのか。そして、なんのためにこんなことをしたのか」

自分に問いかけるような口調だった。

「東山さんは、本間さんに婚約者がいることを知ってしまったんじゃないでしょうか」

岳斗は自分の考えを口にした。

「それで裏切られたと知って、仕返しのためにこんなことをしたとは考えられませんか？　告発状も彼女が送ったんです。そう考えると、インスタの更新が止まっていることも、出窓に落ちた花びらがそのままになっていることも、彼女の精神が追いつめられているからだと説明がつきませんか？」

こっそり合鍵をつくる女なのだから、これくらいのことはやりそうだ。

なるほど、と三ツ矢はつぶやき、「だとしたら、彼女が夫の財布を持っていたということになりますね。では、凶器のナイフはどうしたのでしょう」と言った。

そうなのだ。どこかの裏表を合わせようとすれば、歪みが生じてちがう部分が合わなくなってしまう。

もし、東山里沙がナイフと財布を持っていたのだとしたら、彼女が夫を殺したのだろうか。

彼女にはアリバイがあったが、絶対的なものではなかった。

夫の義春が殺害された八月十八日の十八時から二十四時のあいだ、彼女は娘と一緒に家にいた。家族である娘の証言のため証拠能力は低いが、東山家の門柱に設置された防犯カメラが、その時間帯、家に出入りする人物がいなかったことを証明した。窓から出入りした可能性も考えられるが、防犯カメラは義春が家族に隠れて取りつけたことが判明した。実際に設置工事をした業者によると、家族に余計な心配をかけたくないと義春が言ったため、家族の留守中に小型の隠しカメラを仕掛けたとのことだった。

鍵、と三ツ矢がつぶやいた。

「合鍵。ディスクシリンダー錠」

扉を開ける呪文を探しているように聞こえた。

17

恐ろしいことが起こっている――。

東山里沙の頭のなかで、その言葉が警報のように鳴り響いていた。

アルバイト先のベーカリーカフェで、里沙はふたりの刑事と向き合っている。テーブルの上には、チャック付きのポリ袋に入った黒い財布が置かれている。アルバイトが終わる間際にやって来た刑事を見たときに嫌な予感はしたのだ。

「あの、これはどこにあったんですか？」

里沙は片手で口を押さえ、震える声で聞いた。

「ご主人のお財布にまちがいないですか？」

そう念を押したのは、何度か会ったことのある千葉という刑事だ。里沙より少し年下だろう、筋肉質の大きな体と鋭い顔つきが印象的だった。

里沙は口を押さえたまま、言葉が出ないというようにこくこくとうなずいた。

私は夫を殺されたかわいそうな妻。犯人がまだ捕まらなくて嘆き悲しんでいるの。そう自分に言い聞かせるだけで、体が勝手に震えたり涙を流したりしてくれた。

「本間久哉という人物をご存じですね？」

その質問に心臓が大きく跳ねたが、里沙はこくんとうなずいた。「どういうご関係ですか？」と続けて聞かれ、警察はどこまで知っているのだろうとめまぐるしく考える。

「大学時代の知り合いです。二年ほど前に偶然再会して、それからたまに連絡を取ったり、会ったりするようになりました。でも、変な関係ではありません」

嘘は言っていない。だって、変な関係なんかじゃない、結婚するんだもの。心のなかで言うと、もうひとりの自分に力づけられた気持ちになった。

「まさか夫のお財布は本間君が持っていたんですか？」

念のために聞いたが、すでにそうにちがいないという確信があった。

久哉の部屋に合鍵で入り、クローゼットのなかの収納ケースの奥からナイフを見つけたのは二日前のことだった。そのときの自分の行動を振り返り、里沙はミスを犯したことを悟った。あのとき、ナイフを見つけてパニックになり、それ以上調べるのをやめてしまった。たぶん、財布はナイフの近くにあったにちがいない。

「夫のお財布は本間君が持っていたんですか？」

里沙は繰り返したが、刑事は答えてくれない。

「じゃあ、本間君が夫を？」

声を絞り出したら、顔から血の気が引き、嘘よ、嘘でしょ、と自然とつぶやいていた。

「今日はこの財布がご主人のものでまちがいないか確認しに来ただけですから」

里沙の質問にはなにも答えず、ふたりの刑事は「またお話をうかがいます」と言い残して立ち去った。

恐ろしかった。体の芯を震わせるこの恐ろしさは、里沙の幸せな未来を打ち砕こうとしていた。

翌日になっても久哉と連絡が取れなかった。電話には出ないし、ラインには既読がつかない。

里沙はベッドマットの下から紺色の布に包まれたナイフを取り出し、ケースから抜いた。

銀色の刃が描くカーブはゆるやかなのに、その先は容赦ないほど鋭く尖っている。先端から半分ほどに茶色の汚れがびっしりとこびりつき、持ち手にまで飛び散っている。

このナイフをどうすればいいのか決めあぐねていたが、もう時間はないと思った。いますぐ処分しなくてはならない。

日付が変わったら行動しよう。そう決めてリビングのソファに座り、時刻を確認しながらじりじりと過ごしているとラインの通知音が鳴った。

「久哉君？」

小さな叫び声とともにスマートフォンを手に取ると、待ち望んでいる相手ではなかった。

〈来月、三者面談があるんだけど〉

娘からのそっけないメッセージ。

「それどころじゃないのよ！」こみ上げた怒りがそのまま声になった。「なによ、人の気も知らないで！」

里沙は娘の不機嫌そうな顔を思い出した。母親をあからさまに無視し、軽蔑した視線を投げつける生意気な表情。子供だからなにをしても許されるし、まわりの大人が守ってくれると思っているのだ。

ずるい。そう思うと、なにを考えているのかわからない娘が自分の子供だとは思えなくなった。

〈大丈夫ですか？　連絡ください〉

里沙は久哉にメッセージを送った。既読がつくのを待つうちにディスプレイが暗くなり、なぜか後戻りできない気持ちになった。

予定どおり十二時になるのを待って家を出た。トートバッグには、ナイフとシャベルと懐中電灯が入っている。

住宅地は静まり返り、冷たい空気がうなじに鳥肌を立てた。薄く小さな雲が浮かぶ夜空に、いくつかの星が弱々しい輝きを見せている。何度も振り返ったが、死に絶えたまちのように人の気配はなかった。

公園は魔物の口のように闇に満たされていた。外灯の白い光は頼りなく、逆に闇の深さを際立たせている。

里沙は迷わず公園に足を踏み入れた。葉を落とした枝が黒い輪郭をつくり、遊歩道を歩く里沙を見下ろしている。

懐中電灯を向けた先に東屋を見つけ、あそこにしようと決めた。あとで必要になることもあるかもしれない。掘り返すことを考えると目印のある場所のほうがよかった。

遊歩道を外れて東屋の裏にまわった。しゃがみ込んで硬い土にシャベルを突き立てた。土のにおいとシャベルが石を叩く感触が里沙の全身を包み込む。

どうすれば久哉を救えるだろう。

土にシャベルを突き立てるほど頭が冴《さ》え渡る感覚があった。

そうだ、夫は殺される前日、財布をなくしたと言ったらどうだろう。いままで忘れていたが、財布を見せられたことで思い出した、と。それとも、あれは夫の財布ではないと訂正するのはどうだろう。いや、財布のなかに運転免許証などが入ったままかもしれない。だったらいっそのこと、実は久哉に預けていたと言ってしまおうか。夫はその日、財布を忘れて出かけた。後日、私が見つけ、久哉に形見分けのつもりで渡した、と。いや、それよりも、夫の形見を持っているのがつらいから気持ちが落ち着くまで預かってもらったというのはどうだろう。

さまざまな考えが頭を駆け巡ったが、決めることはできなかった。

しかし、財布だけならなんとか切り抜けられるかもしれない。

里沙は穴のなかに布ごとナイフを置き、土をかぶせた。最後に立ち上がり、足で踏みかためる。生まれてはじめて味わう高揚感が体のなかで激しく躍っていた。

18

なんだよ、バーカバーカバーカ。いや、バカじゃないけど、むしろバカなのは俺のほうだけど……。というような三ツ矢への文句が、気を抜くとどこかからやって来て、岳斗の眉が寄り、くちびるが尖った。

三ツ矢から別行動を言い渡されて三日目になる。岳斗はそのあいだずっと東山里沙の監視と尾行をしている。三ツ矢がひとりでなにをしているのかは知らされていない。

別行動をはじめてから、東山里沙に変わった様子は見られない。しいてあげれば、出窓から花がなくなり殺風景になったことだ。インスタグラムの更新は途絶えたままで、彼女はいま幸せではないのだろうと岳斗は考えた。

午後七時にベーカリーカフェのアルバイトを終え、駅の方向へ歩いていく彼女を追っていると、スマートフォンに三ツ矢から連絡が入った。

「すぐに来てもらえますか？」

「はい。どこですか？」

やっと声がかかったことに安堵し、語尾が弾むのを自覚した。

指定された恵比寿《えびす》駅近くのハンバーガーショップに行くと、一階のカウンター席に三ツ矢の姿を見つけた。

岳斗を見た三ツ矢は、ふっと表情を緩めた。

「間に合いましたね。よかったです」

「どうしたんですか？　なにがあったんですか？」

小声で聞いたにもかかわらず、三ツ矢は人差し指を口もとに持っていった。

誰かいるのだろうか。岳斗ははっとしてさりげなく周囲を見まわした。

レジは四台あり、五、六人が並んでいる。カウンターにいるのはほとんどがひとり客で、スマートフォンを操作したりパソコンを開いたりしている。三ツ矢の左隣は空いていて、右隣では岳斗と同年代のサラリーマンふうの男がフライドポテトを口に運んでいた。奥にある階段からは三人組の女子高生と、その後ろから金色の短髪の男と黒い短髪の男が下りてくるところだった。

不審な人物はいないように見える。

「とりあえず座ってください」

三ツ矢に言われ、彼の左隣の椅子に座った。三ツ矢にならって目の前の窓に顔を向ける。

二十秒ほどたってから三ツ矢は無言で立ち上がった。ほとんど口をつけていないコーヒーを素早く捨てると足早に店を出た。

「どうしたんですか？」

「尾行します」

ほとんどくちびるを動かさずに三ツ矢は答えた。

誰をですか？ という言葉をのみ込み、岳斗は前方の雑踏に視線を走らせた。

金髪の頭に目がとまる。ハンバーガーショップの二階から下りてきた男ではないか？ 彼の横には黒い短髪。そうだ、まちがいない。三ツ矢はあのふたりを追っているのだ。そう確信したものの、あのふたりが誰なのか見当がつかない。しかし、そんなこともわからないのかと呆れられそうで聞くことはためらわれた。

金髪の男は若い印象だった。黒髪の男は、金髪の親くらいの年齢だった気がする。

ふたりは親子だろうか。息子と父親という視点から考えても、やはり思い当たる人物はいない。

駅ビルの前でふたりの男は別れた。

ひとりは日比谷線乗り場へと階段を下りていき、もうひとりはJRの改札口がある駅ビルへ入っていく。

「田所さんは彼をお願いします」

三ツ矢が目でさしたのは、日比谷線乗り場に向かった金髪の若い男のほうだった。

「絶対に見失わないでください。いいですか？　彼がどこに住んでいるのか、必ず突き止めてください」

平坦なのに、有無を言わせない圧力を感じる声だった。

一瞬のうちに岳斗の全身に緊張が走り、口のなかから水分が失われた。「はい」と短く答えた声が掠れた。

岳斗が階段の降り口に立ったときには、すでに男の後ろ姿は見えなかった。慌てて駆け下りると、十メートルほど先に金髪の頭を見つけた。安堵しながらも胃がきゅっと縮んだ。東山里沙を尾行しているときとは別次元の緊張感だった。

金髪の男は北千住行きの電車に乗った。

車両の連結部付近に立ってスマートフォンに目を落としている彼は、大学生かフリーター、あるいは無職のチャラい若者といった雰囲気だ。ライダースジャケットにデニムを合わせ、黒い迷彩柄のミニショルダーを斜めがけしている。

——絶対に見失わないでください。

三ッ矢の声がよみがえり、岳斗は気を引き締めた。彼が誰なのかわからなかったが、自分はいま重要な役割を担っているのだという確信があった。

——彼がどこに住んでいるのか、必ず突き止めてください。

続けて思い出した三ッ矢の言葉に、岳斗の頭のなかでなにかが点滅した。彼がどこに住んでいるのか、と声には出さずに復唱する。頭のなかの点滅が点灯に変わり、そこにあるものがはっきり見えた。

完全黙秘した男ではないだろうか？

岳斗は取調室の窓越しに見た男を思い返した。

投げやりな雰囲気で椅子にだらしなく腰かけていた。肩まで伸びた黒い髪は脂っぽく、うつむいた目に前髪がかかっていた。うす汚れた肌は黒ずみ、ふてぶてしさはあっても覇気は感じられなかった。

いま岳斗から数メートルの場所に立つ彼は、雰囲気はまったくちがうが、年代も背格好もあの男と一致した。

まちがいない、と確信した。でなければ、三ッ矢が彼を尾行するように指示を出すわけがない。

では、彼はホームレスではなかったということだ。なんらかの理由があってホームレスのふりをしていたのだ。

彼は松波郁子の殺害に関与しているのだろうか。三ツ矢は彼をどこで見つけたのだろう。偶然なのか、それともどこかで張り込んでいたのか。だから、三日間別行動にしたのだろうか。

そういえば、三ツ矢は松波郁子がホームレスだったことにも疑問を持っていた。

頭のなかで渦巻く疑問を岳斗は無理やり追い出した。

いまは、あの男の住まいを突き止めること、つまりはあの男が誰なのかを突き止めることに集中しなくてはならない。

大役を任せてくれた三ツ矢を裏切りたくなかった。

三ノ輪駅で地下鉄を降りた男が入っていったのは、駅から十分たらずのマンションだった。

十階建てのファミリータイプのマンションは重厚な赤茶色のタイル張りで、男のチャラい雰囲気とはそぐわなかった。

男はポストから郵便物を取ると、オートロックを解錠して自動ドアを通った。

岳斗は、男がエレベータに乗るのを見届けてからエントランスに入った。集合ポストにはそれぞれステンレスの表札がついている。おそらく分譲マンションだろう。誤配達を防ぐために表札の設置を義務づける自治会が多いらしい。

男が開けたポストは八〇三号室で、表札には〈高橋〉とあった。

やった。やり遂げた。安堵のあまりその場にへたり込んでしまいそうになったが、緩みかけた気持ちに再び緊張感を注入した。

ポストを開けたということは、あの男はここに住んでいると考えていいだろう。いや、知り合いの家という可能性もゼロではない。

エントランスを出た岳斗は、マンションを見張れる場所はないかと周囲を見まわした。マンションやビルが並ぶばかりで、コーヒーショップやファストフード店は見当たらない。

隣のマンションの陰から見張ることにした。風は強くないが、刻一刻と気温が下がっていく。

三ツ矢から電話があったのは一時間ほどたってからだった。

「どうでしたか？」

「はい。わかりました」

張り切って答えた声は寒さで震えていた。岳斗は金髪の男が入っていったマンション名と部屋番号、住所を伝えた。

「高橋《たかはし》」

岳斗が表札の名前を告げると、三ツ矢は丁寧に味わうようにつぶやき、それきり沈黙をつくった。

「三ツ矢さん、金髪の男は尾行をまいた男なんですよね？」

「そうです」

迷いのない声だ。

「三ツ矢さんはどこであの男を見つけたんですか？　偶然ですか？　それとも潜伏先の心当たりがあったんですか？」

堰《せき》を切った疑問は止まらず、三ツ矢が答える前に質問を重ねる。

「三ツ矢さんはいまどこにいるんですか？」

「僕はいま大山にいます」

「大山？」

「東武東上線の大山です。これから本部に戻りますので、田所さんも戻ってください」

通話を切ろうとする気配を感じ、岳斗は慌てて質問を挟んだ。

「あの、三ツ矢さんが追いかけた男は誰なんですか？」

「井沢勇介さんでした」

　イザワユウスケ――。思い当たる人物はない。

「三年ほど前、松波博史さんを轢いた元トラック運転手です」

　思いがけない返答に、岳斗の思考は数秒ストップした。え？　え？　と、自分の間抜けな声が頭のなかで響いている。

「え？」と時間差で口をついた声も間が抜けていた。

　松波博史は自転車での通勤途中、くも膜下出血で死亡したところをトラックに轢かれた。そのトラックを運転していた男と、ホームレスに扮《ふん》して松波郁子の殺害現場をうろついていた男が会っていた。ふたりは知り合いだったということか。

「どう思いますか？」

　スマートフォンから三ツ矢の声が流れてきた。

19

　メモの言葉どおり、少年はたびたび松波郁子の家に来るようになった。

　たいてい夜の十時前後に勝手口からそっと入り、翌朝の六時頃、同じように勝手口からそっと出ていったが、しだいに家にいることが多くなっていった。

少年は安心して眠れる場所を求めているのだろう、と郁子は思った。最初に感じたとおり、親による虐待と考えるのがやはりいちばんしっくりきた。

少年は相変わらず無言を貫き、目深にかぶったフードで顔を隠し、郁子の家を下宿のように使った。それでも、少しだけふたりの距離が縮まった。きっかけは少年に名前ができたことだった。

ある夜、いつものとおりそっとやって来た少年に郁子は声をかけた。

「ねえ。あなたのこと、なんて呼べばいい？　呼び名があったほうがいろいろ便利だから」

ほんとうは便利や不便の問題ではなく、偽名でもいいから少年を名前で呼びたかった。

階段を上がろうとしていた少年は足を止め、考えるように首を傾けてから、ノートにペンを走らせた。そこには〈A〉とだけ書かれていた。

少年A、と郁子は反射的に連想し、縁起でもない、と頭のなかから追い払った。A君……英《えい》君と漢字に変換された。このときから郁子のなかで少年は英君になった。

少年のことを知りたい、と思う。

彼の名前を、誕生日を、家出している理由を、家庭環境を、欲しているものを、描く未来を、悲しみや苦しさを、心の内のすべてを。

しかし、それを求めた瞬間、少年は静かに去っていくような気がした。

少年と出会ってから、東山義春のあとをつける頻度が減った。「英君は何時頃来るかしら」などとひとりごとを言いながら、少年に食べてもらうためにカレーやデミグラスソースを煮込んだり、料理の下ごしらえをしたりしていると、ひとりの時間もあっというまに過ぎた。

Aという呼び名ができてから少年は来たときと出ていくとき、居間のドアを小さくノックして合図をするようになった。郁子は飛び出したい衝動をなんとか抑え、平静を装いながら「おかえりなさい」「いってらっしゃい」とドア越しに声をかけた。

郁子がもっとも気をつけていたのは少年の顔を直視しないということだった。少年が顔を見られることを恐れているのは、痛みをともなって伝わってきた。同じ屋根の下とはよく言ったものだ。一階と二階で分かれていても、たとえ姿が見えず言葉を交わさなくても、ひとりではないと感じられた。

郁子は、食卓に置いた地球儀に人差し指をつけた。オレンジ色に塗られた日本の千葉の部分だ。

そのままゆっくりと地球儀を右に回転させていく。

大韓民国、中華人民共和国、アフガニスタン、イラン、イラク、チュニジア、モロッコ。大西洋を渡り、アメリカ合衆国、メキシコ。広い太平洋を渡ると日本が近づいてくるが、郁子の指は出発点の千葉には戻らず、沖縄に辿りつく。さらに地球儀をまわすと、ミャンマー、インド、サウジアラビア、スーダン、チャド、ニジェール、マリ、セネガル。大西洋を渡り、ベネズエラ、コロンビアなど一度目とはちがう国を通り、太平洋を渡ったとき郁子の人差し指は日本のずっと下のインドネシアにある。

それが地球の自転軸の傾きによるものだと頭では理解していても、何度やっても慣れることはなく、そのたびに不思議な気持ちになった。

指先ひとつでどこへでも行けるのだなあ、と思ったことを思い出した。夫が生きていた頃は、よくこうやって地球儀をまわしながら、自分たちの五百円玉も海を渡ったさまざまな国へ行くのだろうと想像した。地球儀のてっぺんから人差し指をスタートすれば、あっというまに世界中をまわれるのが楽しかった。

控えめなノックの音にはっとした。

夜の十時を過ぎたところだ。地球儀に夢中になっていたせいで、勝手口のドアの音に気づかなかった。

「おかえりなさい」

いつものようにドア越しに声をかけた。しかし、立ち去る足音が聞こえず、ドアの前に立っている気配を感じた。

「英君？　どうしたの？」

またノックの音。

郁子は立ち上がり、ゆっくりとドアを開けた。うつむいた少年が立っている。

「どうしたの？　なにかあったの？」

そう聞いた郁子の前にピンク色のものが差し出された。一輪の薔薇だった。みずみずしい花びらからふわりと甘い香りが立った。かわいらしくラッピングされて赤いリボンまでついている。

「え？」

郁子はつい間近から少年の顔を見つめてしまい、少年がさらに顔を落とした。

「あ、ごめんね。ごめんなさいね」

郁子は慌てて薔薇へと目を戻した。

「これ、私に？」

少年がうなずく。

「どうして？」

少年は無言で郁子の腹のあたりに薔薇を押しつけた。

「ありがとう」

郁子は両手で薔薇を受け取った。胸の底から激しい感情がこみ上げ、あっというまにのみ込まれた。熱くなった目から涙があふれた。

——いままでお疲れ様、の気持ちだよ。

夫の照れたような笑み。

——一本だけで悪いけど。

郁子がパートを辞めた日、夫は一輪の真っ赤な薔薇をくれた。

あのとき自分はまちがいなく幸せだった、と目が覚めたように思った。あの幸せはもう戻ってこないのだ。

泣きじゃくる郁子に少年が戸惑っている。「ちがうの」と、郁子は嗚咽のあいだから声を絞り出した。

「おばさん、薔薇が大好きなの。だから嬉しいの」

なにを言おうとしているのかわからないまま、あふれ出す言葉に身を任せた。

「おばさんの旦那さん、死んじゃったって言ったでしょ。旦那さんもね、たまに薔薇をくれたの。いつも赤い薔薇を一輪だけ。旦那さんね、病気で死んじゃったの。朝、仕事に行く旦那さんに、気をつけてね、って言ったら、それが最後になっちゃった。ずっと体調が悪かったのに、どうして無理にでも病院に連れて行かなかったんだろう。どうしてあの朝、仕事を休ませなかったんだろう」

自分の奥底に沈殿し、時間とともに凝縮していく罪悪感と絶望感を、誰かに向かって吐き出したのははじめてだった。郁子は、いま自分は過去の話をしているのだ、と思った。夫と暮らした日々も、夫の死も、すでに過去のことになってしまったのだ。

「どうしよう！」悲鳴のような声が出た。「どうしよう。おばさん、ひとりになっちゃった！」

目をぎゅっとつぶったとき、頭に温かな重みが下りてきた。

少年の手だ、と気づいた。

ぎこちなく、けれど、その控えめな動きに大切ななにかを込めるように、少年は郁子の頭を撫でている。

郁子はしゃくりあげながら、少年の手のひらを感じていた。まぶたの裏にオレンジ色や黄色やピンク色や水色などさまざまな色が浮かび、やがてそれは地球儀になった。

いま、自分の頭を撫でているのは五百円玉を受け取ってくれた子供たちのような気がした。

東山義春のあとをつけるのは今夜で最後にしよう。家を出るときから郁子は決めていた。

今日、少年が来てくれたら、ただいまの代わりのノックの音に、おかえりなさいといつもより明るい声で応えよう。そして、感謝の気持ちを伝えよう。

〈A君がいてくれるだけで、おばさんは救われています。ほんとうにありがとう。今度はおばさんがA君の力になりたいです。おばさんにできることがあったらなんでも言ってください。〉

ドライフラワーにした薔薇に目をやりながら手紙を書いた。

家を出た郁子が、東山の勤務する保健福祉センターの前に着いたのは夕方の五時二十分だった。

職員通用口が見通せる場所はいくつかあり、その日は向かいの自動販売機コーナーの屋根の下で汗をぬぐいながら待った。

たいてい五時半から六時のあいだに姿を見せる東山だが、六時半近くになっても現れない。すでに帰宅したのか、それとも残業か。休みという可能性もある。しだいに、東山が現れなくてもいいような気になっていった。最後と決めた日に現れないのなら、それは神様の采配だと思うことができそうだった。

いっそのこと姿を見せないでほしい。そんな気持ちになりかけたときに、通用口からあの男が出てきてしまった。

郁子に気づかないのか、それとも幸せを見せびらかすために気づかないふりをしているのか、後ろを気にすることなく駅へと歩いていく。

東山が乗ったのは自宅とは逆方向へ向かう電車だった。ターミナル駅で電車を降り、駅ビルに続くエスカレーターに乗った。妻と待ち合わせているのかもしれない。郁子はこれまでにも、腕を組んでレストランや映画館に入っていく夫婦を何度か目撃していた。

東山は駅ビルのなかの旅行代理店に入った。カウンター前に座り、窓口スタッフとなにかしゃべっている。

家族旅行、という言葉が頭に浮かび、出窓に広がる夏の光景がまぶたの裏に立ち昇った。

郁子は自分の胸に、憎悪と嫉妬がこみ上げるのを待った。しかし、不思議なことに心はしんと静まっていた。

二十分後、東山はいくつものパンフレットをビジネスバッグに入れながら店から出てきた。気のせいか、さっきよりも足取りが軽やかに見えた。

駅の改札を抜けたところで東山は小走りになった。電車が到着したようだ。郁子も急いだが、あと少しのところで乗り遅れてしまった。

これは神様の采配なのだろうか。東山を乗せて走り出した電車を目で追いながら郁子は考えた。だとしたら、神様は私にどんなメッセージを伝えたいのだろう。

郁子が考える神様とは、以前は善悪をジャッジする人知を超えたまなざしというイメージだったが、夫が死んでからはそのまなざしのなかに夫の意思が存在するように感じられた。

郁子は次の電車で東山の家の最寄駅まで行った。なにも考えなくても体が勝手にあの男が帰宅するルートをなぞっていく。

駅から少し歩いただけで、線路沿いには雑草の茂った空き地がぽつぽつと現れ、虫の鳴き声が聞こえた。地上は夜の色に染められているのに、空はうっすらとした明るさをたたえている。いくつかの星が懸命に瞬くのが見えた。湿気を含んだ空気が肌にもわりと張りつく。

線路沿いをそれて住宅地に入った。街路灯と家々の灯りが、まるで道しるべのように公園まで続いている。いつもより遅い時間のせいか、郁子のほかに人の姿はない。

公園は夜の底に沈んでいた。ところどころに立つ外灯が、木々や遊歩道をぼんやりと浮かび上がらせている。

遊歩道は上りの石段になり、郁子の息が荒くなる。こめかみから汗がつたう。自分がなぜ東山のあとをつけるのか、最初からわからなかった。確かめたいことがあるのか、見つけたいことがあるのか、したいことがあるのか、いまもわからないままだ。

もしかすると、あの男が不幸になるのを見届けたかったのだろうか。そう思いつき、心臓がどくんと跳ねた。

思いつきが確信となって郁子のなかをゆっくりと下りてくる。

そうだ、そうにちがいない。私は他人の不幸を望む人間になってしまったのだ。

その考えに衝撃を受けた。

夫の笑顔が郁子を包み込む。

郁子は夫のような人間になりたいとずっと思ってきた。文句を言わず、弱音を吐かず、いつも満足そうに笑っていた。

そんな夫に、いまの私はどのように見えるのだろう。夫のソウルメイトになる資格などないのではないだろうか。

夫を傷つけ、裏切っている感覚が広がっていく。

このまま引き返そう。あの男をつけるのはもうやめよう。そう思ったとき人の気配を感じた。左上に目を向けると、木々のあいだに黒い人影があった。

## 20

井沢勇介が松波郁子の家に行ってみようと決心したのは、事故から一年が過ぎた頃だった。

計画的に考えたわけではない。仕事で立ち寄った駅が彼女の家の最寄駅から近いことに気づき、さらに打ち合わせが早く終わり空き時間ができたためだった。

勇介は二ヵ月前、以前勤めていた広告代理店をともに早期退職した元同僚に声をかけられ、イベント企画会社の営業職に就いた。スタッフは勇介を含めて七人のアットホームな会社で、自分でも意外なほどやりがいを感じていた。

家の前を通ってみるだけだ。そう決めて勇介は電車に乗った。

それまでも何度か彼女の暮らしぶりを確かめたい衝動に駆られたことはあったが、行動に移すことはしなかった。

夫の死を乗り越えた彼女は、子供たちに囲まれて幸せに暮らしている——。

夫の死に打ちのめされた彼女は、一年たったいまも悲しみの底に沈んでいる——。

自分がどちらを恐れているのかつかめなかった。

自分はすべて失ったのだと勇介は思っていた。仕事も家族も家も、そういった形あるものだけではなく、世の中への肯定的なまなざしも、隠し事のない過去も、罪悪感のない朗らかな心も、あの男を轢く前に持っていた日常のすべてを失い、まったく別の人間になってしまったようだった。

それは自分の落ち度ではなく、トラックの前に飛び出してきたあの男のせいであり、あの男の家族のせいでもあるのだ。

俺は被害者なのだ。そう思わないと、生きることを放棄してしまいそうだった。

それなのに単純なものだな。車窓を流れる風景に目をやりながら勇介は思った。

元同僚に誘われるがまま働きはじめると、勇介を押し潰そうとした重苦しい灰色の靄《もや》が少しずつ晴れ、ある日、視界が開けていることに気づいた。呼吸が楽にできることも、悪夢をみる頻度が減ったことも、酔い潰れるほど酒を飲まなくなったことも、目が覚めたときに今日という日に淡い期待を感じるようになったことも、そのとき同時に気がついた。

あんなに拭い去りたかった罪悪感が薄れていることに、新たな罪悪感が芽生えた。

松波の家の最寄駅で電車を降りた。

勇介は自分の気持ちがはっきりと見えた。

あの男の遺族が幸せに暮らしてくれていればいい——。

そう思えたことに安堵した。

平日の昼前のまちは間延びした雰囲気だった。

住宅地のわずかに上り坂になった道を、重そうな足取りで歩く女の後ろ姿が見える。その前には太った母親と小さな女の子がいた。母親と女の子がなにか言い合っているが、勇介の耳にはかん高い声が聞こえるだけだ。

ふと、息子が小さかった頃を思い出した。しかし、具体的な光景は浮かばず、息子にもあんなふうに小さかった頃があったなあ、という漠然としたなつかしさを覚えただけだった。

前を歩く女のエコバッグからなにかが落ちたのが見えた。次々と落ちる。エコバッグの底が破れたのだと気づき、コントのような光景に勇介の口もとが緩んだ。中身のなくなったエコバッグが風で揺れている。呆然として動けないのだろうか、女は地面を見下ろしたまま突っ立っている。勇介はビジネスバッグにレジ袋が一枚入っているのを思い出し、女に渡そうと足を速めた。

「ちょっと奥さん！　松波さん、大丈夫？」

その声にはっとした。

角を曲がってきた中年の女が、立ち尽くしている女に駆け寄った。地面に落ちたものを拾い上げて自分のショッピングカートに入れると、松波という女の腕を取って歩きだした。

松波、と勇介は胸のなかでその名前をなぞった。ひやりとした手ざわりを感じた。あの女が松波郁子だろうか。そうにちがいないという確信と、そうだったらどうしようという怖気《おぞけ》が胸で揺れていた。

ふたりのあとをつけた勇介は、自分の確信と怖気が現実になったことを知らされた。ふたりは〈松波〉と表札が出た家に入っていった。そのとき、彼女の顔が見えた。勇介は通りすがりを装い、ちらっと目を向けただけだったが、血の気のない顔は汗で濡れ、何者かに表情を奪われたかのようにからっぽな目をしていた。死人のようだと思った。

勇介はそのまま住宅地をあてもなく歩いた。足を止めると、自分の網膜に刻まれた松波郁子と対峙しなければならない気がした。しかし、足を進めるほどに背後からなにかが追ってくるように感じられた。

喉の渇きを覚えたが、自動販売機もコンビニもなく、通りかかったスーパーに入った。ミネラルウォーターを買って店を出ると、入口付近で三人の女が立ち話をしていた。「松波」という音を耳が拾った。

「後追いするんじゃないか、って心配になっちゃった」

そう言ったのは、さっきのショッピングカートの女だった。

勇介はミネラルウォーターを飲むふりをして女たちの会話に耳を澄ませた。

「でも、もうご主人が亡くなって一年以上たつでしょう。そろそろ、ねえ？」

「いやあ、そんなの人によるって。子供か孫でもいればちがったんだろうけど、松波さんひとりだからね。それに社交的な人じゃないから、友達もあんまりいないだろうし。ご主人べったりっていうのも考えもんだよね」

「それに急だったから、覚悟もできてなかっただろうしね」

勇介は反射的にその場を立ち去った。

背後からなにかが追ってくる気配が強くなる。罪悪感、後悔、やましさ、申し訳なさ……。追いかけてくるのは自分自身の感情だった。

足を速めた勇介の背中をふいに怒りが貫いた。松波郁子への激しい怒りだ。これ見よがしにメソメソしやがって。せっかく立ち直りかけているのに水を差しやがって。

いっそのこと、面と向かって罵られたほうがましだった。そうすれば、こちらも罵り返すことができたのに。

奥歯を嚙みしめたら目尻に涙が滲んだ。

松波郁子のことはそれきり忘れることにした。

頭のなかでちかちかと瞬いても、胸にぐっと迫ってきても、なにも感じないふりをすることを自分に課した。

勇介はそれまで以上に仕事に没頭し、ほとんど休みなしで働いた。大山駅近くに借りたアパートには寝に帰るだけだった。家を売ってもローンを返済すると手もとにはほとんど残らず、貯金はすべて元妻に渡したうえに毎月の養育費の支払いもあり、生活に余裕はなかった。それでも、仕事があり、会社に行けばしゃべったり笑ったりできる同僚がいて、毎日を忙しく暮らせることを恵まれていると思った。そう思えるのは、阿部香苗《あべかなえ》の存在が大きいことを自覚していた。

彼女は社長が引き抜いてきたイベントプランナーで、離婚歴があり、ふたりの娘と暮らしていた。香苗の長女は勇介の息子と同じ高校一年生で、彼女が子供の話をするたび息子のことが頭に浮かんだ。

勇介は離婚後、元妻の成美とも息子の湊とも一度も会っていなかった。息子とは月に一度面会する約束だったが、「湊はあなたの顔も見たくないし、声も聞きたくないって」と成美に言われ続けていた。それを裏打ちするように、湊は父親からの電話やラインをことごとく無視した。

「まあ、めげずに連絡し続けることね」

香苗に愚痴ると、けろっと返された。

「俺、そうとう嫌われてるんだなあ」

「なによ、嫌われるくらい我慢しなさいよ。子供が元気で幸せに暮らしてるならいいじゃない」

香苗はほとんどのことをおおらかな笑顔で受け止めた。勇介よりふたつ下だが、頼りがいがあり面倒見がいいことから、「香苗姐《ねえ》さん」「香苗ママ」などと年下のスタッフだけでなく五十代の社長からも呼ばれていた。

愚痴を聞いてもらううちにたまに食事をするようになり、しだいにその頻度が増えていった。模様替えを手伝うために彼女の家に行ったこともある。ふたりの娘は母親似らしく、初対面の勇介に警戒心を持つことなくにこやかに接し、中学生の次女は「お母さんの彼氏だったりして」とふざけた。そこに夫がいなくても、香苗とふたりの娘は幸福で完成された家族だった。

じゃあ、成美と湊も、俺がいなくてもこんなふうに笑っているのだろうか。

子供が元気で幸せに暮らしてるならいい、という香苗の言葉を思い出し、彼女の言うとおりだと自分に言い聞かせようとした。

〈来月から養育費を上げてください〉

成美からメッセージが届いたのは、香苗と居酒屋にいるときだった。小さなテーブルを挟んで、おでんを食べ、熱燗《あつかん》を飲んでいた。

湊とは音信不通が続いているが、成美とは数ヵ月に一度の頻度で連絡を取っていた。彼女からの連絡はたいてい金のことだった。湊の高校進学にかかる費用、夏期講習や冬期講習の費用、スマートフォンやパソコンの買い替え費用など、たびたび振込を求められた。勇介が毎月振り込んでいる養育費は五万円で、相場よりも多い金額だとのちに知ったが、息子につらい思いをさせてしまった代償だと考えると、いくらなら十分な金額だと言えるのか見当もつかなかった。

「返信しなくていいの？」

香苗の声で、ディスプレイを見つめる自分の表情が険しいことに気づいた。

「ああ、うん」とスマートフォンを戻しかけたが、「あ、やっぱりちょっといい？ごめん」と断った。

〈湊に何かありましたか？〉

返信すると、立て続けに通知音が鳴った。

〈何かありましたか？　って他人事みたいな言い方ですね。高校生になったのだから お金がかかるのは当然です。あなた父親ですよ？〉

〈親であることを放棄してすべて私に押しつけているのだから、養育費くらい支払うのは当然の義務です〉

〈私立高校にどれだけお金がかかるのか説明しましたよね？　もう忘れたのですか？　自分には関係ないと思っているからですか？〉

〈あなたはお金も時間も自分のためだけに使っていますよね？〉

〈自分だけ自由に生きようとしないでください〉

最後の一文に頬を張られた気がした。

成美をはじめ、まわりの人間から見れば、たしかに自分は自由に生きているように見えるかもしれない。しかし、仮にお金や時間を自分のためだけに使うことができたとしても、けっして自由になれないのだ。勇介はそう思っていた。

骨が砕け肉が潰れるごりごりっという感触。隙を突いて現れる松波郁子の青白い顔。

どんなに無視し、遠ざけようとしても、それらはすでに勇介の一部になっていた。自分の内にあるものから逃げ切ることなどできなかった。

「なんかあった？　大丈夫？」

香苗が心配そうに聞いてきた。

ああ、と勇介は笑みをつくった。

「元妻がさ、来月から養育費を上げてほしい、って」

笑い話にしたくて、おどけたように肩をすくめてみせた。

「井沢君のところは離婚してどのくらいだっけ？」

年下のくせに香苗は勇介を「君」づけで呼ぶ。

「まだ二年にはなってないかな」

「ちゃんと養育費を払って井沢君は立派だと思うよー。私の元旦那なんて最初の一回しか払ってないからね。そのあとは音信不通だよ。だいたい、養育費をちゃんと払ってる男なんて四人にひとりらしいよ」

「うーん、まあ、それくらいしかできないからなあ。息子は俺のこと嫌っててさ、電話もラインも完全無視だからな」

彼女と話していると、自分の置かれている状況などたいしたことではないと思えてくるのが不思議だった。

「だから、嫌われるくらい我慢しろって前にも言ったでしょ。でも、電話もラインも無視されるなんて、父親としてはけっこう堪《こた》えるよね。身に覚えはないの？」

香苗に言ってしまいたい――。突如、突き上げた激しい衝動に勇介はうろたえた。事故のことは誰にも言っていなかった。一生、言わないつもりだった。いや、言えないと思った。勇介はあの事故をなかったことにしたかった。言葉にして誰かと共有した途端、ほんとうに起こった出来事としてこの世界に認定されてしまう気がした。

それなのにこの瞬間、香苗とあの事故を共有することを切望した。

フロントガラスを叩く雨粒と規則正しいワイパーの動き。狭い歩道を走る自転車。前のめりでペダルを漕ぐ男。はためくレインコート。危ないな、と思ったときには遅かった。予想外の動きで自転車が車道に飛び出してきた。ブレーキを踏み込み、ハンドルを切ったその直後、ごりごりっという不快な衝撃が足もとから伝わってきた。

――でも、俺が轢いたときには、すでにその人は亡くなっていたんだ。

想像のなかの勇介はそう言っていた。

――くも膜下出血で即死だったらしい。とっさのことでよけ切れなくて、右手を轢いてしまったんだ。俺に責任はないと判断されたけど、そのときの感触が忘れられないんだ。

車の運転ができなくなったこと。浴びるほど酒を飲んだこと。悪夢にうなされたこと。その事故が原因で離婚したこと。

目の前の香苗にすべて正直に話したくなった。話すことであの事故が過去の真実になり、その過去があったからいまの自分があるのだと思えるような気がした。

勇介の喉が開き、くちびるが動いた。

「ん？」と、香苗が改めて勇介を見つめる。

言えなかった。

勇介の脳裏に、忘れようとしていた松波郁子の姿が立ち昇る。同時に、罪悪感がくっきりとした輪郭をともなって現れた。あの男を轢いたことではなく、彼女を忘れようとしたことへの罪悪感だった。

松波の家には〈入居者募集〉のポスターが貼られていた。

ポスターに記載された不動産会社を訪ねると、経営者らしい男が相手をしてくれた。

勇介が松波博史の友人と名乗り、線香をあげに来たと伝えると、「松波さんは急に出てっちゃったんですよね」と言い、それが四ヵ月前の八月であることを教えてくれた。

「ご主人が亡くなって自暴自棄になったんじゃないか、って大家さんも心配してましたよ。あまりにも急な退去だったから、もしかしたら死に場所を見つけたんじゃないか、って ね。いや、縁起でもないんだけど」

勇介は仏前に供えるつもりだった菓子折りを置いて不動産会社を辞去した。

自分は取り返しのつかないことをしてしまったのではないか。そんな思いがむくむくと胸に広がり、呼吸が苦しくなった。

取り返しのつかないこととはあの男を轢いたことだとずっと思ってきたが、そうではなく、あの男と彼の妻に向き合おうとしなかったことだ、とこのときはっきりとわかった。

遅かったのだ。過去と向き合うチャンスも、人生をやり直すチャンスも失ってしまったのだ。

自暴自棄。死に場所。勇介のこめかみあたりに不動産会社の男の言葉と、松波郁子の血の気の引いた顔がずっと引っかかっていた。

それきりになるのだと思っていた。自分は取り返しのつかないことを抱えたまま生きるしかないのだ、と。

思いがけず彼女を見かけたのは、年が明けて数日後の深夜だった。

不眠に悩まされるようになった勇介は布団に入り、テレビにぼんやり目を向けていた。ホームレスを支援するボランティア団体を取り上げたドキュメンタリー番組で、新宿区の公園で行われた炊き出しの様子が映し出されていた。

勇介の視界になにかが刺さった。それがなにかを認知する前に、反射的に体を起こしていた。四つん這《ば》いでテレビに近づき、視界に刺さったものを探した。

花柄のショッピングカートだった。

炊き出しを待つ列の背後に、花柄のショッピングカートを引いて公園から立ち去ろうとする女がいた。ほんの一瞬だけ、女が炊き出しのほうに顔を向けた。表情までは見えなかったが、松波郁子に似ていると感じた。

まさか彼女はホームレスになっているのか？

自殺を試みたものの死に切れずにホームレスになる人がいると聞いたことはあったが、彼女もそうなのだろうか。

翌日、勇介は炊き出しをしていたボランティア団体を訪ねた。しかし、彼女についての手がかりは得られなかった。

勇介は、検索サイトやＳＮＳで彼女の情報を探すようになった。〈女性　ホームレス〉を基本に、そこに〈花柄のショッピングカート〉〈新宿〉〈大久保〉〈炊き出し〉といった単語を加えて検索した。

半年ほどたった頃、ＳＮＳに自分と同じように女性のホームレスを探している人物を見つけた。〈のま男〉というアカウント名のその人物は、若年性アルツハイマーを患った母親がホームレスになった可能性があると言い、目撃情報を求めていた。〈のま男〉が探しているのは松波郁子とはちがうようだったが、勇介は〈のま男〉に寄せられたコメントをチェックし、目撃情報があった場所に出かけるようになった。

そして、ようやく彼女を見つけることができた。

彼女は、炊き出しを行っていた公園から近い高田馬場の路上を花柄のショッピングカートを引いて歩いていた。つば付きのベージュの帽子をかぶり、チェックのブラウスとグレーのスラックスという格好だった。

勇介は勇気を振り絞り、声をかけた。

「松波さん、ですよね？」

勇介を見上げる彼女は、言葉の意味がわからないような顔をした。瞳は灰色がかった茶色で、なにも映していないように透きとおっていた。

「松波郁子さん、じゃないですか？」

勇介はもう一度聞いた。

彼女はたっぷりと沈黙を挟み、首を小さくかしげた。嘆いているようにもほほえんでいるようにも見えた。

「よく、わからないの」

ためらいがちに彼女は答えた。

わからないとはどういう意味だろう。そう考えながらも、彼女がほんとうにホームレスなのかどうか確かめるために勇介は質問を重ねた。

「いま、どちらに住んでいるんですか？」

「よく、わからないの」

そう答えた彼女は申し訳なさそうだった。

「わからない？」

「ごめんなさい」

「なにがわからないんですか？」

彼女は片手を口に当て、「よく、わからないの。全部が」と、そんな自分を恥じるように言った。

＊

「では、松波郁子さんは記憶喪失だったのですか？」

三ツ矢と名乗った刑事がテーブル越しに聞いてきた。

彼の隣には、ペン先を手帳につけ、勇介が言葉を発するのをじっと待っている田所という若い刑事が座っている。

刑事に声をかけられたのは、仕事を終え、駅からアパートに向かって歩いているときだった。「井沢勇介さんですね？　少しお話を聞かせてください」と警察手帳を見せられた瞬間、松波郁子のことだと確信した。

警察はどこまで知っているのだろう、と考えると恐ろしかった。

部屋は散らかっていると伝えると、あらかじめ調べておいたのか遅くまで営業している喫茶店に連れてこられた。

「はい。松波さんは記憶喪失だったと思います」

勇介は答えた。

彼女は自分の名前も年齢も家族のことも、なぜ路上で暮らしているのかも、ホームレスになる前のことはなにも覚えていなかった。

「井沢さんは、その後も松波さんに会いましたか？」

勇介が返事に迷っているあいだに、「会いましたね？」と三ツ矢が確信を持った口調で言葉を重ねた。

「……ええ。食べ物や飲み物を持って何度か会いに行きました。松波さんが誰なのかを伝えるべきかどうか迷っていましたし、行政につないだほうがいいのではないかとも考えました。でも、松波さんがそういう話を嫌がっているように見えたので、なかなか……」

言語化すると、まるで彼女のことを考えて行動したように聞こえた。しかし、ほんとうのところは自分のためだった。勇介は自分の過去に折り合いをつけることで、後ろめたさを感じずに、人生の明るい場所を歩いていきたかった。もっと正直に言うと、楽になりたかった。そのためには彼女の赦《ゆる》しが必要だった。そして、彼女が不幸であってはならなかった。

しかし、勇介がなにか言おうとすると彼女は顔の前で手をひらひらとさせた。

――私はこのままがいいのよ。

「どこに行けば松波さんに会えたのですか?」

「高田馬場の駅の近くです」

「具体的な場所を教えてください」

三ツ矢のまっすぐな視線から逃げるために、勇介は冷めたコーヒーを口に運んだ。

「駅前のロータリーとか」

「とか?」

「公園のベンチとか」

「それから?」

「そんなところです」

「あなたは十二月二十四日の夜、松波郁子さんに会いましたか？」

急に話題が変わり、「え？」と無防備な声が出た。

刑事に声をかけられたときから、事件当夜のアリバイを聞かれるだろうと心構えはしていた。しかし、どう答えるか決めあぐねていた。

「昨年の十二月二十四日の夜、松波郁子さんが何者かに殺害されたことはご存じですね？」

「はい」

勇介は慎重に答えた。

「そのとき、あなたは彼女と一緒にいましたか？」

「私は犯人だと疑われているんでしょうか？」

「そうなのですか？」

「え？」

「あなたが犯人なのですか？」

「ちがいます」

「僕が聞いているのは、十二月二十四日の夜に松波郁子さんに会ったかどうかです」

「いいえ」

「いえ、とは？」

「ちょっと、わからないです」

「なにがですか？」

「いちいち、松波さんに会ったのがいつだったかなんて覚えてませんから。たしかに十二月の下旬にも会いましたけど、それが二十四日だったかどうかは記憶にないです」

こんな返答が警察相手に通用するとは思っていなかったが、曖昧に答えることで時間を稼ぐことにした。

「そうですか」

しかし、三ッ矢はあっさりと受け入れた。隣の刑事も驚いた顔で三ッ矢を見ている。

「また改めてお話を聞かせていただきます。ありがとうございました」

呆然とするふたりに頓着せずに三ッ矢は伝票を持って立ち上がり、ふと思い出したように勇介を見下ろした。

「上げたのですか？」

「はい？」

「養育費ですよ」

養育費？　と聞き返そうとしたところで、元妻からのメッセージのことだと思い至った。

「いえ」

そう答えると、胸に苦々しい思いが広がった。

「上げなかったのですか？」

「ええ」

「なぜですか？」

胸からこみ上げた苦々しさが舌のつけ根に絡みつき、勇介は咳払いをした。

「共通の知り合いから、元妻が贅沢《ぜいたく》をしていると聞いたんです。元妻のインスタを見せられたんですけど、豪華なランチやカフェの写真がたくさん載ってました。養育費というのは嘘で、自分が贅沢するために使うつもりだとわかったので拒否しました」

「どのような写真ですか？　見せてください」

強引な態度に、断ろうとした気持ちが負けてしまった。勇介はスパークリングワインとパスタの写真を選び、「まあ、こんな感じですよ」と見せた。

「では、離婚して以来、成美さんにも湊君にも会っていないのですね？」

三ツ矢が元妻と息子の名前を把握していることに、警戒心が一気に強くなる。

「そうですけど……。あの、私は疑われてるんですか？」

しかし、ほんとうに疑われているなら警察署に連れていかれるはずだ。

それに、あの男のことも、あの男と恵比寿のハンバーガーショップで会ったことも知られていないようだ。だとしたら、松波郁子と接点のある人物のひとりとして話を聞かれただけかもしれない。

余計なことを言わないようにみぞおちに力を入れた。

三ッ矢は質問には答えず、勇介を見下ろす目をほんのわずかだけ細めた。

「あなたは自分の過去に向き合おうとしているのかもしれません。でも、過去を共有する人にも向き合っていますか？」

まっすぐ放たれたその言葉に、この刑事はすべてを知っているのではないか、と心臓が凍りついた。

## 21

——彼が恵比寿のハンバーガーショップで金髪の男と会っていたことは知らないふりをする。

井沢勇介に会う前に、岳斗は三ッ矢からそう言い渡されていた。

こちら側の持つ情報を見せないことで、彼が隠そうとしているものを探るためだと三ツ矢は説明した。

それでも言わずにはいられなかった。

「このまま帰してもいいんですか？」

駅へと続く商店街は、居酒屋やラーメン屋、コンビニなどのネオンが夜を彩り、焼肉チェーン店の前では酔客の集団が奇声をあげていた。

「いいと思いますよ」

三ツ矢は迷いなく答えた。

岳斗は刑事としての自分をまだ半人前以下だと認めていた。長所があるとしたら、プライドがない分、変わり者で知られる三ツ矢に影のようにつき従うことにほとんど抵抗を覚えないことくらいだ。それでもこれだけは自信を持って言える。

「でも、十二月二十四日に松波さんに会ったかどうか覚えてないなんておかしいじゃないですか」

井沢勇介に任意同行を求めるとばかり思っていたのに肩透かしされた気分だった。

「田所さんはどう思うのですか？」

「会ったと思います」

岳斗は即答した。

「そう考えるのが自然でしょうね。井沢さんは覚えていないと答えることで、なにを隠そうとしたのでしょう。井沢さんが犯人なのか、それとも犯人をかばっているのか、あるいはほんとうに覚えていないのか」

ふと、三ツ矢が井沢勇介に言った最後の言葉を思い出した。

——過去を共有する人にも向き合っていますか？

過去を共有する人というのは誰のことだろう。三ツ矢は誰のことを言い、井沢勇介は誰のことだと受け取ったのだろう。ふたりは同じ人物を思い描いていたのだろうか。

夜の捜査会議を終えると、「では、今日はこれで」と三ツ矢から早々に声をかけられた。

「あ、はい。お疲れさまです」と返し、書類仕事をするために自分のデスクがあるフロアに行こうとした。が、三ツ矢の態度に引っかかるものがあった。会議中、珍しく時間を気にしていたようだった。

まさか、また俺に隠れてひとりでコソコソしようとしているのではないだろうか。慌てて三ツ矢のあとを追うと、ちょうど外に出るところだった。腕時計にちらっと目をやるのが見えた。あやしい、と直感した。

三ツ矢は駅のほうへ足早に向かっている。家に帰るだけだろうか。いや、ちがう気がする。そういえば三ツ矢がどこに住んでいるのか岳斗は知らなかった。三ツ矢は東京メトロ東西線に乗り、九段下駅で都営新宿線に乗り換えた。降りたのは浜町駅だった。

階段を上り地上に出ると、道路を渡って公園へ入っていった。スポーツセンターやキャンプ場を備えた広大な公園で、遅い時間にもかかわらずスケートボードやダンスを楽しむ若者の姿があった。

三ツ矢は背後を気にする様子もなく、ひらひらと地上から数センチ浮いているような足取りだ。こんなにあっさりと三ツ矢の尾行に成功するとは考えられず、なにかを試されている気がして不安を覚えた。

三ツ矢は公園を左側へと進んだ。野球場のフェンスの前に、いかつい男が腕を組んで立っている。三ツ矢が彼に向かって片手をあげると、彼は大きな体軀《たいく》には不似合いなほど深々と頭を下げた。

外灯の白い光がふたりの右側を照らしている。三ツ矢は後ろ姿、男はこちらを向いている。が、顔は陰になってよく見えない。

植え込みに隠れた岳斗の耳に、三ツ矢のぼそぼそとした話し声と、男の「……はい！　……はい！」というやけに歯切れのいい返事が届いた。

三ツ矢がなにかを差し出した。それを男が受け取った。次の瞬間、いきなり男が大股《おおまた》で岳斗に向かってきた。やばい、と思ったときには遅かった。岳斗は男に腕をつかまれ、植え込みから引きずり出された。

「み、三ツ矢さん」

助けを求める情けない声が出た。

「田所さん。こんなところでなにをしているのですか？」

三ツ矢は不思議そうな声だ。

「み、三ツ矢さんがどこに行くのか気になって」

「あっ」と男が声をあげ、岳斗から手を離した。「あっ」と岳斗からも声が出た。いかついシルエットに見覚えがある気はしたのだ。岳斗の前にいるのは千葉県警の千葉だった。

「もしかして僕を尾行したのですか？」

「いや、尾行っていうか、また陰でコソコソするんじゃないかと思って」

「三ツ矢さんって信用ないんですね」千葉がおもしろがる口調で言う。「というより、簡単に尾行されてしまうんですね。意外っす」

「僕は昔から簡単に尾行されてしまう人間なのですよ」

誰に尾行されたのだ？　という質問を岳斗はのみ込んだのに、千葉は「もしかして彼女に浮気を疑われて尾行されたとかじゃないんですか？」と遠慮なく言い放った。

どういうことだ？　なぜ千葉はフレンドリーなんだ？　東山里沙の家の前で、みーつやさんっ、と嘲笑と敵意を丸出しにして絡んできたではないか。

「ではこれで」

三ッ矢が千葉に声をかけた。

「はい。ありがとうございました」

千葉は頭を下げてから立ち去った。

外灯の下に、岳斗と三ッ矢は並んで立っている。広場のほうから若い男たちの笑い声と手を叩く音が聞こえてきた。

「どういうことか説明してください」

岳斗が言うべき台詞を三ッ矢は口にし、「ですよね？」と顔を向けた。

「です！」

「知らないほうがいいと思いますよ」

「いいえ。知りたいです。どうしても」

そうですか、と三ッ矢はつぶやき、数秒のあいだ目を伏せて思案する表情になった。

冷たい空気が鼻腔の奥をくすぐり、くしゅっ、と岳斗はくしゃみをした。

「寒いですよね。では手短に」

岳斗のくしゃみで心を決めたように三ッ矢は口を開いた。

「以前、千葉の捜査本部の人間から捜査手帳のコピーを提供してもらったと言いましたね。その相手は千葉さんです」

親しげなふたりを見たときからそうだと思っていた。このあいだは疑われないために、別の捜査員の前でわざと三ッ矢に挑発的な態度を取ったのだろう。振り返ってみると、あのときの千葉の態度は芝居じみていた。そして、悪態をつきながらも結局は三ッ矢の知りたいことをぺらぺらとしゃべった。

「今日、千葉さんに会ったのは動画を渡すためです」

「動画って、例の動画ですか？」

「そうです。例の動画です。ただ、捜査手帳のコピーのお返しに渡したわけではありません。千葉さんに託したほうが捜査の役に立つと判断したからです。僕の言う捜査の役に立つというのは単に事件が解決するということではなく、真実が明らかになるという意味です。このままだと松波郁子さんが犯人にされる可能性があると考えました。あの動画が匿名の第三者からの提供だとなると、これまでの捜査方針を見直さなければならなくなるでしょう」

「じゃあ、やっぱり三ツ矢さんは東山さんを殺したのは松波さんではないと考えているんですね？」

「ええ」

三ツ矢の簡潔な返答は確信を帯びていた。

「ですよね。そうじゃなければ、東山里沙さんが凶器を埋めるわけないですよね」

千葉に渡した例の動画とは、東山里沙がつどいの丘公園に凶器と見られるものを埋めているところを撮影したものだ。その日、本間久哉のアパートを訪ねたあと、三ツ矢と岳斗は東山里沙の家へ向かった。家を見張っていると、深夜〇時に彼女が出てきた。彼女は人目を気にしながら公園に行き、東屋のそばに凶器と見られるナイフを埋めた。その場面を三ツ矢は撮影したのだった。ナイフは布に包まれていたが、動画を見返すと、埋める直前に東山里沙が中身を確認するように布を開いたため、それがナイフであることがわかった。

岳斗は、あの動画をどのタイミングでどう使うのだろうとずっと考えていたが、まさか千葉県警の千葉に渡すとは想像もしていなかった。

ふと、どうでもいい疑問が頭に浮かんだ。

「三ツ矢さんと千葉さんはどこで知り合ったんですか？」

さりげない口調を意識した。

「数年前の合同捜査で知り合いました」

「ふうん。そうですか」

それ以来、ずっと親しくしているのだろうか。たとえば、まめに連絡を取り合ったり、飲みに行ったり食事をしたり。そんなことを考えている自分にはっとし、猛烈に恥ずかしくなった。

「で、でも、わざわざ密会しなくても、郵送かメールで送ればいいじゃないですか」

心中を隠そうとしたらぶっきらぼうな口調になった。

「郵送は誤配送の可能性があります。メールは証拠が残ります」

尾行に気づかなかったくせによく言うよ、と岳斗はおかしくなった。

この人はこんなにも慎重なくせに、自分のガードは意外と緩いのかもしれない。

いや、そもそもガードしようという気さえないのかもしれない。

22

東山里沙はソファにバッグを放り、コートを着たまま呆然と座り込んだ。

久哉と連絡が取れなくなって一週間が過ぎた。電話には出ないし、ラインには既読がつかないままだ。おそらくスマートフォンが手もとにないのだろう。ということは逮捕されてしまったのだろうか。

久哉の部屋から夫の財布が見つかったと警察に知らされたときからニュースをチェックしているが、彼について報じているものはなかった。警察の厳しい取り調べを受けながらも、黙秘か否認を続けているのかもしれない。

私のために――。そう思うと胸が締めつけられた。

里沙はバッグに手を入れ、リボンのチャームがついたキーホルダーを取り出した。こっそりつくった合鍵を人差し指の腹でなぞる。

久哉のアパートに行ってきたところだった。ドアフォンを鳴らしても応答はなく、合鍵で入ろうとしたところドアが開かなかった。何度試しても同じだった。鍵穴は鍵の侵入を拒むように抵抗し、力ずくでまわそうとすると強く拒絶された。

警察が久哉の部屋を封鎖したのだと考えた。黄色い規制テープを張るかわりに鍵をロックしたにちがいない。

あれ以来、警察から連絡はない。

実はあの日、夫は財布を忘れて出かけたんです。私が気づいたのは何日もたってからで、警察に言ったらどうしていままで黙っていたんだと叱られると思って本間君の部屋にこっそり隠したんです。

熟考の末に決めた物語をまだ警察に伝えられていなかった。

背後でドアが開く音がし、里沙は我に返った。

自分がいまどの時間軸にいるのか混乱した。夫が帰ってきたのではないか、と一瞬思い、恐怖とパニックに襲われた。

数秒の逡巡《しゅんじゅん》を挟み、恐る恐る振り返った。開いたドアの向こうには、娘の瑠美奈の不機嫌そうな姿があった。安堵が瞬時に怒りに変わった。

「びっくりするじゃない。泥棒みたいにこっそり入ってきて」

「別にこっそりしてないけど」娘はむっつりと言う。「そっちこそ仕事は?」

「辞めたわ」

普通は一ヵ月前に申し出るものですけど、東山さんっていい歳して常識がないんですね。店長の嫌味を思い出すと胸に苦々しさが広がった。

働かないと生活できない人にはわからないかもしれないけど、私はアルバイトなんかどうでもいいのよ。あなたたちとはちがって、もっと大切なことがあるのよ。胸のなかでそう言い返した。

瑠美奈は軽蔑した顔で母親を見ている。クビになったと思っているのかもしれない。

「だってつまらないんだもの」

こっちから辞めたとわからせるためにそう言ったのに、「どうでもいい」と低いつぶやきが返ってきた。

「なんで連絡くれないの？」

瑠美奈はドアの向こう側に立ったまま言い放った。

「なにが？　寒いからドア閉めてよ」

瑠美奈はリビングに足を踏み入れ、後ろ手でドアを閉めた。ドアにもたれかかり、

「来月、三者面談があるって何回もラインしたよね」と責めるように言う。その態度も言い方も、まわりの人間は自分のために動くのが当然と思っているように感じられた。

「それどころじゃないんだって」

きつい口調になった。

瑠美奈はなにも言わず、静かに睨みつけるまなざしだ。

「おばあちゃんに言ってくれる？」

「先生もおばあちゃんもママに伝えなさい、って」

「じゃあ、ふたりには私から言っておくから。それでいいでしょ？」

「あと、ダンススクールの更新のサインも」

瑠美奈はトートバッグから書類を取り出した。

「なにそれ」

「週に一回、ダンススクールに通ってるの知ってるでしょ」

「ああ。まだ続けてたの」

「続ける、って高校に入るとき言ったよね」

「サインなんかおばあちゃんでいいじゃない」

「親がいるなら親に、って言われたの」

「そこに置いといて」

里沙は食卓を目でさし、「まだなにかあるの？」と聞いた。

「別に。荷物取りに来ただけだから」

「じゃあ、早く済ませてよ。私、ひとりになりたいの」

言い終わる前にドアが閉まり、階段を上っていく足音が聞こえた。

「なんなのよ、もうっ」

衝動のまま吐き捨てたら、小さな悲鳴のような声になった。里沙はスマートフォンを手に取った。

〈無事ですか？　連絡ください〉

送信したとき、ドアフォンが鳴った。あまりのタイミングに、久哉君？　と頭のなかで自分の声が弾けた。彼がこの家に来たことはなかったが、心が通じ合ったのだと思った。

しかし、モニタに映っているのは見慣れた刑事の顔だった。落胆のあまり首が倒れかけたが、警察から久哉のことを聞くチャンスだと気持ちを奮い立たせた。玄関に向かいながら、実はあの日、夫は財布を忘れて出かけたんです。私が気づいたのは何日もたってからで……、と警察に告げるべき台詞を舌の上で転がした。

「なにかわかったんですか？」

玄関を開けるなり里沙は聞いた。「本間君は……」と続けた言葉を千葉という刑事が遮った。

「東山里沙さん、署までご同行願えますか」

「え？」

「あなたが五日前の深夜、つどいの丘公園に埋めたナイフが、義春さん殺害に使われた凶器であることが判明しました」

「え？　え？　なんのことですか？」

頭のなかでなにかが炸裂《さくれつ》し、白い閃光《せんこう》が思考を吹き飛ばした。

「あなたが凶器を埋めるところを目撃した人がいます。証拠もあります。詳しいことは署で聞かせてください」

「ちがいます。実はあの日、夫は財布を忘れて出かけたんです。私が気づいたのは何日もたってからで……」

無意識のうちに口走った言葉が唐突に途切れ、吹き飛んだはずの思考が里沙のなかにゆっくりと戻ってきた。

「私がやりました」

気がつくとそう言っていた。

「私が夫を殺しました！」

「ええ。本間さんもそう言ってましたよ」

千葉の冷静な声。はっきり聞こえたのに、その意味が理解できなかった。

「え？」

「本間さんも、義春さんを殺したのはあなただと、そう言ってましたよ」

「まさか」

「あなたからよく義春さんの愚痴を聞かされた、と本間さんは言ってました。本間さんに結婚を約束した女性がいることを知って、嫉妬から彼に罪をきせるために凶器と財布を彼の部屋に隠したんじゃないんですか？　なんらかの考えがあって、あとで凶器だけを持ち去ったんじゃないんですか？　ああ、これも本間さんが主張していたことです」

結婚を約束した女性——。そこだけが切り取られたように響いた。

「嘘よ！」

「まずは署までご同行ください」

「絶対に嘘よ！　その女って誰よ！」

里沙はリビングへと走った。センターテーブルの上のスマートフォンを手に取り、久哉に電話をしようとしたところで刑事に止められた。

「東山さん、ご同行ください」

千葉が里沙の腕をつかみ、彼の反対側に小柄な刑事が立った。

ふたりに挟まれて玄関に向かうと、そこにも刑事がふたりいた。三ツ矢と若い刑事だ。

四人も刑事がいる。こんなに大ごとなのだ、と里沙は頬を張られた気がした。現実に戻ったようでもあったし、別の世界へ飛ばされたようでもあった。

——本間さんに結婚を約束した女性がいる……。

不快な声が鼓膜に爪を立てている。

声を振り払おうと頭を振ると、階段の下に立っている瑠美奈の視線とぶつかった。くちびるをきつく結んで母親を睨みつけていた。

# 23

「いま、ここに弟さんを呼んでいただけますか？」

三ツ矢の言葉に、高橋恭太《きょうた》の顔がこわばった。コーヒーカップを持ったまま固まり、三ツ矢の視線から逃げるように目を落とした。

岳斗と三ツ矢は、池袋のコーヒーショップで高橋恭太とテーブルを挟んで座っている。会社から出てきた彼に声をかけ、話を聞くために連れてきたのだ。

高橋恭太は松波郁子の遺体の第一発見者であり、警察への通報者だ。遺体発見現場である空きビルを管理する不動産管理会社の社員でもある。

「弟が、なにか？」

そう聞いた高橋は、目の前の刑事がどこまで知っているのか懸命に探ろうとしていた。井沢勇介もこんな表情だった、と岳斗は一昨日の夜を思い返した。

「弟さんと一緒にお話を聞きたいだけです。あなたたち兄弟と松波郁子さんがどういう関係なのか。あなたの弟の拓海《たくみ》さんは三ノ輪のマンションに住んでいるので、ここまで三十分ちょっとで来ることができますよね。拓海さんが家に帰ったことは先ほど確認しました」

「あの」と高橋が目を上げた。「僕たち、捕まるんですか？」

意を決したように聞くと、コーヒーには口をつけずテーブルに戻した。

「わかりません。まだお話を聞いていませんので」

三ツ矢はそっけなく答えた。

スマートフォンを持って立ち上がりかけた高橋に、「ここでかけてください」と三ツ矢は丁寧でありながらも圧力を感じさせる口調で言った。

「……ああ、俺。いま、警察の人といる。……わかんないけど……おまえを呼ぶように言われた……すぐ来たほうがいいと思う……」

通話を終えた高橋は、いまの電話でよかったのか確認するように三ツ矢を見た。

「拓海さんが着く前にいくつかお聞きします。あなたは松波郁子さんを殺害しましたか？」

「まさか」

高橋の声は裏返った。

「まさかですよ。そんなことするはずないじゃないですか。僕だって松波さんがあんなことになってショックなんですから」

「ということは、やはり松波さんと知り合いだったということですね」

高橋はうなずきかけたが、思い直したように首をひねった。

「知り合いというか、僕たちが一方的に知っていただけです。それに、松波さんは記憶喪失みたいな感じだったし」

「説明してください」

高橋は小さくうなずくと、指を組んだ手をテーブルの縁にのせて話しはじめた。

高橋兄弟の父親はIT関連の会社を経営していた。建物の構造計算ソフトの開発に特化した会社だった。経営が順調だったのは会社を立ち上げてから十年ほどで、あっというまに業績が悪化し、気がついたときには手遅れだった。しかし、父親は現実を認めず、経営の立て直しに躍起になったという。その会社に最後まで残ったのが、松波郁子の夫の博史だった。父親は松波夫妻の結婚式の媒酌人を務めるなど、夫妻と懇意にしていた時期があった。そのため、博史は泥船から降りることができなかったのかもしれない。

「うちの父、東大出身なのが自慢だったんですよ。ずっと頭いいって言われてきたから、失敗したのを認められなかったんでしょうね」

父親は方々から借金をし、そのなかに松波博史を連帯保証人にしたものもあった。

「それだけじゃなくて、松波さんにサラ金からお金を借りさせたんです。でも、焼け石に水で、父は借金を踏み倒して逃げることを選びました。会社と家は手放しましたけど、別名義のマンションと当面のお金を用意していたんです。それに、用意周到に母と離婚していました。もちろん偽装離婚です」

ずっと知らなかったのだ、と高橋は言った。

当時、彼は大学生で、会社が潰れたことは知らされたものの、その経緯も、松波という社員のことも父親は言わなかった。家族は会社が潰れたあとも裕福とはいえないが、不自由のない暮らしをしたという。

それが母親の病で一変した。

「最初はたいしたことがないはずだったんです。早期発見だったので、手術をすれば大丈夫だ、って。それなのに、手術をしたらすぐに再発、また手術をしたらまた再発という繰り返しで……。まるで悪夢のなかにいるみたいで、医者もわけがわからないという感じでした。でも、父とちがって母はできた人間で、自分のしたことは自分に返ってくる、って。私がこんな目に遭うのは、きっと私が気づかないうちに誰かにひどいことをしてしまったのね、ごめんなさいね、って」

それを聞いた父親は号泣したという。

「父の泣くところをはじめて見ました」

そう言って高橋は少し笑った。

母親は闘病の末に亡くなった。その一年後、父親に同じ病が見つかった。医者には根治が見込めると言われたが、父親はその話を信じることができなかった。そして、恐れたとおりになった。

父親がふたりの息子に、自分のしたことを告げたのはそのときだという。

「最低だと思いました。でも、この人ならやり兼ねないとも思いました。僕が言うのもなんですが、父は自分さえよければいいと考えている人でしたから。それが母が亡くなって、自分も病気になって、やっとまともな人間の仲間入りをしたんだと思います。罪滅ぼしがしたい、なんて言い出して。でも結局、それも自分が助かりたい一心だったのかもしれませんね」

父親は松波博史に謝罪し、いくらかの金を渡すことを望んだ。しかし、彼の居場所はつかめず、携帯電話の番号も変えたらしく連絡がつかなかった。自分のせいで夜逃げしたのではないかと考えた父親は調査会社に依頼し、やっと引越先を知ることができた。が、すでに松波博史は亡くなっており、妻の郁子の行方はわからなかった。

父親が、松波郁子がホームレスになっていると言い出したのは、一年ほど前のことだった。ホームレスの支援団体を取り上げた深夜のドキュメンタリー番組にちらっと映っていたようだった。

高橋がそこまで話したとき、短髪を金色に染めた男が岳斗の視界に入った。

ライダースジャケットと黒い迷彩柄のミニショルダーは、三日前、岳斗が尾行したときに身につけていたものと同じだ。

高橋恭太の弟の拓海は、二十歳の大学生であることが判明している。ホームレスに扮して完全黙秘を貫き、釈放後にあっさりと尾行をまいたが、いま目の前にいる彼はふてぶてしい態度ながらも、目もととくちびるに幼さが残り、大それたことをするようには見えなかった。

拓海は三ツ矢と岳斗に視線を投げると、兄の隣に乱暴に腰を下ろした。

尾行しているときも思ったが、ホームレスに扮していたときとはまったく印象がちがう。髪だけではなく、眉の形も肌の色も、目の雰囲気もちがう。もし、いまの彼と路上ですれちがったとしても、岳斗には完全黙秘の男だとすぐに気づく自信がなかった。

「んで、なに」

拓海が兄に問う。その頭を、兄の恭太がパシッと叩く。

「いてっ」

「生意気なんだよ、おまえは」

七つ上の恭太は子供を叱るように言い、拓海はバツが悪そうにうつむいた。

「お兄さんから、お父さんと松波さんの関係を聞いていました。ドキュメンタリー番組に映っていたところまでです」

三ッ矢が説明すると、拓海は兄と三ッ矢を上目づかいで見比べた。

「そして、あなたたちはどうしたのですか？」

三ッ矢はふたりを交互に見つめた。

「松波さんを探しました」

恭太の返答に、三ッ矢は小さくうなずいた。

「見つけたのですね？」

「はい。弟が見つけました。写真を撮って父に見せたら、まちがいない、と」

信じられますか？　と恭太の顔が泣き笑いに変わった。

「父はその日の夜に容態が急変して亡くなったんです。自業自得なんでしょうかね。それとも天罰なのか……」

最後は力なく息を吐き出す声音になった。

天罰、と岳斗は彼の言葉を胸の内で復唱した。たとえ父親にとっては自業自得や天罰であったとしても、遺された兄弟にとっては呪いになったのではないだろうか。

父親が不幸にした松波夫妻。病に倒れた母親と、同じ病を引き継いだ父親。次は自分たちの番かもしれない。それだけでは終わらず、自分たちの大切な人へと連鎖するかもしれない。そう考えはしなかっただろうか。

現に、実家を出てアパート住まいをしている恭太には同棲《どうせい》している女性がいる。

将来の家族に降りかかるかもしれない災いを断ち切りたい思いがあったのかもしれない。

「SNSで、のま男と名乗ったのはあなたですね？」

三ツ矢は拓海に顔を向けた。

「認知症の母親を探しているふりをして、女性のホームレスの目撃情報を募りましたね？」

拓海は完全黙秘を貫いたときのように目を伏せて押し黙っている。

「そうです」と答えたのは兄だった。

拓海は父の告白になぜか張り切った、と兄は言った。もともと弟は子供っぽく、いまでもスパイや探偵に憧れているところがある。しかし、それよりも父が心中を吐露してくれたのが嬉しく、役に立ちたかったのだろう、と。

「ちげーよ」

拓海は目を伏せたまま舌打ちするようにつぶやいた。

「あなたはなぜホームレスのふりをして事件現場をうろついたのですか？」

三ツ矢の問いに返事はない。

「あなたは事件が起きた十二月二十四日の夜、松波郁子さんに会いましたか？」

沈黙が挟まる。

「あなたは松波さんを恨んでいたのですか？　あなたは松波さんに乱暴しようとしたのですか？　あなたが松波さんを殺したのですか？」

「ちがいます！」

叫んだのは恭太だった。時間差で自分の声に気づいたらしく、きまり悪そうに頬を歪め、「ちがいます」と小声で繰り返した。

「なにがちがうのでしょう」

三ッ矢は平然と問う。

「ですから、弟じゃありません」

「それは、どの質問についての答えですか？」

「弟は松波さんを殺してないし、乱暴してないし、恨んでもいません」

「そうなのですか？」

三ッ矢は拓海を見据えた。

「そうなのですか？」

と繰り返す。

「そうです。ほんとうです」

恭太が慌ててあいだに入り、「ほら、おまえもちゃんと答えろよ」と弟を叱る。

「僕は拓海さんに聞いています。あなたはなぜ答えないのですか？　お兄さんに任せておけばいいと思っているのですか？　甘えているのですか？　黙っていればやりすごせると思っているのですか？　乱暴目的で松波さんを殺したからですか？　松波さんを殺してお兄さんに助けを求めたからですか？」

恭太がなにか言おうと息を吸い込んだとき、

「ちげーよ」

拓海が吐き捨てた。さっきの「ちげーよ」よりははっきりした声音だった。テーブルの下で兄が弟の足を蹴った。

「……ちがいます」

拓海は渋々言い直した。

「なにがちがうのですか？」

三ッ矢は容赦ないほど自分のペースを崩さない。

「だから、松波さんを恨んでないし、殺してもいない。です」

「乱暴しようとしましたか？」

「まさか。するわけねえだろ。しません」

「では、十二月二十四日の夜、松波さんに会ったのですね？」

拓海は助けを求めるように横目で兄をうかがった。

「あの、僕から説明してもいいですか？」

「だめです」

三ッ矢はばっさりと恭太の申し出を切り捨てた。

「僕は拓海さんに聞いています。そのあと恭太さんからもじっくりとお話を聞きますので少し待っていてください」

そう言うと、体ごと拓海のほうへ向けた。

「十二月二十四日の夜、あなたは松波さんに会ったのですか？」

三ッ矢の低く掠れぎみの声にはじわじわと絞めつけるような力が混じり、まるでこれがラストチャンスだと宣告するようだった。

拓海はくちびるを引き締め、まばたきが多い目でテーブルの一点を見つめている。顔がわずかに紅潮し、呼吸に合わせて肩が上下している。一見、ふてぶてしい態度のままだが、取調室にいるときとはちがい、まだ二十歳の彼がパニックを起こしかけているのが見て取れた。

「おまえが言わなくても、どうせ俺が言わなきゃならないんだぞ。兄弟だってバレたんだから」

恭太が弟の耳もとで言った。

「そうですね」と、三ッ矢が恭太の話を引き継ぐ。

「あなたが警察で黙秘したのは身元を知られないためですよね。身元がわかると、第一発見者である恭太さんが兄であることを知られてしまう。そう考えたのではありませんか？　それとも、ほかに隠していることがあるのですか？」

拓海は放り出していた両足を引き寄せ、姿勢を正してから「ないです」と小声で答えた。「でも、おばさんもう死んでた」

ぽつりと言った。

「あなたが空きビルに行ったときには、すでに松波さんは亡くなっていたということですか？」

拓海はうなずいた。

「松波さんはどこにいたのですか？」

「空きビルの一階」

彼女は屋上から落下し、その後、犯人によってビル内へ運び込まれたと見られている。拓海の証言が真実であれば、彼が訪れたときすでに犯人は立ち去っていたということになる。

「あなたはあの日、松波さんに会うために空きビルに行ったのですか？」

「うん」

「どうして会いに行ったのですか？」

拓海は数秒の逡巡を挟んでから口を開いた。

「……クリスマスイブだから」

「クリスマスイブがどう関係しているのですか？」

「だってクリスマスをひとりで過ごすのさびしいじゃん！」

拓海は照れくささを乱暴な口調で隠そうとした。

クリスマスをひとりで過ごすのがさびしい。三ツ矢はその感覚がまったくわからないらしく、「そうですか」と平坦な声でつぶやいただけだった。

拓海は松波郁子を見つけて以来、しばしば彼女を訪ねるようになったという。父親の行為を謝罪したかったし、彼女がどんな人生を歩んできたのか知りたかった。しかし、彼女は自分が誰なのかわからなかった。路上で暮らす彼女を放っておけず、生活保護を受けることを繰り返しすすめた。頑として断る彼女に、自分の部屋に来ないかと誘ったこともある。しかし、彼女は路上で暮らすことを望んだという。

「あなたが空きビルに行ったとき、彼女の衣服はどんな状態でしたか？」

「え？」

「彼女は衣服をどのように着ていましたか？」

「覚えてないけど」

「覚えてない？」

「びっくりして」

「衣服をきちんと着ていたかどうかも覚えていないのですか？」

「パニックになったから」

「どうして警察に通報しなかったのですか？」

「人の気配がして怖くなって逃げた。疑われると思ったし」

でも、と隣の兄にすがるような目を向けたが、恭太は三ツ矢に言われたことを守り、口をつぐんでいる。

「それが兄ちゃんだったことはあとで知ったんだよ。俺、逃げたことを後悔して、だったらこの俺が犯人を見つけてやろうって。だからホームレスのふりをして……」

「それでなにかわかりましたか？」

「いえ、なにも」

拓海は首をすくませ、「すんません」と消え入りそうな声で言った。

「そこに井沢勇介さんもいましたか？」

「え？」

「松波さんが倒れていた空きビルです。そこで井沢勇介さんに会いましたか？」

「あのおっさん、井沢っていうのか」

ひとりごとの口調だった。

「いたのですね?」

「あのおっさんが、どこの誰かは知らないけど……」

そう断ってから、彼とは何度か会ったことがあるのだと拓海は言った。詳しい事情は聞かなかったが、彼も拓海と同じように松波郁子の様子を気にしており、彼女に対して申し訳なさを抱えているようだった。クリスマスイブの夜、空きビルに行くと松波郁子の横に彼が呆然と座り込んでいたという。

「おばさんをビルに運んだのは、あのおっさんだよ」

拓海はあっさりと言った。

「裏のゴミ溜《た》めのなかに倒れてたから、かわいそうで夢中で運び入れたんだって。で、あとになって、しちゃいけないことをしたって気づいたらしいよ。それで誰か入ってきたからふたりともとっさに逃げたんだよ。それが、兄ちゃんだって知ってたら逃げなかったんだけどさ」

「あなたは、井沢さんが松波さんを殺したとは思わなかったのですか?」

「思うわけねえだろ」

兄に足を蹴られ、いてっ、と拓海が声をあげる。

「どうして思わなかったのですか?」

「んなもん見ればわか、わかります」

「あなたはその後も井沢さんに会いましたか？」

「……いえ」と答えるまで逡巡があった。

「会っていますよ」

三ツ矢がピリオドを打つように言う。

「えっ」と声を出したのは兄だった。嘘だろ、どういうことだよ。弟に向けた目がそう言っていた。

「まず、あなたの行動から確認しましょう。ホームレスに扮したあなたは釈放されてから三日間、西武新宿駅の北口周辺の空き店舗か空き室に潜伏していましたね。そのあいだに髪や眉を変えた。そして、もう大丈夫だろうと思い、井沢さんに会うために恵比寿まで行った。そうですね？」

拓海は首を小刻みに振った。

「ちがうなら、どうちがうのか説明してください」

恭太が堪え切れなくなったように「どういうことだよ」と弟の肩に手を置いた。

「まず、井沢さんと会った理由を教えてください」

「言えよ」

恭太が弟の肩を揺さぶる。

「別に」

「別に？」

三ツ矢と恭太の声が重なった。

「いや、別にっていうのは、なにかを企てたとかじゃなくて、ただ報告しただけってこと」

「なにを報告したのですか？」

「だから、ホームレスのふりしたけど、なんの手がかりもなかったこと」

「あなたは、ホームレスに扮してそのへんをうろうろしていれば犯人が見つけられると本気で考えたのですか？」

「ホームレスの視点に立てば、なにか見えてくるものがあるんじゃないかなって」

親に叱られた子供のようにふてくされた態度だ。

「すみません。こいつ、バカで。俺も止めたんですけど、やってみるって聞かなくて」

恭太はそう言って、ぺこぺこ頭を下げた。

「あなたは井沢さんがどこの誰か知らないと言いましたね。それなのに、どうやって恵比寿で会う約束をしたのですか？」

「電話」

なげやりな口調だった。

「どこの誰かは知らないのに電話番号は知っているのですか？」

「逃げるときに、なにかわかったら教えてほしいって電話番号を書いたメモをもらったから」

「そのメモを見せてください」

「捨てました」

急に敬語になった。

「井沢さんにはいつ電話をしたのですか？　履歴を確認してください」

「覚えてません。公衆電話からかけたから」

「どこの公衆電話ですか？」

「忘れました」

拓海は不自然にてきぱきと答える。それでいて、顔はこわばり紅潮している。なにか隠しているのは一目瞭然だ。

「あなたと井沢さんが恵比寿で会った翌日、僕たちは井沢さんからお話を聞きました」

三ツ矢の言葉に、拓海は目をぱっと上げ、すぐに伏せた。

「知りませんでしたか？　井沢さんから聞いていなかったのですね。ということは、井沢さんはあなたの連絡先を知らないということですね。井沢さんは十二月二十四日の夜、現場に行ったかどうかわからないと言いました。井沢さんはなにを隠そうとしたのだと思いますか？」

「俺をかばおうとしたのかも」

「そうですか」

「そんなことより、なんで俺とあのおっさんが会ったこと知ってんだよ。いてっ」

拓海は無理やり話題を変えようとした。

「あなたを見つけたからです。釈放された日、あなたは身元を知られないために尾行をまく必要があった。警察があなたを見失ったのは、西武新宿駅の北口付近です。あのあたりは、恭太さんが勤める会社が管理しているビルが多いですよね」

そこで言葉を切り、三ツ矢は顔を傾けるようにして恭太を見た。

「恭太さん、お待たせしました。今度はあなたの番です。あなたが手引きをしたのですね。万が一のことを考え、あらかじめ拓海さんに空き室もしくは空き店舗の場所を教え、しばらくそこに隠れているように言ったのではありませんか？　洋服を着替えて髪型を変えれば、逃げ切ることができるとでも思いましたか？」

恭太は大きく息を吸い込み、ふっと短く吐き出してから「すみません」と頭を下げた。そんな兄を拓海が心配そうに見つめている。

「勝手なお願いですけど、会社には黙っててもらうわけにはいきませんか？」

「わざわざ言うつもりはありません」

兄弟は同時に安堵の息を吐いた。が、三ッ矢が続けた言葉でその息が止まった。

「僕が言わなくても、いずれはわかってしまうことだと思いますので」

岳斗は、三ッ矢と別行動をした三日間のことを思い返した。岳斗が東山里沙を見張っていたあいだ、三ッ矢は拓海が尾行をまいたあたりを監視していたということか。ということは、あの一帯のビルの管理会社を調べ、事件の通報者である恭太との接点を見出《みいだ》したということだ。

三ッ矢はひと呼吸おいてから続けた。

「あなたは、生前の松波郁子さんにも同じことをしたのではありませんか？　安心して休める空き室や空き店舗を教えた。だから、松波さんの目撃情報が極端に少なかったのだと僕は想像しています」

恭太は自分を納得させるようにゆっくりと二回うなずいてから、「そうです」と認めた。

「でも、俺だから」珍しく拓海が割って入った。「兄ちゃんから聞いた情報をおばさんに教えたのは俺だから。兄ちゃんはおばさんと直接会ったことはないから」

「松波さんは、あなたたちから教えてもらった空き室や空き店舗を転々としていたということですね？」

「だって外は寒いし、危ないじゃん」

拓海は言い訳するように答えた。

「あの、罪になりますか？」

恭太が意を決したように聞いた。

「あなたは罪に問われることはないと思います」

三ツ矢の返事に、兄弟は顔を見合わせた。じゃあ拓海はどうなのだろう、とふたりの顔に書いてあった。

三ツ矢はふたりの動揺と不安にまったく関与しなかった。

「またお話をうかがいます。場合によっては署に来ていただくことになりますので」

読み上げるように言うと、兄弟を置き去りにして立ち上がった。

池袋駅からJR山手線に乗り、高田馬場駅で降りた。

捜査本部がある戸塚警察署へと向かう途中に事件現場がある。現在も空きビルのままで立ち入り禁止のテープは張られているが、事件から三週間以上が過ぎ、捜査員の姿はない。

ビルには以前、縫製会社が入っていた。正面玄関のほかに裏口がある。どちらの出入口にも鍵がかかっているが、ビルの管理会社から裏口の鍵を預かっている。

三ツ矢に続いて、岳斗は裏口からなかに入った。エレベータ前を通って正面玄関のほうへ歩くと、松波郁子の遺体が発見されたフロアがある。縫製会社が入っていた頃は打ち合わせスペースとして使っていたらしい。

階段で四階まで行き、さらに屋上まで上る。

ひやりと冷たい風が頬を撫でた。

たかが四階建てビルの屋上なのに、地上よりも空気が澄んでいるように感じられた。夜空には薄い雲がかかっている。

三ツ矢は手すりを両手でつかみ、地上を見下ろした。岳斗は左隣に立ち、同じように下を見る。

建物と建物のあいだの暗がりにゴミが不法投棄されている。クリスマスイブの夜はもっとひどい状態だった。ポリ袋に入った家庭ゴミや事業ゴミ、生ゴミ、ペットボトルや空き缶、タイヤやベニヤ板などが積み上がっていた。事件後、ビルの管理会社が処分したらしいが、ここで殺された人がいることを知らないのだろうか、それとも知っていても平気でゴミを捨てるのだろうか。

松波郁子が自ら飛び下りたのか、それとも誰かに突き落とされたのか。断定はできないが、現場の状況から突き落とされた可能性が高いと見られている。

「あのふたりを帰してもよかったんですか？」

そう聞いた岳斗は、井沢勇介に会ったあとも同じ質問をしたことを思い出した。あのときも任意同行を促すとばかり思っていたのだ。

「はい」と三ッ矢は端的に答えた。

どうしてですか？　と聞こうとしたが、三ッ矢のほうが早かった。

「まだ内密にしていたいのです」

「報告しないってことですか？」

「そういうことです」

三ッ矢は、井沢勇介に接触したことを捜査会議で報告していない。今日、高橋兄弟に会ったことも言わないつもりらしい。井沢と高橋兄弟の三人を泳がせることで事件が解決すると考えているのかもしれない。となると、また尾行をすることになるのだろう。そこまで考えて思い出した。

「でも、あの弟、意外とうまくホームレスに変装してましたよね。俺だったらすれちがっただけじゃわからなかったかもしれないです」

岳斗は正直に告げた。

「髪は額縁というように着るものより印象を変えるものです。それに、彼は顔にドーランかファンデーションを塗って黒くしていたはずですし、意識的にまぶたをむくませていたと思います」

「そんなことができるんですか？」

「体質にもよりますが、水分やアルコールを過剰に摂取したり、うつ伏せで寝たり、寝不足だったりするとむくみやすくなります」

「なるほど――」

「でも、あの程度の変装で気づかないのだとしたら、田所さんは警察官失格になりますけれど大丈夫ですか？」

そう言って三ツ矢は岳斗をまっすぐ見た。いっさいの邪気が感じられない恐ろしいほどの真顔だった。

「だ、大丈夫です大丈夫です。まったくもって大丈夫です。ちょっと言ってみただけですから。謙遜っていうか……」

慌てて言い繕い、あははは、と笑ってみたらむなしくなった。

「ここだけ遮るものがありませんね」

三ツ矢の静かな声に、岳斗は作り笑いを引っ込めた。

三ツ矢は顔を正面に向け、遠くを見るまなざしをしている。

「あ、ほんとですね。けっこう遠くまで見渡せますね」

高い建物のあいだを縫って開ける視界は、まるで細い獣道のようだ。ビルの灯りやネオン、街路灯がさまざまな色の濃淡を滲ませている。

「彼女も同じ風景を見たのかもしれませんね」

三ッ矢の穏やかな声がなぜか悲しく聞こえた。

もし三ッ矢の言うとおりだとしたら、松波郁子はどんな気持ちでささやかな夜景を目に映したのだろう。

「田所さん」

前を向いたまま三ッ矢が呼びかける。くせのある前髪が風で揺れている。

「はい」

「犯人がわかりました」

「え？」

三ッ矢の言葉は唐突で、一瞬、岳斗の思考は置き去りになった。

「犯人がわかってしまいました」

三ッ矢は遠いまなざしのまま言った。

24

病室をのぞいた井沢勇介は、その女が木村久子《きむらひさこ》だとすぐにはわからなかった。

彼女はベッドの上で体を起こし、顔を窓のほうへ向けていた。窓からは低層の建物と冬の暮れかけた空が見える。

気配に気づいた彼女が勇介へと顔を向けた。

痩せたな、とまず思った。否応なく死を感じさせる、枯れたような痩せ方だった。かつての義母と最後に会ったのはいつだろう。思い出そうとしたが、何年も会っていないという漠然とした記憶しか浮かんでこなかった。

勇介は無言で久子に近づいた。彼女もまた無言で勇介を見つめている。

声をかけようとしてためらった。娘を不幸にしたかつての義理の息子を、彼女が恨んでいないわけがない。

お義母《かあ》さん。そう呼びかけようとして喉もとで止まる。もうお義母さんではない。しかし、ほかの呼び方を持たなかった。

「ご無沙汰しています」

勇介は頭を下げ、すぐに本題に入った。

「なにがあったんですか？」

久子から電話があったのは一時間半ほど前のことだ。成美のことで話があるからすぐに来てほしいと言われ、仕事を切り上げて駆けつけたのだ。

なにがあったんですか？ と聞いた勇介だったが、頭ではわからなくても、早鐘《はやがね》を打ち続ける心臓がなにが起こったのか知っていると主張していた。

「ごめんなさいね」

久子は息が漏れるような声を出した。

「さっき、警察の人が来たの」

「警察」

無意識のうちに復唱していた。

「成美に、聞きたいことが、あるみたい」

「どんなことですか?」

そう聞いた声が上ずった。

「わからない。詳しいことは、教えてくれなかった、から。でもね、さっきから、家にも携帯にも、電話をかけてるんだけど、あの子、出ないの。それで、勇介さん、なにか、知らないかと思って」

病室にふたりの刑事が訪ねてきたのは三時間ほど前の午後二時頃だった、と久子は言った。刑事たちはまず久子の家を訪ね、応答がなかったため成美のパート先のコールセンターに行った。成美は休みだったが、そこで久子がこの病院に入院していることを教えられたらしい。

そこまでして警察が成美に会いたがっている理由を知らないか、と久子は聞いた。

「いえ。知りません」

そう答えたら、硬いものをのみ込んだ感覚がした。

「湊のことは、知ってるんでしょう？」

湊、と復唱することで勇介は時間を稼ごうとした。が、重苦しい沈黙に耐えられず口を開く。

「湊の、なんでしょう？」

久子は落胆の息を吐いた。

「もう、いい」

膝の上で彼女の手が小さく動いた。追い払うようなしぐさだった。

「もう、いいわ。あなたに、頼ろうとしたのが、まちがいだった」

彼女は勇介から顔をそむけて窓のほうを向いた。

「でもね、父親だって、親なのよ。どうして、母親が、すべて背負わなきゃならないの」

か細いつぶやきが勇介の胸に突き刺さった。

久子の肉の落ちた横顔から強い拒絶と怒りが感じられ、勇介は二、三秒逡巡したのち、一礼して病室をあとにした。

病院を出て、成美の実家に向かった。電車を待つのがもどかしく、駅ひとつ分の距離を早足で歩いた。

すでに日は暮れ、西の空に夕焼けの名残が淡く残っているだけで、地上には夜の色が広がっている。青梅《おうめ》街道を東方向へとしばらく歩き、このあたりだろうと見当をつけてコンビニを右に曲がった。が、早く曲がりすぎたらしく、めざす家になかなか辿りつけなかった。

ようやく見つけた家に灯りはついていなかった。

成美も湊もいないのだろうか。そう考えた勇介に、「井沢さん」と声がかかった。瞬時に警察だと悟った。

少し離れた場所に黒い車が停まっている。三ッ矢はあの車から降りてきたのだろう。

「待ち伏せしてたんですね？」

警戒心を隠そうとしたら咎める声になった。

「そうです」と、三ッ矢は動じることなく答えた。「ただあなたではなく、木村成美さんを待っています」

「どうしてですか？」

勇介はその問いに、相反するふたつの意味を持たせた。

どうして成美を待っているのか。

どうしてわかったのか。

三ツ矢がどちらの意味に受け取るのか賭《か》けるような気持ちだった。

「ちょうどよかったです。成美さんがどこにいるのか知っていますか？」

勇介の問いを無視し、三ツ矢は聞き返した。

「知りません」

成美がどうしたんですか？　そう続けようとしたが、もうひとりの自分がそれを止めた。

車に乗るように促され、勇介は後部座席に乗り込んだ。運転席には若い刑事が座っていた。

「あの、どうしてですか？」

今度の問いは無意識のうちに出たものだった。

狭い車内にいると逃げ道を閉ざされた心境になり、言ってはいけないことを口走ってしまいそうだった。

「あなたが話してくれたことはすべて裏を取りました」

三ツ矢の言葉に、やっぱりそうか、と勇介はあきらめとともに思った。気を抜くとうなだれてしまいそうで、両肩に力を入れた。

昨日、香苗から電話があった。警察にあなたのことをいろいろ聞かれた、と彼女は言った。

それが変なことばっかり聞かれたのよ。居酒屋で一緒におでんを食べたかとか、模様替えを手伝ってもらったかとか。それから、と香苗はためらったのち続けた。井沢君の奥さんだった人から、養育費を上げてほしいというメッセージが来たのを知っているかとか、息子さんから無視されていると聞いたことがあるかとか。

そこで香苗は再びためらいを挟んだ。

ねえ、井沢君、なにかあったの？

いや、なんでもないよ。勇介は答えた。迷惑かけてごめん。でも、大丈夫だから。俺に直接関係してることじゃないんだ。知り合いがちょっとね。あんまり詳しく言えないけど。

大丈夫だから？　俺に直接関係してることじゃない？　知り合いがちょっと？　自分から放たれた言葉が鋭さをまとい、矢になって返ってきた。矢が突き刺さった傷口から罪悪感が染み出した。

「あなたはひとつだけ嘘をつきましたね」

三ッ矢がそう言ったとき、勇介は胸にこぶしを当てていた。

そう、あのときひとつだけ嘘をついた。考えたうえでの嘘ではない。とっさに言ってしまったのだ。

「あなたは、離婚してから成美さんとも湊君とも一度も会っていないと言いましたが、ほんとうは会っていますね。少なくとも昨年の十二月二十四日、松波郁子さんが殺害された日にふたりのもとを訪ねています」

そう言って、三ッ矢は成美の実家を指さした。

「あなたはあの日、この家に来ましたね？」

三ッ矢はわずかに細めた目で勇介を見つめ直した。

どうしてわかったのだろう。知りたかったが、聞いてしまうと取り返しのつかないことになってしまう気がした。そこで、はっとした。見えない手に頰をひっぱたかれ、我に返った心地だった。

取り返しがつかないこと？　と胸の内で反芻《はんすう》した。もうとっくにそんな地点は通りすぎているではないか。真っ暗な穴を真っ逆さまに落ちているではないか。あとは地面に叩きつけられる瞬間を待つだけだ。

頭を抱え、目をつぶり、衝動のままにわーっと叫んでしまいたい。どれくらい叫べば、目を開けたときすべてなかったことになるのだろう。そんな幼稚な考えにすがることしかできなかった。

隣の三ッ矢がいきなり動いた。つかみかかってくるのかと思い、勇介は反射的に身構えた。

「田所さん！」

叫びながら三ツ矢は車外へ飛び出した。若い刑事も慌てたように運転席から出ていく。

勇介の目が灯りのついた窓をとらえた。二階の廊下の窓だ。

ああ、いたのか。居留守を使っていたのだろう。そう思ったところで、はっとした。四角い窓を染めているのは灯りではない。

車を降りると、かすかな焦げ臭さが鼻を刺した。

「木村さん！　木村さん！　開けてください！」

三ツ矢がドアフォンを押しながらドアを激しく叩いている。田所という刑事はスマートフォンを耳に当てて喚いているが、「消防車」と「救急車」という単語以外よく聞き取れなかった。

二階の廊下の窓が暗いオレンジ色に染まっている。カーテンが燃えているのだと気づいた。

25

燃え盛ろうとする炎を見つめながら、これは私だ、と木村成美は思った。

炎は赤い舌となり、カーテンをゆっくり舐《な》め上げる。めらめらと放出する熱。ぱちぱちと弾ける音。炎はしだいに勢いを増し、手に届くものすべてを焼き尽くそうとする。それは、成美の内に溜まった怒りそのものだった。

成美は自分が炎の一部であり、また炎が自分の分身でもあるような気がした。麻痺しかけた頭で、なぜこんなことになってしまったのだろう、と考えた。

多くを望んだつもりはなかった。

ただ、正当に評価され、自分にふさわしい環境を欲しただけだ。それなのに、いつも本来あるべき位置より常に二、三ランク下の環境しか与えられなかった。

成美はずっと自分の容姿を五段階の四だと自覚していた。女優やモデルになれるのは五の女と、抜きん出た個性がある四の女。十代の頃は、自分もその仲間入りができると思ったが、原宿や渋谷などを歩いてもカットモデルの声しかかからなかった。しかし、自分よりランクの低い三レベルの同級生が、芸能プロダクションからスカウトされたと名刺を見せびらかしているのを見て、世の中に不当に扱われている気がした。もし彼女と同じタイミングで同じ場所を歩いていたら、彼女ではなく自分がスカウトされたはずだ。そう思った。

容姿は四の中、センスは四の上、社交性は四の中、勉強とスポーツは四の下、家庭環境は三の中。トータルでは四だ。それなのに、ふさわしいポジションにつけないのは、人に恵まれないせいだ。もっとはっきり言うと、男運がないせいだと思えてならなかった。

女の価値は男で決まると成美は信じていたし、実際にそうだった。成美と同じトータル四レベルの同級生は、外資系投資銀行に勤める男と結婚した。結婚指輪はハリー・ウィンストンで、こっそり値段を調べてみると五百万円以上だった。彼女はいま港区のタワーマンションとハワイの別荘を行き来する生活を送っている。

トータル三レベルの同級生は看護師になり、医者と結婚して仕事を辞めた。二十三区外だが新築の一軒家に住み、休日にはホームパーティを開いて広い庭で育てたハーブを使った料理とオーガニックワインをふるまっている。

どちらの同級生とも交流はとっくに途絶えていたが、暮らしぶりはインスタグラムで確認していた。

インスタグラムに生息している顔も名前も知らない女たちもそうだ。「夫が」「ダディが」「パパ様が」「彼が」「ダーリンが」などとさりげなく男をちらつかせ、恵まれた暮らしを見せびらかしている。彼女たちに価値があるのではなく、たまたま運よくレベルの高い男と結婚できただけなのに。

ハイブランドの服やバッグを買えるのも、高級ホテルに泊まれるのも、センスのいい花を飾れるのも、子供をエリート進学校に通わせたり海外留学させたりできるのも、彼女たちの力ではないのに、あたりまえのように幸せを享受し、自慢している。

成美は、自分の人生の最大の失敗はあの男と結婚したことだと結論した。当時は十数年後のことなど想像できず、そこそこ名の知れた広告代理店に勤める男と結婚できることに舞い上がってしまった。三十歳を過ぎて焦っていたのかもしれない。

しかし、最大の失敗を犯したあの頃こそが、自分の人生のピークだったと思えるのが不思議だ。結婚し、出産し、育児をし、湊が三歳になるまでは毎日がめまぐるしく、神経は張りつめ、ゆっくりと呼吸する暇もないほどだった。思いどおりにならない育児に、イライラして泣き叫んだり、泣きやまない湊に本気で腹を立てたり、すべてを投げ捨てたくなったりした。それでも、大切な存在ができたこと、そしてその子が自分を必要としていることに心が満たされ、多幸感と万能感に似たエネルギーを感じた。

満足したはずだった。ついに自分にふさわしい幸せを手に入れたのだ、これからもっと満たされていくのだ、そう思った。しかし、しだいに手にしたものよりも手にできないものばかりに目が行くようになった。

あの人はバーキンを持っている。あの人は家族旅行でヨーロッパに行った。あの人の夫は名の知れた実業家だ。広い庭園でのバーベキュー。イタリア家具で揃《そろ》えたインテリア。夫婦それぞれが所有する高級車。まわりがみんな五レベルに見え、どうして私だけ四レベルなのだろうと惨めさと悔しさに苛まれた。

それでも、夫が広告代理店を辞めるまではまだよかったのだ。

業績悪化、子会社への出向、早期退職者の募集、減給、リストラ……。夫はさまざまな言葉を使い、トラック運転手への転職を正当化しようとした。成美が反対すると、「おまえはいつも大声でわーわーわーわー文句ばっかり言ってるな」と吐き捨てた。

大声を出さなければならないのは誰のせいなのだ、と言いたかった。文句ばかり言わなければならないのは誰のせいなのだ。

夫はいつも自分のことしか考えない。自分のやりたいことしかしない。妻に相談することなく、ほとんどが事後報告だ。

成美の声は届かない。夫は耳をふさぐ。だから、しだいに声が大きくなる。口数が増える。それを夫は「文句」「ヒステリー」と一方的に片づけ、まるで自分が被害者のようにやれやれと肩をすくめてみせる。

あの事故のときだってそうだ。

夫は自分だけが苦しんでいると思い込み、その思い込みを毛布のように頭からすっぽりかぶることで自分の身だけを守ろうとした。事故のせいで妻や息子がどんな思いをしているのか想像しようとさえしなかった。

成美は、近所やパート先からあからさまな陰口を叩かれた。当時、中学二年生だった湊は、心無い同級生に人殺しの息子と囃《はや》し立てられた。しかし、酒浸りになった夫は聞く耳を持たず、自分の傷口を見つめることしかしなかった。

殺してやりたい。死ねばいいのに。

酔い潰れて大いびきをかいている夫を見るたび、いや、夫の気配を感じるたび、心の底から憎んだ。

成美の目の前にあるドアに炎はまだ届いていない。

もっとも燃やしたい場所に火を放たなかったのは、このドアが開くことに最後の望みをかけたからだ。内側からドアが開き、「ママ！」と湊が胸に飛び込んできたら、一緒に逃げるつもりだった。

湊は炎に気づいていないのだろうか。ぐっすり眠っているのだろうか。

ドア越しの気配を感じ取ろうとしたが、五感がうまく働かなかった。

成美は今日の午後、母を見舞いに病院へ行った。立ち寄った病棟のトイレから出ると、ふたりの男が連れ立って母の病室に入っていくのが見えた。警察だと直感し、足もとが崩れ落ちる音を聞いた。

そのまま家に戻り、湊の部屋のドアを叩いた。湊！　開けて！　お願い！　湊！　湊！

ドアノブをまわしながら、もう片方の手でドアを叩き続けると、カチッと鍵が外れる音がした。息を止めて見守る成美の前でドアはゆっくりと開き、わずかなすきまから投げつけられたなにかが成美の鼻を直撃した。

短く叫び、尻もちをついた成美の上から怒鳴り声が降ってきた。

うるせえ！　ババア！　死ね！

ドアは乱暴に閉じられ、湊が姿を見せることはなかった。

成美は座り込んだまま鼻を押さえた。骨が折れているか鼻血が出ているかと思ったが、飛び上がるほどの痛みはなく、血も出ていなかった。ただ、予想外の衝撃になにが起きたのか理解が追いつかなかった。

うるせえ！　ババア！　死ね！

湊の声の残響が鼓膜を震わせている。まさか、と思う。続けて、ちがう、と思う。あの子がそんなことを言うわけがない。私はなにか聞きまちがいをしたのだ。

ふと、右横に転がっているものに目が行った。ドアのすきまから湊が投げつけ、成美の鼻を直撃したもの。二リットルサイズのペットボトルだ。え、と掠れた声が出た。コーラのペットボトルなのに、薄黄色の液体がいっぱいに入っている。それが尿だと受け入れられるまで数秒がかかり、受け入れた瞬間すべてが終わったのだと理解した。

これは罰だろうか。成美はぼうっとする頭で考えた。しかし、あの女を殺した罰にしては大きすぎはしないだろうか。いや、そうじゃない。私が罰を受けるなんておかしい。すべては、夫だったあの男のせいなのだから。

そう思ったら、憎いあの男の幸せそうな笑顔を思い出した。

十二月二十四日、クリスマスイブの夜、あの男は高田馬場の空きビルの屋上で家族には見せたことのない満ちたりた雰囲気をまとっていた。


せっかく合格した私立高校に、湊は二ヵ月で行かなくなった。理由を聞いても答えず、部屋に閉じこもるようになった。無理やり部屋から出そうとすると暴れ、成美が不在のときにドアを開けようとした母が突き飛ばされて足を捻挫《ねんざ》したことがあった。それ以来、母は湊をあからさまに怖がり、成美はパートの日数を減らさざるを得なくなった。母には何度も出ていってほしいと言われたが、実家のほかに行く当てはなかった。

母に病気が見つかり余命宣告されたのは、クリスマスイブのちょうど二ヵ月前だった。そのとき成美は、ラッキー、と思った。これで家が自分のものになる、肩身の狭い思いをせずに気兼ねなく暮らせる。そう考えた自分をひどい人間だと感じる余裕はなかった。それどころか、入院費という新たな出費を増やした母に腹立たしさまで覚えた。

勇介に養育費を上げてほしいと連絡をしたが、余裕がないと断られた。それでも繰り返し催促すると、離婚してから一度も湊に会っていないことを盾にし、彼は自分を正当化しようとした。

あの男はいまどんな暮らしをしているのだろう、と成美は想像した。自分から切り捨てたつもりでいたが、実は逆のような気がした。あの男は人生を謳歌《おうか》しているのではないだろうか。そう考えると、はらわたがねじれるような悔しさと怒りを覚えた。

なぜ私だけが、という言葉が心を支配した。

なぜ私だけがすべてを背負わなければならないのだろう。なぜ私だけがすべてを押しつけられなければならないのだろう。

あの男はたかだか月に五万円払うだけで、親としての役目を全うしているのだと勘違いしている。時間も労力も心も使わず、えらそうにふんぞり返って生きている。私は四レベルの人生どころかすべてを犠牲にしているのに。

成美が勇介にすべてを打ち明けたのは、クリスマスイブの一週間ほど前だった。

彼は電話の向こうで驚いた声を出したり、沈痛を表現する沈黙を挟んだりしたが、面倒なことに巻き込まれないよう警戒している気配が感じられた。

勇介がクリスマスイブの夜にケーキを持ってやって来たのは、成美が頼んだからだった。湊に楽しかったクリスマスの記憶を思い出してほしかった。

ひさしぶりに会った勇介はすっきりとした顔をしていた。贅肉《ぜいにく》や汚れと一緒に、成美と湊がいた過去までもそぎ落としたように見え、新しい女ができたのではないかと勘繰った。マスカラをつけておけばよかった、ととっさに考えた自分に腹が立ち、そう思わせた勇介に憎しみを覚えた。

「ねえ、湊と話してきてよ」

成美が頼むと、うーん、と勇介はためらう声を出し、「でも、しばらく会ってないしなあ。それにほら、君だって、湊は俺と会いたくないって言ってるって言ってたじゃないか」

「子供が会いたくないって言っても、会って話をしようとするのが親なんじゃないの？」

この人はそんなこともわからないのか、と腹の底からふつふつと怒りが湧いた。

成美はキッチンに立つふりをして彼に背を向けた。「うーん。まあ、わかったよ」と、勇介は気乗りしない様子で二階に行った。

食卓にケーキの箱が置いてある。深紅の箱に、満天の星とそりを引くトナカイが金色の線で描かれている。華美ではないが、センスを感じさせるおしゃれな箱。店名はフランス語で書かれている。どんなケーキなのだろうとそっと箱を開けた。

現れたのは、予想に反して丸ではなく正方形のケーキだった。つやつやとした真っ赤な苺《いちご》で縁取られ、内側にはさまざまな色のマカロンが積み上げられている。チョコプレートには、メリークリスマスの文字と雪の結晶。勇介がこんなに特別感のあるケーキを買ってきたのが意外だった。五千円？　いや、六、七千円はするかもしれない。

成美はスマートフォンを向け、シャッターを押した。インスタグラムのアプリを立ち上げ、〈サプライズのケーキ！〉とコメントをつけて投稿した。このケーキこそ自分にふさわしいもののように思えた。

「やっぱりだめだったよ」

勇介の声に、えっ、と振り返った。

彼が二階に行ってから、まだ五分がたつかたたないかだ。

「やっぱりあいつは俺を恨んでるのかもしれないな。いくら呼んでも無視だよ」

居間に入ってきた彼に苦悩の気配はなく、むしろさばさばとした表情だった。

「もっとちゃんと話してきてよ。あなただって親なのよ」

「いや、無理だよ。聞く耳持たないよ。湊くらいの年齢の男の子は繊細なんだよ。親といっても男同士だとかえって苛《いら》ついたり反発心が芽生えたりするもんだしさ。しばらくそっとしておくのがいいんじゃないかな」

「もう十分そっとしてるわよ！　それでもだめだからあなたを呼んだんでしょう！」

「大声出すなよ。君がいつもイライラしてるのも原因なんじゃないか？」

「じゃあ、あなたが引き取って」

成美の言葉に、勇介は喉を詰まらせたような顔になった。

「あなただって親なのよ。どうして私に全部押しつけて、自分は部外者みたいな顔していられるの？　今度はあなたが湊と暮らしてよ」

勇介は成美から目をそらし、思案する表情で下くちびるを舐めた。やがて、小刻みに何度もうなずき、わかった、と言った。

「来月から養育費を上げるよ。あと一万プラスして六万円にする。でも、これ以上はほんとうに無理だよ」

「私は、湊を引き取って、って言ってるの！」

「ひきこもってるんだから、いまは無理だろう。あいつがちゃんと学校に通えるようになったときにもう一度話し合おう」

勇介は一方的に話を終えると、ちょっとトイレ、と居間を出ていった。

食卓の椅子に彼の黒いリュックサックが置いてあり、背もたれにはダウンコートがかかっている。リュックサックのファスナーが少し開き、彼には不似合いな深紅の色がのぞいていた。クリスマスケーキの箱と同じ色だと気づき、心臓が嫌な音をたてた。

なかをのぞくと、深紅の色はクリスマスケーキと同じ店の小さなギフトバッグだった。持ち手にリボンが結んである。なかには、クリスマスツリーやサンタクロースを模したクッキー、ハートや星の形のフィナンシェ、カラフルなフルーツが入ったパウンドケーキなどが入っていた。女性が喜びそうなかわいらしい焼き菓子だった。

トイレの水が流れる音が聞こえ、成美はギフトバッグをリュックサックに戻した。心臓は嫌な音をたて続けている。

「じゃあ行くよ」

戻ってくるなり勇介は言った。

「え？　もう？」

「このあとちょっと予定があるんだ」

勇介は素早くダウンコートを着ると、リュックサックを手に取った。

女だ、と直感した。

「自分のことしか考えてないのね」

玄関で靴を履く勇介の背中に声をかけた。

「面倒なことはいっさい引き受けようとしないのね」

彼は聞こえないふりをし、ドアを開けたところで振り返った。

「じゃあ、なにかあったら連絡して。俺にできることがあれば手伝うから」

腹が立つほどすっきりとした顔が、彼の心がここではなく、次に行く場所に向けられているのを物語っていた。ドアが閉まった。もう二度と開くことがないように感じられた。

成美はキッチンに入り、冷蔵庫を開けた。ロールチキンを取り出し、ゴミ箱に捨てる。クリームシチューも、アボカドとサーモンのサラダも、最後に食卓のケーキも投げ捨てた。それでも荒ぶる感情は治まらず、急き立てられるようにコートをはおって家を出た。

勇介の姿は見えなかったが、最初の角を曲がると黒いリュックサックを背負った後ろ姿を街路灯が照らしていた。

彼は無防備だった。成美を訪ねたことで役目を終えたつもりでいるのか、その両肩にずっしりとしたものはのっていなかった。

最寄駅から電車に乗った彼は、急行で三駅先の高田馬場駅に降り立った。ネオンが並ぶにぎやかな通りではなく、人通りのない住宅地を歩いていく。気づかれそうで距離を取った途端、見失った。

女の部屋に上がり込んだのだろうか。あの焼き菓子を渡し、ワインを飲み、チキンを食べるのだろうか。焼き菓子だけでなく、ほかにプレゼントを用意しているのかもしれない。ネックレス？　指輪？　財布？　手袋？

成美は自分の両手を見つめた。革の黒い手袋は指のはらが色あせ、糸がほつれかけている。イタリア製で、五万円以上した。この手袋を買ったのは、湊が小学六年生の冬だった。しっとりとしたやわらかな手ざわりに魅了され、自分へのクリスマスプレゼントにしたのだった。

あの頃を思い出したら、その場に崩れ落ちそうになった。

自分はもう二度とあんなふうに浮かれた気持ちで手袋を買うことはできない。なにをしてもどこにいても、たとえ同じ手袋を買ったとしても、絶望から解き放たれることはなく、心から笑うことも歓びを感じることもできないのだ。

そのとき、かすかな笑い声を聞いた。遠いところから風にのって届いたような、控えめな女の声。

顔を上げると、ビルの屋上にふたつの輪郭があった。男と女。男は勇介だった。

数十メートルの距離からでも、ふたりの楽しそうな様子が伝わってきた。レストランでもカフェでもバーでもなく、ふたりが雑居ビルの屋上にいることに、そしてお金のかからないそんな場所で満ちたりた時間を共有していることに成美は打ちのめされた。

夜空が遠ざかっていく感覚がした。街路灯や家々の灯りも、通りを走る車の音も、冬の夜のしんとしたにおいも遠くなり、世界が自分を置き去りにして進んでいくように感じられた。時間の感覚が薄れ、どれくらいたったのかつかめない。

勇介が屋上の柵から離れ、見えなくなった。しばらくすると、こちらのほうに近づいてくる靴音がした。成美は路地に入り、息をひそめた。案の定、勇介だった。成美の数メートル先を横切っていく彼は、笑顔の余韻を流星の尾のように垂れ流していた。

彼の後ろ姿を見送ってから屋上に顔を向けると、女はまだいた。柵に両手をのせ、遠くを眺めるようなたたずまいだ。

成美は女がいるビルに裏口から入った。空きビルらしくなかはもぬけの殻だったが、電気は通じているようで非常灯が暗闇を頼りなく照らしていた。成美は階段を上り、屋上へ出た。

柵の前に女の後ろ姿があった。遠くを眺めるたたずまいのままだ。

こんな古い雑居ビルの、中途半端な高さから見る価値のあるものなどあるのだろうか。

成美はゆっくりと女に近づいた。夜の頼りない灯りが照らす彼女の後ろ姿は、成美の予想外のものだった。ところどころ擦り切れたダウンコート、薄汚れたスラックス、履き古したスニーカー。肩までの髪には白いものが混じり、べたついているのに奇妙に膨らんでいる。

ホームレスだ、と思い至ったとき、彼女が振り返った。成美の姿を捉えたはずなのに、その顔に驚きはなく、透きとおるようなほほえみを浮かべていた。その邪気のない、どこか現実離れしたほほえみに、成美は胸を撃ち抜かれた。

ホームレスのくせに——。

自分の叫び声が頭蓋骨を震わせた。

女は前に向き直り、無言で遠くを指さした。まるで、その向こうに素晴らしい光景が広がっているとでもいうように。

しかし、成美の目が捉えたのは、建物に挟まれた細い視界に夜の灯りが散らばっているだけの貧相な光景だった。

女が成美に顔を向け、ね？　というようにほほえみを広げた。

彼女には見えている美しい光景が自分には見えない。成美は世界から見捨てられた気になった。

ホームレスのくせに笑いやがって。

ホームレスのくせに幸せそうにしやがって。

ホームレスのくせに満ちたりた顔をしやがって。

体中の血が逆流し、頭のなかで白い火花が散った。思考が弾け飛ぶ。

女の背中に腕が伸びた。その腕に力が入る。体勢を崩した彼女の足を持ち上げる。

一連の動きはあっというまだったのに、一瞬一瞬をコマ送りのように感じた。

女はあっけなく落ちた。わずかな時間差で鈍い音が下から届いた。

成美は階段を駆け下り、ビルの裏口から外に出た。

女は不法投棄されたゴミのなかに仰向けに倒れていた。頭の下にはタイヤがあり、体の上にはゴミ袋がのっている。彼女自身もゴミのようだった。

女をのぞき込んだ成美ははっとした。開いた目はまっすぐ上に向けられ、力の抜けたくちびるは半開きだ。その顔に苦痛の表情はなく、まるで寝そべって夜空の星を眺めているようだった。

成美は空を仰いだ。星も月も見えない。地上の人工的な灯りを孕んだ濁った曇り空だ。

なにが見えるのか、なにを見ているのか、女に聞きたかった。しかし、それを聞くのは負けを認めることだと思った。

女の瞳が小さく揺らいだ。成美の呼吸が止まる。女が生きていることではなく、ほほえんでいることに衝撃を受け、心を叩き潰された。

右手に固いものを握っていることに気づく。蜂蜜の瓶だ。

ああ、そうだ、と思い出す。家を出るとき、あの男を追いかけ、この瓶で頭を殴りつけてやろうと思ったのだ。

成美は女の頭に蜂蜜の瓶を叩きつけた。

ホームレスのくせに！

ホームレスのくせになに笑ってんのよ！

女がほほえまなくなるまで殴り続けるつもりだったが、一度で彼女の頭は傾き、魂の抜けた死者の顔になった。

成美はバッグに瓶を戻した。一歩後ずさり、周囲を見まわす。誰もいない。人の気配もしない。

なぜだろう、心には不安も恐れも罪悪感もない。それなのに体が激しく震えている。成美は女に背を向け、暗いほうへと足を踏み出した。

「湊！」

成美はドア越しに叫んだ。

もう一度。

「湊！」

煙を吸い込み、激しく咳き込んだ。

カーテンを焼いた炎は思いがけず勢いを弱め、このままでは湊の部屋まで延焼しそうもない。

あと一度で終わりにしよう。

「湊！」

咳き込みながらしばらく待ったが、ドアの向こうから反応はない。

灯油をドアの下にまき、ポケットからライターを取り出した。

成美はあの女を殺したことを後悔していなかったし、殺してよかったとも思っていなかった。どちらにしても同じいまに行き着いたはずだ。

きっと明日は今日より苦しい。明後日は明日より苦しい。生きれば生きるほど苦しみが増していくだろう。つらかったら逃げていい、としたり顔で言う人がいるが、じゃあどこに逃げればいいのだろう。逃げる場所がないからつらいのではないか？

成美にとって唯一の逃げる方法はすべてを終わらせることだった。

ライターの火をつけ、ドアの下に放った。ぼっと音が鳴り、炎が立った。黒と灰色の煙が立ち昇る。

　息を吸うと鼻腔を焼いた痛みが喉へと駆け抜けた。煙で目を開けていられない。前髪とまつげがちりちりと縮れていく。

自分に灯油をかければ手っ取り早いと理解しているのに、体が思うように動かない。

　私の人生はなんだったのだろう、と考えた。

　幸せになりたい、いい思いをしたい、とあんなに必死に願ったのに、振り返れば私なんていてもいなくてもどうでもいい人間にすぎなかった。ゴミみたいなものだ。そう、あのホームレスの女のように。

　私はゴミ――。自分の言葉で覚悟が決まった。成美は頭上に灯油の容器をかかげようとした。そのとき背後から腕をつかまれた。

　勇介だ、と思った。俺が湊の面倒を見る、おまえのことも助ける、そう言いに来てくれたのだ、と。しかし、成美の目が捉えたのは、見たことのない男だった。ハンカチを口に当てた男は華奢な体軀にそぐわない力で成美の手から灯油の容器を奪った。そのまま成美の脇の下に手をまわし、後ろへと引きずっていく。

「やめて！　放して！」

　成美は手足をばたつかせて叫んだ。次に出てきた言葉は自分でも意外なものだった。

「待って！　子供がいるの！　湊がまだいるのよ！　だから放して！」

「放しません」

男が言う。

「だめ、湊が！」

「お母さんを助けて、と頼まれたので」

「え？」

成美は男に抱きかかえられて階段を下りた。

「湊君は窓から飛び下りて無事です。お母さんを助けてと言っています」

男の言葉は時間をかけて成美の心に染みていった。

お母さんを、助けて？　あの子が？　ほんとうに？　湊は無事なの？

確認したかったが、喉がふさがって声が出なかった。

ふと、自分のこれまでの人生がすべて幻だった気がした。

## 26

病室のベッドの上で井沢勇介は体を起こしていた。

二階から飛び下りた息子を抱きとめた際に手首を骨折し、右手をギプスで固定している。刑事の訪問に気づき、彼はこわばった顔を向けた。

「すみません」と頭を下げてから、「ありがとうございました」とまた頭を下げた。どちらも三ツ矢に対してだった。

岳斗も捜査車両にあった緊急脱出ハンマーで居間の窓ガラスを割って鍵を開けるという活躍をしたのだが、いくら小火《ぼや》程度で済んだといっても、炎のなかに飛び込んでいった三ツ矢に比べれば、その行動のインパクトが霞《かす》んでしまうのは当然だった。

「成美と湊は無事なんでしょうか？」

かつて家族だった三人はそれぞれ救急車に乗せられたが、井沢だけが別の病院へと搬送されていた。

「ふたりとも無事です」

三ツ矢の言葉に、井沢は安堵の息を吐いた。数秒の逡巡を挟んでから思い切ったように顔を上げた。

「どうしてわかったんですか？」

三ツ矢に向けたまなざしはすがりつくようだった。

言葉足らずだったが、どうして成美が犯人だとわかったのか、と聞いているのは明らかだった。

「嘘をつくことであなたが教えてくれました」

　三ツ矢が答えた。

「それは、離婚してから一度も成美と湊に会っていないと言ったことですよね？」

「そうです」

「でも、どうしてそれが嘘だとわかったんですか？　クリスマスイブの夜にちょっと立ち寄っただけなのに」

「成美さんのインスタグラムです」

「インスタグラム？」

「あなたは以前、成美さんのインスタグラムを見せてくれました。彼女が贅沢しているから養育費は上げなかった、と」

　井沢は腑に落ちない表情でうなずいた。

「彼女の十二月二十四日の投稿を見ましたか？」

「いえ」

「クリスマスケーキの写真です。サプライズのケーキ、というコメントから成美さんが買ったものではないと推察しました。そして、ケーキの箱に書かれた店はあなたの職場の近くにあることがわかりました。あの日あなたがその店を訪ねたことは、防犯カメラの映像で確認済みです」

昨夜、岳斗は三ツ矢とともに、パティスリー周辺の防犯カメラの映像を徹夜でチェックした。その結果、事件当日の午後七時すぎ、井沢勇介が店を訪ねたことが確認できた。さらに店員が彼のことを覚えていた。通常、クリスマスケーキは予約なしでは購入できないのだが、彼が来店する直前にキャンセルが出たため販売したとのことだった。

「それから、成美さんはその日以来、一度もインスタグラムを更新していません。なにかあったのだと考えざるを得ません」

「それだけですか？」

井沢は呆然としたように口を開いた。

「それだけのことに大きな秘密を隠したのはあなたですよ」

「焼き菓子も買ったんです」

いきなり井沢は口調を変えた。顔をしかめているのに、無理やり口角を引き上げている。涙を堪えるようにも自嘲するようにも見えた。

「松波さんにあげようと思って。でも、渡すのを忘れて引き返したら、あいつがビルのほうから走ってくるのが見えたんです。ただならない様子に、なにかあったんだと思ったら……」

不法投棄されたゴミのなかに松波郁子が倒れていた。空きビルへと運び込んだが、彼女はすでに事切れていた。井沢はそう説明した。

「松波さんの衣服を脱がせたのはあなたですか？」

無言でうなずいた井沢の口角はもう上がっていない。

「生ゴミで汚れてくさかったし、なんだか忍びなくて……。コートを脱がせたらブラウスまで汚れていて。それで、せめて着替えさせたいと思ったんです」

ブラウスを脱がせているときに人が来たため慌てて逃げた。コートは持ち帰ってすでに処分した、と井沢は言った。

「あなたひとりではありませんでしたね」

三ツ矢の指摘に、井沢の呼吸が止まった。

「その場に、高橋拓海さんがいたことはわかっています」

井沢はすっと息を吸い、吐いた。頬の筋肉が緩んだのが見えた。

「高橋拓海さんからすでに話は聞いています。彼は、あの日あなたがいたことを認めています」

すみません、と彼は声を絞り出し、「私は罪に問われますか？　逮捕されて刑務所に入ることになるんでしょうか？」と聞いた。

逮捕されて刑務所に入ることにならない、と三ツ矢は教えてやらず、

「あなたはどうして成美さんをかばおうとしたのですか？」

逆に聞き返した。

それは、と口ごもったきり井沢は答えない。

「自分のためなのではないですか？　成美さんが捕まると、あなたが湊君を引き取らなくてはならない。あなたはそう考えませんでしたか？」

井沢はうつむいた。ギプスをしていない左手の親指と人差し指のはらをこすり合わせている。やがて、左手をぎゅっと握り、

「そうかもしれません」

うつむいたまま答えた。

「私はいままで自分のことを、品行方正とまではいかなくても善人の部類に入ると信じていました。ずっと成美のことを見栄っ張りで自分勝手だと思っていたんですが、それは私のほうだったのだとやっとわかりました。私は成美の言うように、自分のことしか考えていない人間だったんです」

「それでも、あなたはかばおうとしました」

なにか言おうとした井沢より先に三ツ矢が続けた。

「いえ。成美さんのことではありません。あなたはまだかばおうとしている、その人のことを」

井沢の目が見ひらかれた。同じように、自分の目も見ひらかれたのを岳斗は感じた。

かばおうとしている？　その人のことを？

岳斗は舌の上で三ツ矢の言葉をなぞった。三ツ矢がなにを言っているのかまったくわからない。

「警察官としてこんなことを言ってはいけないのは承知していますが、僕はそのことについては感謝しているのですよ。あなたにも、そして高橋拓海さんにも。あなたたちふたりがその人をかばっていることに」

岳斗は三ツ矢を問いつめたい衝動をなんとか抑えた。井沢の手前、自分も知っているという表情を意識したが、頭のなかでは三ツ矢への罵声が飛び交っていた。

その人って誰だよ！　なんで俺には教えてくれないんだよ！　またひとりでコソコソしやがって！　そんなに俺が信用できないのかよ！　千葉県警の千葉のほうが信用できるってことかよ！

「あの日、あの場所にいたのはあなたと高橋拓海さんだけではありませんね」

いいえ、と三ツ矢は押しとどめるように手のひらを井沢に向けた。

「いまはまだ答えないでください。そのときが来たら詳しく聞くことになりますので」

病室を出ると同時に、三ッ矢に文句を言おうと岳斗は口を開いた。が、三ッ矢がポケットからスマートフォンを取り出すほうが早かった。ディスプレイを確認した三ッ矢は談話室へと足を速めた。

「なるほど」「そうですか」「わかりました」三ッ矢が発したのはその三語だけだった。

「なにがなるほどで、そうで、わかったんですか!」

苛立ちが募り、病院だということも忘れて大声になったが、同時に流れた面会時間の終了を知らせるアナウンスに助けられた。まわりを見たが、入院患者も面会客も岳斗を気にしていなかった。

「東山里沙さんが逮捕されたそうです」

談話室を出ながら三ッ矢が小声で言った。

「彼女が夫を殺したってことですか?」

「向こうの捜査本部はそう見ているということです」

三ッ矢は足早に階段を下りていく。

「でも、門柱の隠しカメラで彼女のアリバイが成立したんですよね?」

「凶器が見つかったので状況が変わったようです。彼女は隠しカメラに気づいていて、裏の窓から出入りしたと見られています。本間久哉さんから得られた、彼女は夫を邪魔に思っていた、離婚したいと言っていた、という証言も大きいですね」

「ほんとうに彼女が犯人なんでしょうか」

「彼女は否定しています。逆に彼女は、本間久哉さんが犯人だと主張しているそうです。彼が夫への嫉妬から殺したのだ、と。しかし、彼にはアリバイがありますからね」

「じゃあ、さっき三ツ矢さんが言った、かばってる人って誰のことですか？　東山里沙さんですか？」

階段を駆け下りる後ろ姿は答えることを拒否していた。

裏切られたという怒りと見限られたという衝撃がぶつかり合いながら勢いを増していく。腹の底からシューシューと水蒸気のように憤りが噴出している。

「なんで教えてくれないんすか？　なんでいっつもひとりでコソコソするんすか？」

階段ホールに自分の声がわんわん反響する。

「わ！」

一階まで下りた三ツ矢はいきなり立ち止まった。その背中にぶつかりそうになり、岳斗はなんとか体勢を立て直した。

「危ないじゃないすか！　いきなり！」

振り返った三ツ矢の表情に岳斗は言葉を失った。さまざまな感情をその奥に隠し、それでもなお平静を保っている強い静謐がその目に輝いていた。

「言えないのです。言ってはいけないのです。誰にも」

岳斗は唾をのみ込み、「どういうことですか？」と慎重に言葉を発した。

「僕はこれからある人に偶然会わなくてはなりません。あくまでも偶然、です。それまではなにも話すことはできません」

反射的に文句を言おうとした岳斗だったが、喉がふさがって言葉が出てこない。

「それでもよければつきあってくれますか？」

三ッ矢の問いかけに、岳斗は無言でうなずいていた。

やっと言葉が出たのは車に乗ってからだった。

「あのー、三ッ矢さん」

三ッ矢はなにも答えるつもりはないと意思表示するように横目を向けた。

「さっきからずっと言おうと思ってたんですけど、あのー、前髪焦げてますよ」

「そうですか？」

三ッ矢が前髪に手をやると、焦げた部分がぱらぱらと切れ落ちた。三ッ矢は自分の指を見ながら「ほんとうですね」と他人事のように言った。

三ッ矢が偶然会おうとしている人物に会えたのは、日付が変わるまで一時間を切った頃だった。

その人は事件現場の空きビルの屋上にいた。裏口のドアノブを壊して侵入したらしい。

その人は屋上の柵の前に立ち、高い建物に挟まれた夜の灯りを身動きもせずに見つめていた。その後ろ姿は、岳斗の想像するクリスマスイブの夜の松波郁子と重なった。

人の気配に気づき、彼女が振り返る。

「ここは立ち入り禁止ですよ」

三ツ矢が声をかけた。

27

「ここは立ち入り禁止ですよ」

その声に、この人たちは警察だ、と東山瑠美奈は察した。

谷底に突き落とされるような絶望と恐怖、温かな毛布で包まれるような安堵と癒し。相反する感情が競うように水位を上げ、瑠美奈は空気を求めて小さくあえいだ。

「ここでなにをしているのですか？　僕たちは警察です。僕は三ツ矢で、彼は田所といいます。なにか僕たちに話したいことがあるのですか?」

三ッ矢と名乗った刑事は不思議な言い方をした。

彼の口調はやさしく諭すようで、瑠美奈が内に抱えるすべてを見透かしているのだと感じられた。

「あなたが知っているかどうかわかりませんが、クリスマスイブの夜、このビルで女性のご遺体が発見されました。いまあなたが立っている場所から突き落とされ、その後、頭を殴打されたのです。松波郁子さんという女性です」

三ッ矢が告げたのは瑠美奈が知っていることだった。しかし、次の言葉は予想していなかった。

「先ほど犯人がわかりました」

「誰?」

とっさに聞いていた。

「誰が殺したの?」

「いまは言えません。入院中のため逮捕には至っていませんので。退院を待って逮捕することになります」

悲しみ、怒り、やるせなさ、絶望。さまざまな感情が一気に放出し、この世界をまるごと壊したい衝動に駆られた。

「どうしておばさんは殺されなきゃならなかったの？　おばさん、いい人なのに。どうしてあんなかわいそうな死に方をしなきゃならなかったの？　どうしてひどいことばっかり起きるの？　私が死ねばよかった。私が死ねばよかった。私が！」

なにを言っているのかわからない。きっと言ってはいけないことも口走ってしまったのだろう。ああ、ほんとだ。おばさんをよく知っているような言い方をしてしまった。でも、もういい。なにもかもがどうでもいい。

瑠美奈は一歩下がった。背中に柵の固い感触がした。

後ろ手で柵をつかみ、空を仰いだ。地上の灯りを反射し、中途半端に暗い夜空には月も星も見えない。地球を破壊する巨大な隕石《いんせき》の落下を切望したが、ぼんやりとした夜空に変化は現れない。

「……おばさん、かわいそう」

最後の息を吐く感覚で瑠美奈はつぶやいた。その声がこもって聞こえ、自分が泣いていることに気づいた。

「そうでしょうか」

三ツ矢の声は自問するようにも聞こえた。

彼は瑠美奈から二メートルほどの場所に立ち、もうひとりの刑事はその斜め後ろにいる。ふたりともそれ以上距離を詰めようとはしない。

「松波さんはほんとうにかわいそうなのでしょうか」

あたりまえでしょ！　と怒鳴りたくなった。家族を失って、ホームレスになって、クリスマスイブの夜に殺されて、ゴミのなかで最期を迎えた人生がかわいそうじゃないわけがない。そう三ッ矢に投げつけたいのに、嗚咽が邪魔して声にならなかった。

「彼女がかわいそうかどうかは、彼女にしかわからないのではないでしょうか。傍からはどんなにかわいそうに見えても、彼女自身は幸せだったかもしれません」

「そんなわけないでしょ！」

やっと声を解き放った。しかし、ふさがった喉が、続く言葉を堰《せ》き止めている。

大人は上から目線できれいごとばかり言う。

明けない夜はないとか、神は乗り越えられる試練しか与えないとか、つらかったら逃げてもいいとか。明るく前向きな歌を奏でるように、現実離れしたことをしたり顔で言う。なにも知らないからだ。他人事だからだ。明けない夜はあるし、乗り越えられないこともある。逃げたくても逃げる場所がない。長く生きているくせにそんなこともわからないのは、自分のことしか見ようとしないからだ。父と母のように。

「松波さんは殺されて悔しかっただろうし、無念だったと思います。でも、だからといって彼女の人生がかわいそうなものだと決めつけるのは、彼女に対して失礼ではないでしょうか」

不快感と怒りが胃を圧迫し、吐き気がこみ上げた。うるさい！　と叫ぼうとしたが、三ツ矢のほうが早かった。

「僕の母も殺されました。僕が十三歳のときです」

鼓膜はその声を捉えたのに、意味を理解するまで時間がかかった。

「母の最期はとても悲しく、むごたらしいものでした。でも、僕は母の人生が幸せだったと思いたい。たとえ、あんな終わり方をしたとしても、生まれてきてよかった、いい人生だった、と思ってほしい。そう願うのはおかしいですか？」

生まれてきてよかった――。

いい人生だった――。

三ツ矢の言葉を復唱したら、松波郁子の声になって響いた。

「松波さんは、みんなに好かれていました。松波さんを悪く言う人はひとりもいませんでした。ホームレスになってからもそうです。いろんな人が松波さんを助けようとしたではありませんか。きっと彼女もまわりの人を大切にしていたのでしょう。そんな彼女の人生を、かわいそうのひとことで片づけていいのですか？　もちろん、悲しく理不尽な終わり方です。そんな終わり方であっていいわけがない。でも、たくさんの人が彼女の死を悼み、悲しんでいる。それもまた彼女の人生が豊かであったことを物語っているのではないでしょうか」

わからない。わからないわからない。この人がなにを言っているのかわからないし、わかりたくもない。それなのに、瑠美奈は松波郁子の慈悲に満ちた笑顔を思い出していた。愛おしさと悲しさが体中に広がっていく。

「あなたが誰なのか知りません」

三ッ矢は嚙んで含めるように言った。まるで言葉の裏側に大事な答えがあるとでも言いたげに。

「あなたとは偶然ここで会っただけです。だから僕はあなたのことをなにも知りません。けれど、もしあなたが話したいことがあるのなら、いまここで話してもらえませんか?」

この人は自首を促しているのだ、と瑠美奈は理解した。つまりすべてを知っているのだ。

よかった――。

心を貫いていた錆《さ》びたナイフが抜けるのを感じた。それはあの夜のナイフだった。

ずっとこのときを待っていたのだと気づいた。

やっと眠れる。やっと終わりにできる。

＊

東山瑠美奈は、幼い頃から自分の両親を偽物ではないかと疑っていた。

それは血がつながっていないという意味ではなく、宇宙人かロボットが親のふりをして、幸せな家族を実験的に演じているのではないか、というものだった。

こういうときは、パパありがとうって抱きつくんだよ。パパが帰ってきたらすぐに、パパおかえりーって走ってくるんだよ。好きな食べ物を聞かれたら、ママのごはんって答えるんだよ。ママのつくったものはぜーんぶ好き、って。ほら、ぜーんぶ、って言うときこうやって両手を大きくまわすんだよ。

父はいちいちそんなふうに指図した。瑠美奈がしくじると心底からがっかりした顔になり、期待を上まわると手放しで褒めた。母はたいていにこにこしていたが、たまに誤作動を起こしたように無表情になったりため息をついたりした。

幸せだねー、が父の口癖だった。父が幸せだねーと言ったら、瑠美奈と母は首を倒して、ねー、と顔を見合わせて笑うことになっていた。そのあと、瑠美奈すっごい幸せ！　などと両手を突き上げてはしゃぐと、父は上機嫌になりおもちゃや洋服などを買ってくれたが、どれも瑠美奈の好みとはかけ離れたものだった。

瑠美奈は、幸せな家族の一員として試されている気がした。空の上にいる未知の存在に常に監視され、うまく演じられないと消されてしまうと本気で思った時期もあった。

成長するにつれて両親は宇宙人でもロボットでもないのだと理解したが、逆に薄気味悪さが強くなった。まだ人間ではない両親のほうが受け入れられた。ふたりは、なにをするにもまず写真を撮ってSNSに投稿した。朝食、弁当、夕食、スイーツ、コーヒーカップ、出窓のディスプレイ。まるでSNSに投稿するために生活しているようだった。

両親を無視したり反抗したりした時期もあったが、部屋に閉じこもって無言を貫いた瑠美奈に、父は家族の務めを果たさなければこの家から叩き出すと告げた。本気で言っているのがわかり、中学を卒業するまでは我慢しようと決めた。

しかし、おぞましいことが起きてしまった。

ある とき、父が言った。

「俺と瑠美奈は血がつながってないんだよ」

瑠美奈がまず驚いたのは、父が「俺」と言ったことだった。わずかな時間差で言葉の意味を理解したが、どう受け止めていいのか瞬時に判断できなかった。中学三年生になる前の春休みで、イタリアンレストランに来ていた。父が「たまにはふたりだけでランチをしよう」と誘ったのは、このことを伝えるためなのだと察した。

瑠美奈は笑った。「やだなあ、パパ。なに言ってるの」といつものように少し生意気な娘を演じながら、父の発言の真意を量ろうとした。

父はねっとりとした顔で瑠美奈を見つめていた。眼鏡の奥の目は睨みつけるように鋭いのに、湿ったくちびるは奇妙に赤く、両端がきゅっとつり上がっていた。舌の上でなにかを丁寧に味わっているようにも見えた。

「まじそういうのいや」

瑠美奈は思春期の娘らしく見えるように、父から目をそらして小さく吐き捨てた。

「ほんとだよ、瑠美奈」

父は声に親密さを込めた。

母は浮気しているのだと父は言った。相手は大学時代の知り合いで、ふたりはいまも関係を続けている。すべて調べたからまちがいない。おまえはその男の子供なのだ、と。

しゃべりながら父はしだいに興奮していった。目は血走り、くちびるの端に唾が滲み、思考のスピードに発声が追いつかないといったようにどもりながらもまくしたてた。先端が割れた舌を持つ怨霊にとり憑かれたように見えた。

瑠美奈は、父の言葉を信じたわけでも嘘だと退けたわけでもなかった。そんなことはどうでもよかった。胸骨を突き破りそうなほど激しく打ちつける鼓動を感じながら、これから恐ろしいことが起こると予感した。

父はその後、しばらくのあいだは直接的な言動に出ることはなかった。ただ、こっそりと「ママは昨日もあの男と会ったんだよ」「ママから男のにおいがするね」などと共犯者に向ける表情で瑠美奈に告げた。

瑠美奈が選択したのは、父の言葉を冗談だと受け止めているふりをし、なにごともなかったようにふるまうことだった。

「夏休みはふたりで旅行しよう」

ある夜、瑠美奈の部屋のドアを開けて父は言った。

瑠美奈は絶句したが、父の目には嬉しそうに笑う少女が見えているようだった。

「瑠美奈はどこに行きたい？　沖縄？　北海道？　海外でもいいけど、パスポートを取らなきゃならないからなあ」

父はほほえみながら、学習チェアに座る瑠美奈に近づいてきた。

「ママがやきもち焼くよ」

とっさに冗談で片づけようとした。

「いや、ママは喜ぶよ。俺とおまえがいなければ、気兼ねなくあの男と会えるんだから」

「もー、パパったらやだなあ」

瑠美奈は立ち上がり、喉渇いちゃった、と部屋を出ようとした。すれちがいざまに肩をつかまれ、悲鳴が出そうになった。

「それとも一緒にママを殺しちゃおうか？」

秘密をそっと手渡すような声だった。

本気なのかもしれない、と背中に鳥肌が立った。

瑠美奈は演技することを放棄した。肩に置かれた手をふりほどき、急ぎ足で階段に向かった。その背中に父の声がかかる。

「あ、そうだ。髪、また伸ばすんだろ？」

一転して猫撫で声になっていた。

ダンス部の発表会でピーターパンを演じたため、胸まであった髪は耳下で切りそろえてあった。

「ショートカットは男みたいで好きじゃないんだよ。瑠美奈にはポニーテールがいちばん似合うよ」

翌日、瑠美奈は頭にバリカンを当てた。夏休みの初日だった。

瑠美奈は自分の弱さと幼さを思い知らされた。大人になったつもりでいたが、現実は無力な子供のままだった。

父のことは誰にも言えなかった。助けを求める人もいなかった。激高した父を想像すると恐ろしく、家にいるときは丸刈りにした頭をウィッグで隠した。表立った抵抗ができない自分が情けなかった。

瑠美奈が唯一行動に移したことは、夜から明け方にかけて外で過ごすことだった。父と母が二階の寝室に入ってから家を抜け出し、公園やネットカフェ、カラオケボックスなどで時間を潰した。

門柱に隠しカメラが取りつけてあることは知っていた。母の行動を監視するためのもので、そのおかげで母の浮気を知ることができた、と父が自慢していた。

瑠美奈が一階の浴室の窓から出入りしたのは、両親に気づかれないためではなく、カメラに記録された姿を父に見られるのが気持ち悪かったからだ。母はどうかわからないが、父は瑠美奈の行動にまちがいなく気づいていた。それでよかった。家を抜け出すのは父への抗議の意味だったのだから。

しかし、父は気づかないふりを続けた。なにか企《たくら》んでいるようで余計に怖くなった。

ある朝、いつものように明け方に戻った瑠美奈がリビングに下りると、そこに母の姿はなく、食卓で父がコーヒーを飲んでいた。

「ママはいないよ」

父は瑠美奈に笑いかけた。

父が殺したのではないか、とそんな考えが頭をよぎった。

「瑠美奈はぐっすり寝てたから気づかなかったみたいだね。昨日の夜、阿佐谷のおじいちゃんが倒れて救急車で運ばれたんだよ。でも、結局、飲みすぎて貧血を起こしただけだって。まったく人騒がせな親子だよね。そうだ、いいことを思いついたよ。せっかくママがいないんだから今日は仕事を休もうかな。ふたりでデートしようか。旅行代理店に行って旅行の予約をしてしまってもいいね。どこに行きたいか決めたかい？　ああ、それから、前から言おうと思ってたけど、いくら夏だからって、最近、ちょっと日焼けしすぎだぞ。日焼け止めクリームを買ってあげるよ。ランチは前に行ったイタリアンでいいよね？　あそこのサーモンのカルパッチョは最高だからな。さあ、早く支度してきなさい」

父の声を聞いているうちに頭のてっぺんから思考力と気力が抜けていき、催眠術にかかったようにぼうっとなった。操られるのではなく、からっぽにされる感覚だった。

瑠美奈は二階の自室に入ったところで我に返った。

いま私は父の言うとおりにしようとしていないだろうか？

髪をかきむしったら、ウィッグが取れた。丸刈りの自分を鏡に映す。日焼けした肌、濃い上がり眉、平べったい体つき。

もともと少年っぽいと言われ、男子よりも女子に人気がある。ずっとコンプレックスを感じていたが、いまはこの外見がありがたかった。夜、ひとりで外をうろついても危険な目に遭ったことはなかった。

瑠美奈はいつもどおり長袖のパーカーを着てフードを目深にかぶった。鏡に映る自分をボクサーの卵のようだと思う。この格好を父に見せたい。あんたは頭がおかしいと人差し指を突きつけたい。想像のなかの自分は勇ましいのに、いざ父と対峙するとなにもできなくなってしまう。もどかしくて腹立たしくてたまらない。

瑠美奈は階段を下りた。リビングに父がいるのに、いつものように浴室の窓から外に飛び下りたのは、せめてもの意思表示だった。

父が追いかけてくる気がして夢中で走った。雨が降っていることに気づいたのは公園に入ったときだった。遊歩道には雨水が流れ込み、激しい水しぶきが立った。うっそうと茂る木々、ひっそりと建つ東屋、下へと流れていく雨水。視界の端に映る光景を遠くに感じた。

公園を抜けたときにはずぶ濡れになっていた。パーカーのフードを深くかぶり直し、行く当てもなく駅のほうへと重たい足を引きずった。疲れた、と思った。

コンビニが目についたとき、その考えがひらめいた。

万引をして捕まろう。そうしたら、警察に父のことを言えるし、家に帰らなくて済むはずだ。

瑠美奈はスマートフォンの充電器をポケットに入れた。誰も気づいてくれなかった。場所を変えて今度はパンをポケットに入れると、隣にいた男が驚いたように顔を向けた。

でも、警察に言えなかったら？

急に不安に襲われた。

もし言えても、君の勘違いだと笑われたら？　父を呼ばれたら？　父が激高したら？

どうしたらいいのかわからなくなり、パニックに襲われた。

おばさんに声をかけられたのはそのときだった。

瑠美奈は、おばさんの家で夜から早朝まで過ごすようになった。安心して目を閉じられるというのはこんなに幸せなことだったのか、とはじめて知った。

おばあちゃんの家のようだと思った。瑠美奈には母方の祖父母がいたが、彼らが住む阿佐谷のマンションとはちがい、漫画やアニメで観る田舎の「おばあちゃんち」という感じがした。しだいにおばさんの家で過ごす時間が長くなっていった。

おばさんは瑠美奈を少年だと思い込んでいた。何度も、おばさんにすべて打ち明けてしまいたい衝動に駆られた。頭がおかしくなった父のこと。頭がからっぽな母のこと。自分が女子中学生であること。しかし、一度言葉にしてしまうと、いまはまだ起きていない最悪のことが現実になってしまう気がした。

瑠美奈は学校も友人も部活も好きだった。夏休みが終われば、これまでどおり学校に行きたかったし、週に一度のダンススクールにも通いたかった。自分の世界をまるごと失いたくはなかった。

ある夜、毎日ほぼ狂いのない行動をする父がなかなか帰宅しなかった。

嫌な予感に駆られ、瑠美奈は早めに家を出た。

いつものように公園を通ると、下から歩いてくる人がいた。シルエットが父に似ている気がし、遊歩道を外れて林の奥へ向かった。息を殺して木のあいだからうかがうと、外灯の白い光が遊歩道と木々を静かに照らしていた。

さっきの人はどこに行ったのだろう。そう思ったとき、「瑠美奈」とすぐ背後から声がかかった。振り返るより先にパーカーのフードを引っ張られた。

「それで変装してるつもり？　丸刈りなんかにして俺が気づかないとでも思った？　そんなに怒らせたいの？　おまえも俺を裏切るの？」

ひと呼吸でまくしたてると父は小さく笑った。

「で、誰かな？　あの松波っていうババアは。どこで知り合ったのかな？　瑠美奈がお世話になってます、って今度挨拶に行かないとね。でも、よかったよ。男のところじゃなくて。おまえまで淫乱だったら、みんな殺しちゃうところだったよ」

あははは、と笑った父はバッグに手を入れた。

ほら、本気だよ、と見せびらかすようにケースからナイフを引き抜く。

銀色の刃が、夜にひそんだ光を集めるように鈍く輝いている。なめらかな曲線なのに、その先端は容赦なく鋭い。簡単に肉を裂き、皮をそぎ落としてしまえそうだった。

瑠美奈はナイフに手を伸ばした。頭のなかにはどんな考えもなかった。ただ、相手が持っているものに興味を持ち、手を伸ばす感覚だった。

父も同じだったのかもしれない。どれ、見せてやろうか、というようにあっさりとナイフから手を離した。

瑠美奈はナイフを手にした直後、父の胸に突き刺した。

えっ、と父が驚いた声を出した。目を見ひらき、瑠美奈につかみかかろうとした。殺されると思った。とっさにしゃがみ込んだ。あとのことはよくわからない。

立ち上がると、父の姿がなかった。

すべてが夢だったのではないかと思った。しかし、瑠美奈の右手にはナイフが、左手にはケースが握られている。すぐに放り出したかったが、どうすれば指が開くのか動かし方を思い出せなかった。

父は目の前の大きな穴の底に倒れていた。二メートルほどの深さはありそうだ。首と手が不自然に折れ曲がり、死んでいるのがわかった。穴の手前には父のバッグが落ちている。

父を殺した、ときちんと言葉にして思った。そう思ったことで、自分が奇妙に冷静でいることに気づいた。頭のなかの混乱が吹っ飛び、真空になったようだった。それなのに心臓は爆発しそうなほどの速さで鼓動し、体中の血液がのたうちまわっている。

ナイフをケースに収めようとしたが、激しい震えが邪魔をした。ケースを握ったままパーカーのフードをかぶった。

瑠美奈は父をのみ込んだ穴に背を向けた。次の瞬間、走りだしていた。心と体が乖離《かいり》し、自分が存在しないようだった。

遊歩道に立つ人影が見えた。瑠美奈より相手のほうが先に気づいたようだった。

「A君?」と声がかかった。

どうしておばさんがここにいるのだろう。

「A君。大丈夫よ。大丈夫だから」

おばさんはすべて知っているというように落ち着いた声でささやいた。おばさんにふれられると、あんなに固く閉じていた指があっさりと開いた。

開いた指からナイフとケースを取り上げ、おばさんは紙のようなものを握らせた。

それが手紙だとわかったのは家に帰ってからだった。

〈A君がいてくれるだけで、おばさんは救われています。ほんとうにありがとう。今度はおばさんがA君の力になりたいです。おばさんにできることがあったらなんでも言ってください。〉

ベッドに突っ伏し、瑠美奈は声をあげて泣いた。

父を殺したというのに、瑠美奈の日常は崩壊することなく淡々と続き、そんな自分とこの世界のことが信用できなかった。罪悪感はなかった。捕まることも怖くなかった。しかし、ほんとうにそう感じているのか自信がなかった。東山瑠美奈という人間を形成するいちばん大切な部分を失ってしまったようだった。

おばさんと再会したのは、あの夜から一年が過ぎた頃だった。

夏休みの終盤、映画好きの祖母に連れられて高田馬場にある名画座に行った。その帰り、瑠美奈の目が向こう側から歩いてくる女を捉えた。おばさんに似ている、と思った。彼女はホームレスのようだった。おばさんのわけないか、と否定したとき、花柄のショッピングカートが目にとまった。おばさんの家の玄関に立てかけてあったショッピングカートと同じだった。

ゆっくりと近づいてくる彼女を、瑠美奈はまっすぐ見つめた。まちがいない、と確信した。松波郁子。あのおばさんだ。

あれから一度、彼女の家を訪ねたことがあった。中学を卒業し、祖父母と暮らすようになってからだ。彼女の家の窓には入居者募集のポスターが貼ってあった。

もう二度と会えないと思っていたおばさんがすぐそこにいる。

おばさんは瑠美奈の視線に気づかない。視線が交わることなくすれちがった。振り返った瑠美奈は、花柄のショッピングカートだけでなく、紺色のチュニックにも見覚えがあることに気づいた。瑠美奈が薔薇をあげた夜、彼女はあのチュニックを着てはいなかっただろうか。

――どうしよう。おばさん、ひとりになっちゃった！

あのときの叫び声を思い出したら、世界が反転する感覚がした。急にすべてのものがあざやかになる。目に映る街並みも陽射しの色も、人々のざわめきも車のエンジン音も、埃っぽいにおいも、汗ばんだ自分の体も規則正しい鼓動も。

それは、かつて瑠美奈がいた世界であり、瑠美奈が失った世界だった。

ずっと聞きたかったのだ、と思い出した。あの夜のことを。あのあとのことを。

なぜかばってくれたのかを。

瑠美奈は祖母と別れて彼女を追った。

おばさんは、ネットカフェやエステの看板のある雑居ビルへ入っていった。瑠美奈が声をかけたのはエレベータの前だった。

「おばさん！」

その声に振り返ったのは、彼女と一緒にエレベータを待っていた大学生ふうの男だった。「おばさん」ともう一度呼ぶと、やっと彼女は振り返ってくれた。ほほえみを浮かべた穏やかな表情だったが、その視線は瑠美奈を通り抜けていた。

「もしかして知り合い？」

瑠美奈に聞いたのは男だった。おばさんの顔見知りらしいとそのとき気づいた。うなずきかけたところで、おばさんにとっていまの瑠美奈は知らない人なのだと思い至った。彼女と一緒にいたときは、丸刈りの頭と日に焼けた顔をフードで隠した少年「A君」だったのだから。

瑠美奈は、知り合いではなく自分が一方的に知っているだけだと答えた。すると、男は自分もそうだ、と答え、彼女は記憶喪失で自分が誰なのかわからないらしいと教えてくれた。福祉や行政を頼ることをすすめたが断られ続けている、だからせめて空き室や空き店舗で体を休めてもらっているのだ、と男は説明した。

瑠美奈はふたりと一緒に雑居ビルの一室に入った。以前は雀荘《ジャンそう》が入っていた空き店舗で、来月いっぱいまで滞在できるらしい。自分にはそういうコネがあるのだ、と男は自慢げに言った。

瑠美奈は週に一、二日の頻度でおばさんのもとへ通うようになった。

彼女はいつもやさしい笑みをたたえていたが、まるで言葉の多くを忘れてしまったように寡黙だった。最初の頃は学校や友達、ダンススクールのことなど一方的にしゃべった瑠美奈だったが、やがておばさんの家を逃げ場所にしていた一年前のように、ただ同じ場所で同じ時間を過ごすようになった。会話がなくても気づまりではなかった。

若い男とはよく顔を合わせた。彼は、おばさんが次に移動する場所を瑠美奈に教えてくれた。もうひとり、五十歳くらいの男もたまにやって来た。瑠美奈が素性を明かさなかったように、ふたりも自分が誰なのか、彼女とどんな関係なのかを話さなかった。瑠美奈と同じように、彼女とは他人には話せない過去でつながっているように思えた。

クリスマスイブはみんなで集まらないか、と言いだしたのは若い男だった。

もうひとりの男は、俺はいいよ、と苦笑したが、満更でもないように見えた。

クリスマスイブの夜、瑠美奈はクリスマスプレゼントを持って高田馬場の空きビルに向かった。

彼女は今日から二日だけその空きビルで過ごし、その後は少し離れた西武新宿駅の北口近くの空き店舗に移動することになっていた。空きビルだと寒いが、電気が通っていて業者用のストーブが置いてあるし、毛布も運び込んだから大丈夫だろうとのことだった。

空きビルに向かう途中、若い男と偶然会った。

「プレゼント持ってきた？」と聞かれ、「マフラー」と答えると、「うっそ。俺も」と返ってきた。男は数秒の沈黙を挟んでから、「俺、大学生なんだ」と言った。瑠美奈が黙っていると、「高橋っていうんだ」と続けた。瑠美奈の名前を聞きたがっているのが伝わってきたが、「ふうん」とだけ返した。

男が空きビルの裏口を開け、瑠美奈もあとに続いた。

「こんばんはー」

「こんばんは」

ここにいるはずのおばさんに声をかけた。

「メリークリスマス！」

高橋という男がおどけた。

28

え、うっそ。

高橋拓海は胸の内でつぶやいた。

ずっと探していた人の姿が、空きビルの屋上にあった。思わず声をかけようとし、息を吸い込んだところで止めた。

なにか様子が変だ。

彼女は柵に背中をつけている。まるで追いつめられているように。そう思ったとき、彼女と向き合うふたつの人影が目に入った。

あの刑事たちではないだろうか。

そうだ、あのひょろりと長細い影は三ッ矢という刑事にちがいない。

体中の血がすっと落ちた。

隠したいことがすべて明らかになってしまったのだ、と直感した。

クリスマスイブの夜、彼女がここにいたことが。彼女のしたことが。そして、拓海の知らないことまで、あの刑事が暴いてしまったにちがいない。

拓海は三ツ矢にふたつの嘘をついた。

ひとつは、松波郁子の衣類の乱れを覚えていないと言ったこと。

もうひとつは、井沢勇介から電話番号のメモをもらったと言ったこと。

あんな返答でごまかせるとは思わなかったが、三ツ矢は意外にも追及してこなかった。警察は思ったよりもちょろいものだとあのときは思ったが、実は考えがあってそうしただけなのかもしれない。

そこまで考えた拓海ははっとした。

まさか、そのふたつの嘘のせいで、彼女があの夜ここにいたことがわかってしまったのだろうか。

＊

クリスマスイブの夜、拓海は浮かれていた。

空きビルに向かう途中、偶然彼女に会ったことでさらに気分が高揚した。

「メリークリスマス！」

空きビルに拓海のふざけた声が反響した。

彼女と一緒にエレベータ前を通り、正面玄関のほうへ向かった足が止まった。コンクリートの床に松波郁子が仰向けになっている。薄く開いた目はなにも映しておらず、投げ出された四肢に力はない。死んでいるのだとすぐに理解した。彼女の横には、拓海が「おっさん」と呼んでいる見知った男が呆然と座り込んでいた。

「おい、おっさん。どうしたんだよ！」

拓海が怒鳴ると、裏のゴミ溜めのなかに彼女が倒れていたのだ、と彼は答えた。夢中でなかに運び込んだがすでに事切れていた、と。

彼女の着古したダウンコートは悪臭を放つ液体で濡れ、ブラウスにも汚れが点々とついている。白髪が目立つ生え際の一部分が、陥没していることに気づいた。

「屋上から落ちたのかもしれない」

男が言った。

「いや、誰かに殴られたんじゃないか？」

「どうだろう。わからない」

「だってなんか不自然だろ」

拓海の声は震えた。

悲しみよりも激しい怒りが湧き出してくるのを感じた。

こんなことがあっていいのか、という憤り。こんなひどいことが起こるのか、という衝撃。この世界の正体を見た気がしたし、裏切られたという思いもあった。

「なんで！」

彼女が叫んだ。その叫びは拓海の心中と重なり、自分が発したように感じられた。

彼女は松波郁子に走り寄った。「こんなのひどいよ」と言いながらダウンコートを脱がせようとし、「手伝ってよ！」と拓海に怒鳴った。

ダウンコートを脱がせると、今度はブラウスをたくし上げた。スラックスのボタンが取れたことに彼女は気づかない。

「なにすんの？」

そう聞いた拓海を彼女は睨みつけた。

「着替えに決まってるでしょ！　こんな汚れた服、着せておけないよ」

悲鳴のような声をあげると、ブラウスのボタンを外そうとした。ノルディック柄の手袋をはめた手が震えているせいで手間取っている。拓海はブラウスを脱がせることには抵抗があり、手伝うことはしなかった。

ふと手を止めた彼女は、はっとしたように立ち上がると傍らのショッピングカートを開けた。適当な着替えを探しているのだろうと思った。

彼女は突っ立ったまま動かない。両手にあるものをじっと見つめている。その顔は青ざめ、おぞましいものを手にしてしまったのに放せずにいるようだった。

彼女の手から紺色の布がはらりと落ち、ナイフが現れた。ケースに収められているが、アウトドアナイフに見えた。

拓海ははっと息をのんだ。隣の男からも緊張した気配が伝わってきた。彼女がケースからナイフを引き抜く。

ナイフについた錆《さび》のような汚れは血ではないか、と直感した。

「それ血じゃないのか？　どうしてそんなものを持ってるんだ？」

男の上ずった声が拓海の疑問を代弁した。

「このままじゃおばさん人殺しになっちゃう」

彼女が泣きながらつぶやいた。人殺し、という単語を耳が捉えた瞬間、ナイフから血のにおいが立ったように錯覚した。

「なんでおばさんが持ってるの？　私のせいでしょ。私のせいだよね。ごめんね。ごめんなさい」

彼女は紺色の布を拾い上げ、ナイフを包み直した。しわだらけの布はエコバッグで、国際協力NGOのロゴが見えた。

彼女は再びショッピングカートに手を入れた。取り出したのは、黒い財布だった。

「おい」と男が呼びかけたが、その声は誰にも届かなかった。

彼女がナイフと財布を自分のバッグに入れたとき、正面玄関の鍵を開ける音がした。

「やばい」

反射的に声が出た。

「逃げよう」

男が言った。

「おい、早く」と拓海は彼女の腕をつかんだ。

想像の断片が頭のなかを駆け巡っていた。犯人にまちがわれる可能性。厄介なことに巻き込まれる可能性。兄に迷惑をかける可能性。それらの中心に居座っていたのは、彼女の存在を警察に知られてはいけないということだった。

――このままじゃおばさん人殺しになっちゃう。

――なんでおばさんが持ってるの？

――私のせいでしょ。

彼女の言葉から導き出せる光景はひとつしかなかった。

＊

彼女の存在を警察に知られてはいけない――。

それなのにいま、空きビルの屋上で彼女はふたりの刑事と対峙している。

裏口のドアはわずかに開き、ドアノブが壊れていた。拓海はなかに入ると、足音を忍ばせて階段を上り、屋上に続くドアを開けた。静かに開けたつもりなのに、ギィ、と軋《きし》んだ音がした。

若い刑事が振り返るのと同時に、柵の前にいる彼女が拓海に気づいた。

彼女は一歩踏み出した。生まれてはじめて海に入る幼児のように慎重な足取りだった。

そのままゆっくりと足を進める彼女が、拓海の目には自分のほうに向かってくるように見えた。

しかし、彼女は三ッ矢の前で立ち止まった。

彼女は泣いていた。切れ切れの細い嗚咽が拓海の耳に届いた。

「大丈夫ですよ」

三ツ矢が彼女に言う。

「もう大丈夫ですから」

涙をぬぐいながら彼女はうなずいている。

「おばさんもそう言ってくれた。大丈夫よ、大丈夫だから、って」

濡れた声が聞こえた。

彼女を泣かせているくせになにが大丈夫なんだよ――。

そう思ったら喉が開いた。

「どういうことだよ」

拓海は三ツ矢の背中に声をぶつけた。

三ツ矢は返事をするどころか振り返りもしない。

そのまま数秒待ち、「おいっ」と声を張り上げたところで言葉を失った。

三ツ矢は首をねじり、ようやく拓海に顔を向けた。そのまなざしは刺すように鋭く、静けさのなかに恐ろしいほどの威圧感があった。

「ここは立ち入り禁止です」

まなざしと同様に静かな声だ。

「でも、どうしてここに彼女が──」

「なにもしゃべらないでください」

そのひとことで、金縛りにあったように体が動かなくなった。

「彼女はいま自らすすんで、僕たちに大事な話をしてくれました。彼女の話をすべて聞くまでは黙っていてください」

拓海は唯一動く目を彼女に向けた。

彼女は泣きじゃくっている。それなのに、つらそうには見えなかった。やっと親と会えた迷子のように安心した泣き顔だった。

## 29

――犯人がわかりました。

岳斗は、三ツ矢がそう言ったときのことを思い返した。

高橋兄弟に話を聞きに行った帰り、遺体発見現場となった空きビルの屋上でのことだ。

三ツ矢はこう続けたはずだ。

――犯人がわかってしまいました。

岳斗はあのとき、三ツ矢の言う「犯人」は同一人物だとあたりまえに受け止めたのだが、そうではなく、別の人物をさしていたのかもしれないとあとになって気づいた。

一度目は木村成美、二度目は東山瑠美奈だったのではないだろうか。

ふたりの犯人が明らかになった日から一週間が過ぎた。

木村成美はまだ入院中のため逮捕には至っていない。

東山瑠美奈は逮捕され、身柄を千葉県警の本部に移された。その後、送検され、まもなく家庭裁判所に送致されるとのことだった。

なぜ三ツ矢は、東山瑠美奈が父親を殺したとわかったのだろう――。岳斗はずっと聞けずにいる。

東山瑠美奈は自首をしたことになっている。もし逮捕前に彼女が犯人だと警察が把握していたとしたら、自首が成立しなくなってしまう。

なぜ彼女が犯人だとわかったのか、岳斗は何度も聞きかけたが、「三ツ矢さん」の「み」を発声したところで、いつも続く言葉をのみ込んだ。

しかし、もういいのではないか？

東山瑠美奈が自首し送検されたいまなら、ここだけの話として聞いてもいいのではないか？

三ツ矢とともに、木村成美が入院している病院を出たところだった。

六時を過ぎ、すでに陽は落ちて人工的な光が夜のまちを照らしていた。

木村成美は、気道熱傷をはじめとする火傷の治療が続いている。気管挿管が外れたと連絡があったため訪ねてみたが、ひたいや頬、手の甲や腕などに被覆材が貼られた彼女は点滴のチューブにつながれて深く眠っていた。

木村成美の元夫である井沢勇介は、インスタグラムを見て彼女が贅沢をしていると言ったが、彼女が投稿していたカフェやレストランの写真は、そのほとんどが店のホームページなどに載っているものだった。彼女は無断借用した写真を、自分が撮ったように投稿していたのだ。

彼女の息子の湊は同じ病院の別棟に入院しているが、少年育成課の警察官の話では母親を見舞うどころか、ひとことも言葉を発していないらしい。

あの日、彼が窓から飛び下りたのは生きるためというより、自暴自棄になったからだと岳斗には感じられた。目をつぶり、両手をだらりと垂らし、頭から落ちてきた彼を受け止めたのは父親の井沢勇介だった。そのとき、岳斗と三ツ矢は居間の窓の前にいた。三ツ矢の位置からだと、湊が飛び下りたのが見えなかったはずだ。岳斗が「子供はいま飛び下りました！　無事です！」と伝えると小さくうなずき、「田所さんはふたりをお願いします」と言い残して家のなかに入っていった。

湊はまもなく退院するらしい。成美も入院は長引いているが、命に別状はなく順調に回復している。しかし、体の回復はゴールではなく、母と息子、父と息子の関係を再び築くためのスタートなのかもしれない。そして、成美はこれから罪と向き合い、罪を償わなければならない。

線路沿いの道は行き交う人がまばらだ。街路灯が舗道にふたりの影を淡く落としている。

三ツ矢を盗み見ると、いつもどおり感情の読めない横顔だ。

よし、聞こう。岳斗はそう決意したが、右側を走り抜けていく電車が、最初の

「み」の音を消し去った。

聞きたい。どうしても聞きたい。

――三ッ矢さんはどうして東山瑠美奈が犯人だとわかったんですか？

頭のなかで何度も繰り返した質問。

自分なりに答えを見つけようとし、しかし仮説さえ浮かばなかった疑問。

電車が通りすぎるのを待ち、岳斗は再び口を開いた。

「三ッ矢さんはどうして東山瑠美奈が犯人だとわかったんですか？」

ためらいが入り込まないようにひと息で聞いた。「さん」をつけなかったことを指摘されるかと思ったが、三ッ矢が注意したのは別のことだった。

「名前を口にしないでください」

まわりに人がいないことを確認したうえで小声で言ったのだが、「すみません」と岳斗はあやまり、

「三ッ矢さんはどうして彼女が犯人だとわかったんですか？」

聞き直した。

「会ったからですよ」

即答だった。

あの夜、空きビルの屋上で彼女に偶然会い、彼女が自首をしたからだ、と三ッ矢

は言いたいのだろう。

「あの、俺はやっぱり信用してもらえないんでしょうか」

思いがけない言葉がこぼれ出たことで、岳斗は自分のほんとうの気持ちに気づいた。いままで聞くのをためらっていたのは、三ツ矢に信用されていないと思い知らされるのが怖かったからだ。

それでも勇気を振り絞って続ける。

「三ツ矢さんは、彼女が犯人だとわかっていたのに、彼女と偶然会うまではなにも言えない、そう俺に言いましたよね。だから俺、三ツ矢さんを信じてそれ以上聞かなかったんです。でも、もう彼女は自首しましたよね。それでも教えてもらえないんですか？　それって俺を信用してないからですか？」

三ツ矢は足を止め、きょとんとした顔で岳斗を見つめている。

信用されていると思っているのですか？　そんな返事を予想してしまい、岳斗は体をこわばらせた。

「彼女に会ったからわかった、と僕はそう答えたつもりなのですが」

「いや、だから」

「僕たちが彼女に最初に会ったのはいつですか？」

「千葉さんたちが彼女の母親に任意同行を求めたときです」

記憶を辿るまでもなく即答できた。

おそらくあのとき三ッ矢は、事前に情報を入手していたのだろう。岳斗たちが東山の家に行くと、ちょうど千葉県警の千葉たちが東山里沙を連れていくところだった。

東山瑠美奈をはじめて見たのはそのときだ。彼女は上がり框《がまち》に立ち、歯を食いしばるような顔をして母親の背中を見つめていた。三ッ矢が彼女に声をかけたのを覚えている。東山瑠美奈さんですか？　と。彼女は無言でうなずき、三ッ矢はうなずき返した。それだけだったはずだ。

「ちがいます。それは二度目です」

「え？」

「僕たちはそれ以前にも彼女に会っていたのですよ」

急いで記憶を辿り直したが、思い当たる光景はない。

「いつですか？」

「ハンバーガーが食べたいです」

声が重なった。

時間差で、ハンバーガーが食べたいです、と三ッ矢の言葉を認知した。

「え？　ハンバーガーが食べたい？」

思わず復唱した。

「ええ」

「三ツ矢さんが？　ハンバーガーを？　どうして？」

驚きのあまり詰問する口調になった。食べることにまったく興味がなく、いつもメニューを見ずに岳斗と同じものを注文する三ツ矢の言葉とは思えない。おそらくそれは質問の回答につながるものなのだろう。

その推察が確信に変わったのは一時間後、恵比寿駅で電車を降りたときだった。

恵比寿駅近くのハンバーガーショップの二階はほとんどの席が埋まっていた。

目当ての人物は奥まった場所にいた。壁のへこんだ部分にひとつだけ設けられたテーブル席で、周囲を気にせず話ができそうだ。テーブル横に立った三ツ矢に気づき、ふたりは同時にぎくりとした。

「偶然ですね。せっかくなのでご一緒させてください」

三ツ矢は相手の返答を待たずにテーブルにトレーを置き、井沢勇介の隣に座った。岳斗は高橋拓海の隣に腰を下ろした。

ふたりが呆然と見つめるなか、三ツ矢はチーズハンバーガーを食べ、ポテトをつまみ、コーヒーを飲んだ。

「……どうしてここに？」

井沢勇介がおずおずと聞いた。聞きたくないが聞かずにはいられない、といった顔つきだ。高橋拓海も同じ顔をしている。

岳斗も聞きたい。どうしてこのハンバーガーショップが東山瑠美奈と関係しているのだろう。

「あなたたちは二週間前もここで会っていましたね。よほどこの店が気に入っているのですね」

三ツ矢がさらりと言う。

二週間前――。ホームレスに扮した高橋拓海が警察の尾行をまき、三日間の潜伏を経て井沢勇介と会うためにやって来たのがこの店だ。その後、岳斗は高橋拓海を、三ツ矢は井沢勇介を尾行したのだった。

「二週間前の夜、この二階は満席で座る場所がありませんでした。ですから、あなたたちが会っているのを確認してから、僕は仕方なく一階に下りたのです。そのとき僕は思い込みをしてしまいました。あなたたちはふたりで会っていると思ってしまったのです。でも、ちがった。そこにはもうひとりいました。別のテーブルであなたたちが来るのを待っていたはずです」

岳斗ははっとした。それが東山瑠美奈だったのか――。

「まもなく、あなたたちは二階から一緒に下りてきた。あなたたちの前には三人の女子高生がいました。そこでもまた僕は思い込みをしてしまった。彼女たちを三人組だと思ってしまったのです。でも、ちがった。彼女たちはひとりと、ふたり組だった。そのひとりがあなたたちと会っていた人です」

そうだ、あのとき階段を下りてくるふたりの前に三人の女子高生がいた。

――僕たちはそれ以前にも彼女に会っていたのですよ。

一時間前の三ッ矢の言葉を思い出す。

つまり、一度目はこのハンバーガーショップで会っていたということか。

三ッ矢はそのときの女子高生の顔を覚えていた。そして、二度目に会ったとき、彼女が東山瑠美奈で、井沢勇介と高橋拓海と会っていた可能性に気づいたのだ。

「あなたたちはお互いの連絡先を知りませんね?」

三ッ矢は、井沢と高橋を交互に見た。疑問形ではあるが、断定する口調だ。

井沢が首肯するのを確認し、今度は高橋にまっすぐ目を向けた。

「あなたは井沢さんから電話番号を書いたメモをもらった、そしてそのメモは捨てたと言いましたが、嘘ですね?」

高橋はうなずかなかったが、揺れる瞳が動揺と逡巡を正直に表していた。

「あなたたちが電話番号を交換しなかったのは、万が一、警察に調べられたときのことを考え、関係性を知られないためでしょう。ただ、ふたりとも捜査状況は知りたかった。そこで、証拠が残らないように通信手段を使わず直接会うことを選んだのです」

岳斗は、三ツ矢と千葉が公園で会った夜を思い出した。あのとき三ツ矢は、郵送は誤配送の可能性があり、メールは証拠が残る、と言った。同じように携帯の発信履歴は証拠として残る。

「不思議だったのですよ。なぜ恵比寿なのだろう、と。ふたりの家から近くはありませんし、中間地点でもありません。ただ、そこに彼女を加えると理由が見えてくる。彼女は週に一度、ダンススクールに通っています。ここからすぐの場所にあり、レッスンが終わるのは夜の七時です」

三ツ矢はふたりを見やりながら、わずかに首を傾けた。もうわかりますね？　と問いかけるように見えた。

「松波郁子さんが殺されたクリスマスイブの夜、現場から逃げるときに三人で取り決めたのではないですか？　毎週火曜日のこの時間にここで会おう、と。クリスマスイブは火曜日、前に僕があなたたちをここで見たのも火曜日、今日も火曜日、彼女のダンススクールも毎週火曜日です。ただし彼女はしばらく来ることができませんが」

井沢と高橋はまばたきさえ忘れ、無防備な顔を三ツ矢に向けている。

三ツ矢はふっと表情を緩めた。

「いまの話は彼女が自首したあとに気づいたことです。僕のひとりごとだと思っていただいてけっこうですよ。三人が会っていたことは罪に問われませんし、誰の量刑にも影響しませんから」

井沢も高橋もすでに事情聴取は受けていた。ただし、木村成美の逮捕後、裏づけ捜査のために再び事情聴取を受けることになるだろう。

犯人を知っているのに黙っている行為は罪にはならない。もちろん、積極的に匿ったり逃がしたりすれば犯人蔵匿罪や犯人隠避罪に問われるが、井沢の場合、木村成美の犯行を直接目撃したわけでも、証拠を隠滅したわけでもない。当然、遺体を移動したことが問題視されたが、証拠隠滅のための作為的なものではないと見なされ、遺体遺棄罪には当たらないと判断された。

「彼女はどうなるんですか？」

高橋が聞いた。

「答えることはできません」

三ツ矢の口調は素早く境界線を引くようだった。

東山瑠美奈が父親を殺害したことはニュースで報じられている。名前が報道されなくても、それが彼女であることは高橋も井沢もまちがいなく承知している。

「高橋さん」

三ッ矢の呼びかけに、高橋は背筋を伸ばし、「はい」と上ずった声を出した。

「あなたがホームレスに扮したほんとうの理由は、犯人を捜すためではありませんね。彼女に会いたかったからですね」

高橋の顔が赤くなる。くちびるが動くが、言葉を見つけ出せずにいた。

「火曜日に会おうと約束したにもかかわらず、彼女は二週続けて現れなかった。あなたはもう彼女に会えないのではないかと思い、探そうとしたのではありませんか？」

事件の一週間後の火曜日は大晦日だった。一緒に暮らす祖父母の手前、夜に出かけることはできなかっただろう。そして二週間後の火曜日は――。

「そして、井沢さん」

三ッ矢の視線を受けた井沢のこめかみがぴくっとひきつった。

「あなたは毎日のように病院に通っているそうですが、まだ成美さんとも湊君とも話ができていないようですね。特に湊君はあなたに会うのを拒んでいると聞きました」

井沢は小さくうなずく。

「あなたが彼女をかばおうとしたのは、彼女が湊君と同じくらいの年齢だったからですか？」

井沢は目を伏せて考える表情をしたが、やがて「わかりません」と吐き出し、自分の返答に促されるように、「でも、そうかもしれません。彼女を守りたくなったのかもしれません」と続けた。

「覚悟はありましたか？」

三ッ矢の言葉は思いがけないものだった。

「あなたはいま、彼女を守りたくなった、と言いましたが、自分の命や人生をかける覚悟があってのことですか？　そうでなければ、それはただの自己満足です。ふたりともそのことを忘れないでください」

そう言うと、三ッ矢は立ち上がった。

彼が今日ここに来たのは、井沢と高橋にこの言葉を伝えるためなのだと気づいた。

JR恵比寿駅の改札前には人が群がり、慌ただしい雰囲気だった。アナウンスによると、人身事故の影響で山手線はストップし、復旧のめどはついていないらしい。バスとタクシーの乗り場には長蛇の列ができていた。

「とりあえず次の駅まで歩きましょうか」

三ツ矢の提案に従い、山手線の線路沿いを渋谷方面に向かって歩きだした。

左側には線路とコンクリートの壁、右側には飲食店や雑居ビルが並んでいる。街路灯や居酒屋のネオンはすみずみにまで届かず、行き交う人の少ない通りのあちこちに暗がりができていた。

――僕たちが彼女に最初に会ったのはいつですか？

――ちがいます。それは二度目です。

――僕たちはそれ以前にも彼女に会っていたのですよ。

岳斗は三ツ矢の言葉を何度も思い返した。

「三ツ矢さんは、彼女に二度目に会った瞬間、彼女が犯人だとわかったってことですよね」

三ツ矢の記憶力と洞察力は、岳斗にはけっして手に入れられない魔法のようなものに感じられた。

「会った瞬間ではありません。確信したのはその十秒後です」

「十秒後？」

「鍵です」

「鍵？」

三ツ矢の言葉を復唱することで同じ思考を辿ろうとしたが、見えてくるものはなかった。

「あのとき、靴箱の上に彼女の鍵が置いてあったのを覚えていますか？　田所さんが立っていた位置からだと見えなかったかもしれませんね」

東山里沙が任意同行を求められたときのことだろう。彼女は母親が連れていかれるのを上がり框から見つめていた。あのとき、三ツ矢は玄関に入って声をかけた。東山瑠美奈さんですか？　と。

三ツ矢の言うとおり、岳斗は玄関に入らなかったため靴箱は見えなかったはずだ。

「彼女のキーホルダーには、三つの鍵がついていました。ひとつは彼女が暮らしている阿佐谷のマンションの鍵でしょう。もうひとつが実家の鍵。そして、もうひとつの鍵は松波郁子さんの家の勝手口の鍵でした」

「えっ。どうしてわかったんですか？」

そう聞いた直後、特異な記憶能力を持つ三ツ矢なら、鍵の番号や形状が一致していることがわかったのかもしれないと思い至った。松波郁子が住んでいた家を訪ねたとき、三ツ矢は大家から鍵を手渡されていた。

岳斗の予想どおり、三ツ矢は「見てわかりました」と簡潔に答えた。

「そこで、すべてがつながったのです。松波さんと東山さんの家の周辺では、同時期にグレーのパーカーをかぶった不審者の目撃情報がありましたね。男性だと思われていましたが、それが彼女だったのかもしれない、と。人の印象は服装や髪型で大きく変わりますから」

岳斗の脳裏に高橋拓海の金髪が浮かび、たしかにそのとおりだと思った。

「もうひとつ、鍵が教えてくれたことがありました。誰が本間久哉さんの部屋に凶器と財布を仕込んだのか、ということです。本間さん自身ではない。東山里沙さんでもない。ほかの第三者が合鍵で侵入したとすると、それができるのは誰か。東山里沙さんのキーホルダーには、本間さんの部屋の合鍵がついていました。本間さんの鍵はディスクシリンダー錠なので、合鍵から複製をつくれる場合がありますし、また五分から十分もあれば可能です。彼女にならチャンスはあったでしょう」

東山瑠美奈は本間久哉の部屋に侵入し、凶器と財布をクローゼットのなかの収納ケースに隠したことを認めている。警察に告発状を送ったのも彼女だった。

あの夜、空きビルの屋上で、なぜそんなことをしたのかと聞いた三ツ矢に、彼女は「だってあのふたりが……」と答えた。

――あのふたりが……。あのふたりのせいで……。

それ以上言葉にするのを体が拒んでいるように、彼女は激しく震えながら両手で口を押さえた。

東山里沙と本間久哉。ふたりのせいで、彼女の父親は妄想に囚われ、追いつめられた彼女は父親を殺してしまった。彼女が説明できなかったことが痛みとともに伝わってきた。

——それに、刑事さんにはわかったんですよね。だったら……。

また彼女の言葉は途中で切れた。

だったら、母親にも気づいてほしかった。彼女はそう言いたかったのかもしれない。

彼女が本間久哉の部屋に忍び込んだのは、松波郁子が殺されたクリスマスイブからちょうど二週間後の火曜日だった。だから、彼女は恵比寿のハンバーガーショップに行かなかったのだ。

母親の里沙は、証拠隠滅罪で送検された。逮捕時から情緒不安定ではあったが、夫を殺したのが娘であることを知り、検察官の取り調べに応じられる精神状態ではないらしい。

この先、誰が彼女の支えになり、彼女を守っていくのだろう。そう考えると、腹の底に重しをのせられたようにずっしりとした気持ちになった。

「ほんとうは目が合った瞬間かもしれません」

唐突に三ツ矢が言った。

さっきの話の続きだとわかった。

「彼女が犯人だとわかったときですか？」

「ええ」

「十秒後ではなく？」

三ツ矢は浅くうなずき、まなざしをすっと遠くに延ばした。

「僕に向けられた彼女の目は怒っていた。苦しんでいた。助けを求めていた。そんなふうに見えました」

三ツ矢はそれ以上の説明はしなかった。

「そうですか。そうだったんですね」

胸が詰まって、そう返すのが精いっぱいだった。この事件を三ツ矢が担当してほんとうによかった。胸の深いところからそう思った。

岳斗の目が、前方をゆっくり歩く人影を捉えた。

着ぶくれした体は暗がりに隠れようとするように全体が黒く、大きなバッグを肩にかけている。足を引きずるようにして猫背で歩く姿はホームレスに見えた。

距離が縮まるにつれ、すえたにおいが鼻を刺した。

岳斗は松波郁子のことを考えた。

彼女は死の瞬間、自らの人生を幸せだと思ったのだろうか、それとも不幸だと思ったのだろうか。

それは彼女にしかわからないことだった。

みんなそうやって死んでいくのか、と岳斗は静かな気持ちで思った。

「三ッ矢さん」

気がつくと呼びかけていた。

「はい」

「松波郁子さんは、ほんとうに記憶喪失だったんでしょうか」

「それはもう彼女にしかわからないことです」

三ッ矢の答えが自分の気持ちと同じだったことに、岳斗はどこか救われる思いがした。

人生の終わりに自分にしか見えない光景を見つめ、自分にしかわからない心を握りしめて死んでいく。

三ッ矢と並んで歩くこの夜に教えられた気がした。

前を歩く男を追い越した。ちらっと目をやると視線がぶつかった。

「よう」

男が声をかけてきた。髭《ひげ》に覆われた口に歯はなく、真っ暗な穴のように見えた。

岳斗が小さく頭を下げると、

「兄ちゃん。きれいな月だなあ」

機嫌よく歌うように男が言った。

思わず空を見たが、月はなかった。

隣の三ツ矢も夜空を仰いでいる。

「ほんとうですね」

三ツ矢が答えた。

30

もうすぐ魂が抜けていく。

まばゆい光で照らされたように、松波郁子はそのときが来たことを理解した。

自分がなぜ死ななければならないのか。自分はなぜ殺されなければならないのか。自分を殺したあの女は誰なのか。なにもわからなかった。

しかし、もうどうでもいい。

人生はあっというまのことなのだと知った。もっと早くに知っていれば、明るい場所だけを歩き、明るいものだけを見て生きられたかもしれない。しかし、それももうどうでもいい。

つらいことも苦しいことも悲しいことも理不尽なこともたくさんあったはずなの

に、いま結晶のように残っているのは圧倒的な幸福感だった。

夫の死にはじめて感謝できた。やっと夫に会える。やっと夫のもとへ行ける。

郁子の体はすでに死んでいたが、聴覚だけはかろうじてこの世界にとどまっていた。

——このままじゃおばさん人殺しになっちゃう。

少女の声が聞こえる。泣いているのだろうか。

——なんでおばさんが持ってるの？　私のせいでしょ。私のせいだよね。ごめんね。ごめんなさい。

彼女があの子だということは、再会した瞬間に気づいていた。

自分のために泣いてくれる人がいる。それだけで幸せな人生だったと思えた。

＊

このまま引き返そう。あの男をつけるのはもうやめよう。そう思ったとき人の気配を感じた。左上に目を向けると、木々のあいだに黒い人影があった。

あの子だ、とすぐにわかった。

「英君？」

その手にナイフが握られていることに気づき、どうしたの？　という言葉をのみ込んだ。

ナイフを握る少年の手は激しく震えている。手だけではなく、体中が震えている。このまま震えが止まらなければ死んでしまいそうに見えた。

「英君。大丈夫よ。大丈夫だから」

そう話しかけたときには、どんな想像もできていないのに、すべてを理解したような不思議な気持ちになった。

郁子は少年からナイフとケースを取り上げた。ナイフの持ち手は思いがけず温かく湿っていた。両手にはもうなにもないのに、少年の十本の指は開いたままだ。その手を閉じさせるために、郁子はバッグから取り出した手紙を握らせた。

かわいそうに、と思う。こんなに震えてかわいそうに。彼を怯えさせるすべてのものを排除したかった。

「絶対に大丈夫。だから、なにがあったのかおばさんに教えてちょうだい」

少年は数秒の逡巡を挟み、やがて郁子を導くように歩きだした。

林のなかにぽっかりと開けた場所があった。施設を造ろうとしているのか、木々が抜かれ、土が掘り起こされている。郁子の足が地面に落ちたものを蹴り、転びそうになった。それが黒いビジネスバッグだと認知した瞬間、こめかみでなにかがカチッと合わさった音がした。

視線を感じて顔を上げると、少年が郁子を見つめていた。

彼の背後には、直径三メートルほどの穴があった。深さは二メートルあるかないかだろう。穴の底に人が倒れている。首と手の曲がり方が不自然だ。またこめかみでカチッと鳴った。

あの男だ——。

血が一気に逆流するのを感じた。

自分が殺したのではないか。そんな錯覚に襲われた。内臓を突き刺す感覚が手に、断末魔が耳に、熱い血しぶきを受けた感触が顔に刻まれていた。

郁子は少年を見つめた。

どのくらい無言で向き合っただろう。

いきなり郁子の耳から静寂が抜けた。次の瞬間、目の前の少年からさまざまな音が聞こえだした。震えが混じった呼吸音。全身を巡る血液の音。細胞が分裂する音。躍動する鼓動。それらは少年が奏でる命の音だった。

郁子の頭に地球儀が浮かび、やがてそれは会ったことのない子供たちの顔に変わった。

「あなたはなにもしていない」

考えるよりも先に声になった。

そうだ、私がやったのだ——。

天から下りてきたようにその考えが頭に居座った。

私が東山の不幸を願ったから。そんな人間になり下がったから。

だから、神様の複雑な方程式によってこの男は死んだのだ。

少年は震えながら突っ立っている。フードの下の瞳は赤ん坊のように輝き、その幼さに郁子は胸を突かれた。

ちがう、女の子だ——。

そう気づいたと同時に、東山の家の表札がまぶたの裏で像を結んだ。

大きく書かれた〈東山義春〉の文字。その下に、半分ほどの小ささで〈里沙〉〈瑠美奈〉と続いている。

この子はあの男の子供なのかもしれない。ということは、この子はあの男から虐待を受けていたのだ。

「あなたはなにもしていないし、なにも知らない。いい？　わかった？　わかったのならうなずきなさい」

長い逡巡のあと少女は小さくうなずいた。

「もうおばさんの家に来ちゃだめよ。おばさんとあなたは一度も会ったことがないの。わかった?」

少女はまたうなずく。

「いい子ね」

郁子はほほえんだ。こんな状況なのに胸の底に温かなものが滲んだ。

「じゃあ、もう行きなさい。元気でいるのよ。さあ、いきなさい」

行きなさい。生きなさい。最後の言葉に両方の意味を込めたことに少女が気づいてくれることを願った。

少女の後ろ姿が闇に紛れてから、落ちているバッグのなかの財布を抜き取った。

このまま警察に出頭するつもりだった。

人を殺しました――。

そう告げる自分を想像した。

お金目当てです――。

それ以上の言葉が思い浮かばない。

だめだ、と思った。

どこを刺したのかも、何回刺したのかも、このナイフをどこで手に入れたのかも、なにも知らない。

出頭すればかえって怪しまれることになるかもしれない。

それに、身代わりになったと知れば、やさしいあの子のことだから自首してしまうかもしれない。

捕まってはいけない。逃げ続けるのだ。なにも覚えていない人殺しとして。

# 解説

豊﨑由美

まさきとしかはデビュー以来一貫して、親と子、家族の間に生じる軋《きし》みの音に耳を澄ませ、昏《くら》さに目をこらし続けてきた作家である。ゆえに「イヤミス」でくくられてしまうことがあるけれど、わたしは断固反対したい。まさきが書く小説の多くは、たしかに読後感が明朗とはほど遠い。が、記憶に残るのは「イヤな話だったな」という雑な印象ではなく、「知らなくてはならなかった大事な何かを手渡された」というずっしりした手応えだ。まさき作品を読んだ後、読者は自分にとっての親との関係を洗い直さずにはいられなくなる。親と自分を見る目が変わる。優れた文学作品は、それを読む前とは世界や自身の見方を変えてくれるのだ。まさきとしかは、そういう小説を書いている。

二〇二〇年の七月に刊行された『あの日、君は何をした』は、そんなまさきとしかが〝新しい武器〟を手に入れたといえる秀逸なミステリーだった。

最初の舞台は二〇〇四年の北関東。「宇都宮女性連続殺人事件」の容疑者・林竜一《はやしりゅういち》が、警察署のトイレから逃走したという情報から物語の幕があける。その三日後、宇都宮市から約七十五キロ離れた前林市で、深夜、警察が不審人物を発見し、職務質問をしようとするのだが、相手は自転車で逃走。駐車中のトラックに激突して死んでしまうのだ。亡くなったのは、事件とは何の関係もない中学生の水野大樹《みずのたいき》。この悲劇が大樹の母親いづみを絶望の淵へと追いやり、彼女の精神をじわじわ蝕《むしば》んでいくさまを、一部は丁寧に描いていく。

二部の舞台は一転、二〇一九年の東京。新宿区のアパートで若い女性が殺害され、彼女の不倫相手であるがゆえに容疑者となっている百井辰彦《ももいたつひこ》が行方不明に。辰彦を心配しているようには見えない妻の野々子《ののこ》、彼女に対して疑心を募らせていく姑《しゅうとめ》の智恵《ちえ》。一部の水野家同様、百井家にもじょじょに深い闇が垂れ込めていくのだ。

時と場所を大きく隔てた二つの物語がどうつながっていくのか。そのアクロバティックな展開がストーリーテラーとしての腕の見せどころにして読みどころなのだけれど、つなげるキーマンとなるのが二〇一九年の事件の捜査にあたっている有能ではあるものの変わり者で知られる警視庁捜査一課の刑事・三ツ矢秀平《みつやしゅうへい》。そう、このキャラクターこそが〝新しい武器〟なのだ。

無駄話は一切せず、常に何かを考えているから陰では「パスカル」と呼ばれていて、どんな人にも敬語で接し、瞬間記憶という能力を持ち、他の者とはちがう角度から事物をとらえ、なぜ被害者は殺されなくてはならなかったのかが「わからない」から「知りたい」、その一心で捜査に向かいあい、たとえ犯人が捕まったとしても、それがわからないうちは解決とは見なさない。

デビュー以来、大事に取り上げ続けてきた親と子、家族のテーマをここでも扱いながら、『あの日、君は何をした』は、中学二年生の時に母親を殺されたというむごい経験を持つ異色の刑事の存在ゆえに、そこから浮かび上がってくる不幸の影をより一層濃いものにし、読者の感情喚起を獲得するに至っているのだ。この三ッ矢の魅力による高評価と次作への期待を背負っての「パスカルシリーズ」第二弾が、皆さんが今手に取っている『彼女が最後に見たものは』なのである。

発端は十二月二十四日の夜、東京都新宿区高田馬場の空きビルの一階で女性の遺体が発見されたこと。着衣には脱がされかけたと思われる乱れがあり、頭部には打撲痕があった。身元がわかるものを所持しておらず、家出人もしくはホームレスの可能性も視野に入れられたこの事件の現場に警視庁からやってきたのが三ッ矢秀平。彼と組むのは前作でも相棒だった戸塚警察署の若手刑事・田所岳斗《たどころがくと》。やがて、遺体の指紋がデータベースに登録されていることがわかり、二人は千葉市郊外に住む東山《ひがしやま》里沙《りさ》のもとを訪ねる。里沙の夫・義春《よしはる》は昨年八月二十日の朝、自宅から五百メートルほどの距離にある公園内で殺されており、その殺害現場に残されていたバッグからクリスマスイブに発見された遺体の指紋が採取されていたのだ。しかし、亡くなった女性の写真を見ても、里沙は知らないと首を振るばかり。

被害者が「松波郁子《まつなみいくこ》　五十六歳」と判明したのは、事件から五日目。郁子が千葉に住んでいたときにご近所さんだったという人からの情報提供だった。更年期障害が重かったこと。三年前に夫の博史《ひろし》がくも膜下出血で倒れたところをトラックに轢《ひ》かれて亡くなっていること。郁子の生前の姿が少しずつ明らかになっていく中、三ツ矢と田所は彼女が住んでいた貸家の大家から重要な情報を得る。郁子が急に家の解約を申し出たのが一年前の八月十九日で、退去したのはその翌日だったのだ。東山義春の死亡推定時刻は、八月十八日の午後六時から十二時の間。田所は郁子が義春殺しの犯人の可能性が高いのではないかと色めき立つ。

と、ここまでが全体の六分の一。すぐに「わかった」気にはならない思慮深い三ツ矢と、考えていることのすべてを共有してくれない三ツ矢に常に隔靴掻痒《かっかそうよう》感を抱いている若い田所の二人が、ふたつの事件のつながりを丁寧に辛抱強く捜査していく本筋の中に、作者のまさきとしかは、松波郁子や東山里沙、松波博史を轢いてしまったトラック運転手の井沢勇介《いざわゆうすけ》、その元妻の成美《なるみ》、里沙の娘の瑠美奈《るみな》といった事件と関係のある者を視点人物にした章をはさんでいく。

どうして郁子はホームレスになったのか。どうして死ななくてはならなかったのか。どうして義春は殺されたのか。その謎に迫る過程で浮かび上がってくる、たくさんの悲しい、むごい、切ないエピソード。

〈明けない夜はないとか、神は乗り越えられる試練しか与えないとか、つらかったら逃げてもいいとか。明るく前向きな歌を奏でるように、現実離れしたことをしたり顔で言う。なにも知らないからだ。他人事だからだ。明けない夜はあるし、乗り越えられないこともある。逃げたくても逃げる場所がない。〉

　そんなぎりぎりまで追い詰められた人間に向ける、作者の視線はどこまでも優しい。その思いやりの深さを体現しているキャラクターが、三ッ矢秀平なのである。事件関係者を呼び捨てにする田所に、いちいち「さん」をつけなさいと諭す。瞬間記憶の異能も相まっての鋭い推理を展開する一方で、〈女性でも男性でも、何歳でも、ホームレスでもそうではなくても、殺されていい人はいませんよ〉〈亡くなった人を思っていつまでも泣いているというのは、その人の生ではなく死を見ていることになると思うのです〉〈あなたは自分の過去に向き合おうとしているのかもしれません。でも、過去を共有する人にも向き合っていますか？〉といった真摯《しんし》な言葉を投げかける。三面記事やワイドショーのネタで片づけられそうな事件が、三ッ矢によって名前のある人のかけがえのない生と死の物語としてくっきりとした輪郭を取り戻す。ふたつの殺人事件に関わった者全員が血肉を備えた人間として立ち上がってくる。この小説の中に、書き割りめいた人物は一人もいない。

その上、バディ小説としても抜群に愉《たの》しい！　沈思黙考、言われたことを何でも真に受けて、あまり感情を表に出さない三ッ矢に対し、自分のことを信頼してくれていないのではないかとやきもきする、どこかBLめいた雰囲気すらかもす田所。二人のやりとりは、哀《かな》しみに覆われた物語の中に、くすりと笑ってしまうような軽みを連れてくる。張り巡らされた細かな伏線と、それらを回収する手つきの見事さ。嘘《うそ》によって真実が明らかになっていくという構図の巧みさ。そして、人物造型に磨きがかかっている三ッ矢秀平という〝新しい武器〟。パスカルシリーズは第二弾にあって、さらに妙味を増しているのだ。これは映像化必至。誰が三ッ矢と田所を演じるのか、予想してみるのもまた愉しからずや、だ。

（とよざき・ゆみ／書評家）

―――本書のプロフィール―――

本書は書き下ろしです。

小学館文庫

# 彼女《かのじょ》が最後《さいご》に見《み》たものは

著者　まさきとしか

二〇二一年十二月十二日　初版第一刷発行
二〇二四年十月二十日　第七刷発行

発行人　庄野 樹
発行所　株式会社 小学館
〒一〇一-八〇〇一
東京都千代田区一ツ橋二-三-一
電話　編集〇三-三二三〇-五六一六
販売〇三-五二八一-三五五五
印刷所-TOPPANクロレ株式会社




ISBN978-4-09-407093-4